上海辞书出版社
文学鉴赏辞典编纂中心 编

中国文学名家名作鉴赏

杜甫诗歌鉴赏辞典

上海辞书出版社

《杜甫诗歌鉴赏辞典》领衔撰稿

俞平伯	霍松林	马茂元	萧涤非	陈贻焮
周汝昌	金性尧	周振甫	王思宇	周啸天

撰稿人 （按姓氏笔画排列）

马茂元	王启兴	王思宇	王振汉	孔寿山
左成文	冯钟芸	刘学锴	刘逸生	孙艺秋
吴小林	何庆善	何国治	余恕诚	宋　廓
张明非	张燕瑾	陈贻焮	范之麟	金性尧
周汝昌	周振甫	周啸天	周锡炎	周溶泉
郑庆笃	赵庆培	俞平伯	施绍文	倪其心
徐永端	徐竹心	徐应佩	陶道恕	黄宝华
萧涤非	曹慕樊	崔　闽	韩小默	傅庚生
傅经顺	傅思均	管遗瑞	廖仲安	霍松林

前言

杜甫(712—770)　唐代诗人。字子美。河南巩县(今河南巩义)人。其十三世祖为晋名将当阳侯杜预,郡望京兆杜陵,故其每自称“杜陵布衣”。六世祖叔毗之前已迁居湖北襄阳,又自称“襄阳人”。后因住于长安城南少陵原,遂自号“少陵野老”。其祖父审言,任修文馆直学士、膳部员外郎,五言诗与沈佺期、宋之问齐名。父闲,为兖州司马、奉天令。故自称家世“奉儒守官,未坠素业”。七岁作诗文,十四、五岁出入东都翰墨场。十九岁游晋,二十岁至二十四岁游吴越。开元二十三年(735),杜甫归东都,举进士,不第。次年复游齐赵,至二十九年始归东都。天宝三载(744)于东都初识李白,翌年同游齐赵,缔结终生友谊。五载,至长安。六载,玄宗诏天下通一艺者诣京师就试,他亦去应考。李林甫忌贤,尽刷应试者。其后屡次上诗,献《三大礼赋》以求进用。玄宗命待制集贤院、召试文章,然至天宝十四载(755)十月始授河西尉,不拜,改右卫率府胄曹参军。至此,杜甫已困顿长安十年,备尝苦辛。十一月,安史乱起,次年六月玄宗奔蜀,其亦携家逃难至白水。闻肃宗即位灵武,只身奔赴行在,途中为乱军所得,拘回长安。至德二载(757)四月始脱身窜归凤翔,“麻鞋见天子”,被授为左拾遗。不久为疏救房琯,得罪肃宗,贬华州司功参军。乾元二年(759),关辅饥馑,七月,弃官西去,赴秦州,至同谷,不久转道入蜀,于年底抵成都。自上元元年(760)起,杜甫居蜀八载,其间受到友人成都尹严武照料,曾于浣花溪畔营筑草堂,生活较为安定;亦为避徐知道乱而漂泊梓州、阆州等地。严武曾表其为节度参谋、检校工部员外郎,后世人因此称杜甫为“杜工部”。永泰元年(765),买舟出川,经云安,因病留居夔州。大历三年(768),去夔出峡,沿江至湖湘,辗转于公安、岳阳、潭州、衡州间。五年夏,曾困于耒阳舟中;冬,病卒于潭(长沙)、岳(岳阳)旅途中。

杜甫留传至今的诗歌有一千四百四十多首。少作《望岳》《画鹰》即不同凡响。困居长安十年,作《丽人行》《兵车行》《前出塞》《自京赴奉先县咏怀五百字》等歌行,揭露朝政腐朽与民生苦况。安史乱起后所作《悲陈陶》《悲青坂》《北征》《洗兵马》“三吏”“三别”诸诗,更以其强烈的爱国热忱和与下层民众相通的思想感情,成为传诵千古的不朽名篇。入蜀后诗作数量更胜于前,虽多涉自然山水、个人情怀,但关心时事苍生仍一贯如前。而诗歌艺术,尤其是律诗之法度技巧,则已臻炉火纯青。代表作有《春水》《卜居》《壮游》《遣怀》《秋兴》《诸将》《咏怀古迹》等。与王维、高适、岑参等盛唐诗人交往唱和,与李白齐名,称“李杜”。韩愈《调张籍》云:“李杜文章在,光焰万丈长。”元稹《唐故工部员外郎杜君墓系铭并序》谓其“上薄风骚,下该沈宋,古傍苏李,气夺曹刘,掩颜谢之孤高,杂徐庾之流丽,尽得古今之体势,而兼今人之所独专矣”。其诗善辅陈,多叙事,全面而忠实地反映唐朝由盛转衰的历史过程,被后人誉为“诗史”(唐孟启《本事诗》)。风格则以“沉郁顿挫”为主而兼具多种色调,且无论古近律绝、长篇短制皆精,故苏轼评其为“集大成”(《后山诗话》引)。杜甫是中国历史上的伟大诗人,其诗对后世影响极大,后人往往取其一端加以发展即可卓然成家,宋祁所谓“残膏剩馥,沾丐后人多矣”(《新唐书·杜甫传赞》)。有《杜工部集》行世,注本极多。

前言

本书是本社中国文学鉴赏辞典系列之一。精选杜甫代表作品126篇，其中诗124篇，文2篇，另请当代研究名家为每篇作品撰写鉴赏文章。其中诠词释句，发明妙旨，有助于了解杜甫名篇之堂奥，使读者尝鼎一脔，更好地了解杜甫诗歌成就之博大精深、沉郁顿挫、波澜壮阔、切合现实。另外本书末还有附录《杜甫生平与文学创作年表》，供读者参考。不当之处，尚祈读者指正。

上海辞书出版社文学鉴赏辞典编纂中心

2020.3

目录

诗

目录

目录

目录

诗

shi

望岳

原文

岱宗夫如何？齐鲁青未了。
造化钟神秀，阴阳割昏晓。
荡胸生层云，决眦入归鸟。
会当凌绝顶，一览众山小。

鉴赏

杜甫《望岳》诗，共有三首，分咏东岳（泰山）、南岳（衡山）、西岳（华山）。这一首是望东岳泰山。开元二十四年（736），二十四岁的诗人开始过一种“裘马清狂”的漫游生活。此诗即写于北游齐、赵（今河南、河北、山东等地）时，是现存杜诗中年代最早的一首，字里行间洋溢着青年杜甫那种蓬蓬勃勃的朝气。

全诗没有一个“望”字，但句句写向岳而望。距离是自远而近，时间是从朝至暮，并由望岳悬想将来的登岳。

首句“岱宗夫如何”，写乍一望见泰山时，高兴得不知怎样形容才好的那种揣摩劲和惊叹仰慕之情，非常传神。岱是泰山的别名，因居五岳之首，故尊为岱宗。“夫如何”,就是到底怎么样呢?“夫”字在古文中通常是用于句首的虚字,这里把它融入诗句中,是个新创,很别致。这个“夫”字,虽无实在意义,却少它不得,所谓“传神写照,正在阿堵中”。

“齐鲁青未了”,是经过一番揣摩后得出的答案,真是惊人之句。它既不是抽象地说泰山高,也不是像南朝宋谢灵运《泰山吟》要用“崔崒刺云天”这类一般化的语言来形容,而是别出心裁地写出自己的体验——在古代齐鲁两大国的国境外还能望见远远横亘在那里的泰山,以距离之远来烘托出泰山之高。泰山之南为鲁,泰山之北为齐,所以这一句描写出地理特点,写其他山岳时不能挪用。明代莫如忠《登东郡望岳楼》诗说:“齐鲁到今青未了,题诗谁继杜陵人?”他特别提出这句诗,并认为无人能继,是有道理的。

“造化钟神秀,阴阳割昏晓”两句,写近望中所见泰山的神奇秀丽和巍峨高大的形象,是上句“青未了”的注脚。“钟”字,将大自然写得有情。山前向日的一面为“阳”,山后背日的一面为“阴”,由于山高,天色的一昏一晓判割于山的阴、阳面,所以说“割昏晓”。“割”本是个普通字,但用在这里,确是“奇险”。由此可见,诗人杜甫那种“语不惊人死不休”的创作作风,在他的青年时期就已养成。

“荡胸生层云,决眦入归鸟”两句,是写细望。见山中云气层出不穷,故心胸亦为之荡漾;因长时间目不转睛地望着,故感到眼眶有似决裂。“归鸟”是投林还巢的鸟,可知时已薄暮,诗人还在望。不言而喻,其中蕴藏着诗人对祖国河山的热爱。

“会当凌绝顶,一览众山小”,这最后两句,写由望岳而产生的登岳的意愿。“会当”是唐人口语,意即“一定要”。如王勃《春思赋》:“会当一举绝风尘,翠盖朱轩临上春。”有时单用一个“会”字,如五代孙光宪《北梦琐言》:“他日会杀此竖子!”即杜诗中亦往往有单用者,如“此生那老蜀,不死会归秦!”(《奉送严公入朝》)如果把“会当”解作“应当”,便欠准确,神气索然。

从这两句富有启发性和象征意义的诗中,可以看到诗人杜甫不怕困难,敢于攀登绝顶,俯视一切的雄心和气概。这正是杜甫能够成为一个伟大诗人的关键所在,也是一切有所作为的人们所不可缺少的。这就是为什么这两句诗千百年来一直为人们所传诵,而至今仍能引起我们强烈共鸣的原因。清代浦起龙认为杜诗“当以是为首”,并说“杜子心胸气魄,于斯可观。取为压卷,屹然作镇”(《读杜心解》)。也正是从这两句诗的象征意义着眼的。这和杜甫在政治上“自比稷与契”,在创作上“气劘屈贾垒,目短曹刘墙”,正是一致的。此诗被后人誉为“绝唱”,并刻石为碑,立在山麓。无疑,它将与泰山同垂不朽。

(萧涤非)

题张氏隐居二首（其二）

原文

之子时相见，邀人晚兴留。

霁潭鳣发发，春草鹿呦呦。

杜酒偏劳劝，张梨不外求。

前村山路险，归醉每无愁。

鉴赏

原作共两首，第一首是七律，殆初识张君时作，形容他的为人。这是第二首，大约跟张氏已很相熟了，所以开首便道"之子时相见"。清杨伦《杜诗镜铨》以为"当是数至后再题"，清仇兆鳌《杜诗详注》以为"往来非一度矣"，皆是。

虽是一首应酬之作，却可以看出作者的人情味与风趣。这首诗直说与用典双管齐下。直说与用典是古诗常用的两种表现方法，如不能分辨，诗意便不明白。在这里却两两密合。假如当作直说看，那简直接近白话；假如当作用典看，那又大半都是些典故，所谓"无一句无来历"。但这是形迹，杜诗往往如此，不足为奇。它能够有风趣，方是真正的难得。

如"之子"翻成白话当说"这人"或"这位先生"，但"之子"却见《毛诗》。第三句，池中鲤鱼很多，游来游去；第四句鹿在那边吃草呦呦地叫；但"鳣鲔（zhān wěi）发发（bō）""呦呦（yōu）鹿鸣，食野之苹"，并见《毛诗》。用经典成语每苦迂腐板重，在这儿却一点也不觉得，故前人评："三、四驱遣六艺却极清秀。"而且鹿鸣原诗有宴乐嘉宾之意，所以这第四句虽写实景，已景中含情，承上启下了。

"杜酒"一联，几乎口语体，偏又用典故来贴切宾主的姓。杜康是创制秫酒的人。"张公大谷之梨"，见晋潘岳《闲居赋》。他说，酒本是我们杜家的，却偏偏劳您来劝我；梨本是你们张府上的，自然在园中边摘边吃，不必向外找哩。典故用得这般巧，显出主人的情重来，已是文章本天成，尤妙在说得这样轻灵自然。清杨伦《杜诗镜铨》说："巧对，蕴藉不觉。"蕴藉不觉正是风趣的一种铨表。

诗还用透过一层的写法。文章必须密合当时的实感，这原是通例。但这个现实性却不可呆看，有些地方正以不必符合为佳。在这里即超过，超过便是不很符合。惟其不很符合，才能把情感表现得非常圆满，也就是进一步合乎现实了。这诗末联"前村山路险，归醉每无愁"。想那前村的山路很险，又喝醉了酒，跌跌撞撞地回去，仿佛盲人瞎马夜半深池的光景，哪有不发愁之理；所以这诗末句实在该当作"归醉每应愁"的，但他偏不说"应愁"，颠倒说"无愁"。究竟"应愁"符合现实呢，还是"无愁"符合现实？我们该说"应愁"是实；我们更应该知道"无愁"虽非实感，却能进一步地表现这主题——主人情重，客人致谢，宾主极欢。

在这情景下，那么不管老杜他在那天晚上愁也不愁，反正必须说“无愁”的。所以另外本可以有一个比较自然合理的解释，喝醉了所以不知愁；但也早被前人给否决了。《杜诗集评》引李天生说：“末二句谓与张深契，故醉归忘山路之险，若云醉而不知，则浅矣。”李氏的话是很对的。杜甫正要借这该愁而不愁来表示他对主人的倾倒和感谢，若把自己先形容成了一个酒糊涂，那诗意全失，不仅煞风景而已。这一句又结出首联的意思来，“邀人晚兴留”是这诗里主要的句子。

（俞平伯）

房兵曹胡马

原文

胡马大宛名，锋棱瘦骨成。
竹批双耳峻，风入四蹄轻。
所向无空阔，真堪托死生。
骁腾有如此，万里可横行。

鉴赏

这是一首咏物言志诗。注家一般认为作于开元二十八年(740)或二十九年，正值诗人漫游齐赵，飞鹰走狗，裘马清狂的一段时期。诗的风格超迈遒劲，凛凛有生气，反映了青年杜甫锐于进取的精神。

诗分前后两部分。前面四句正面写马，是实写。诗人恰似一位丹青妙手，用传神之笔为我们描画了一匹神清骨峻的“胡马”。它来自大宛(汉代西域的国名，素以产“汗血马”著称)，自然非凡马可比。接着，对马作了形象的刻画。南齐谢赫的《古画品录》提出“六法”，第一为“气韵生动”，第二即是“骨法用笔”，这是作为气韵生动的首要条件提出来的。所谓“骨法”，就是要写出对象的风度、气格。杜甫写马的骨相：嶙峋耸峙，状如锋棱，勾勒出神峻的轮廓。接着写马耳如刀削斧劈一般锐利劲挺，这也是良马的一个特征。至此，骏马的昂藏不凡已跃然纸上了，我们似见其咴咴喷气、跃跃欲试的情状，下面顺势写其四蹄腾空、凌厉奔驰的雄姿就十分自然。"批"和"入"两个动词极其传神。前者写双耳直竖，有一种挺拔的力度；后者不写四蹄生风，而写风入四蹄，别具神韵。从骑者的感受说，当其风驰电掣之时，好像马是不动的，两旁的景物飞速后闪，风也向蹄间呼啸而入。诗人刻画细致，惟妙逼真。颔联两句以"二二一"的节奏，突出每句的最后一字："峻"写马的气概，"轻"写它的疾驰，都显示出诗人的匠心。这一部分写马的风骨，用的是大笔勾勒的方法，不必要的细节一概略去，只写其骨相、双耳和奔驰之态，因为这三者最能体现马的特色。正如唐张彦远评画所云："笔才一二，象已应焉，离披点画，时见缺落，此虽笔不周而意周也。"(《历代名画记》)这就是所谓"写意传神"。

诗的前四句写马的外形动态，后四句转写马的品格，用虚写手法，由咏物转入了抒情。颈联承上奔马而来，写它纵横驰骋，历块过都，有着无穷广阔的活动天地；它能逾越一切险阻的能力就足以使人信赖。这里看似写马，实是写人，这难道不是一个忠实的朋友、勇敢的将士、侠义的豪杰的形象吗？尾联先用"骁腾有如此"总挽上文，对马作概括，最后宕开一句——"万里可横行"，包含着无尽的期望和抱负，将意境开拓得非常深远。这一联收得拢，也放得开，它既是写马驰骋万里，也是期望房兵曹为国立功，更是诗人自己志向的写照。盛唐时代国力的强盛，疆土的开拓，激发了民众的豪情，书生寒士都渴望建功立业，封侯万里。这种蓬勃向上的精神用骏马来表现确是最合适不过了。这和后期杜甫通过对病马的悲悯来表现忧国之情，真不可同日而语。

南朝宋人宗炳的《画山水序》认为通过写形传神而达于“畅神”的道理。如果一个艺术形象不能“畅神”，即传达作者的情志，那么再酷肖也是无生命的。杜甫此诗将状物和抒情结合得自然无间。在写马中也写人，写人又离不开写马，这样一方面赋予马以活的灵魂，用人的精神进一步将马写活；另一方面写人有马的品格，人的情志也有了形象的表现。前人讲“咏物诗最难工，太切题则粘皮带骨，不切题则捕风捉影，须在不即不离之间”（清钱泳《履园谈诗》），这个要求杜甫是做到了。

（黄宝华）

画鹰

原文

素练风霜起，苍鹰画作殊。
攫身思狡兔，侧目似愁胡。
绦镟光堪摘，轩楹势可呼。
何当击凡鸟，毛血洒平芜。

鉴赏

画上题诗，是我国绘画艺术特有的一种民族风格。古代文人画家，为了阐发画意，寄托感慨，往往于作品完成以后，在画面上题诗，收到了诗情画意相得益彰的效果。为画题诗自唐代始，但当时只是以诗赞画，真正把诗题在画上，是宋代以后的事。不过，唐代诗人的题画诗，对后世画上题诗产生了极大影响。其中，杜甫的题画诗数量之多与影响之大，终唐之世未有出其右者。

这首题画诗大概写于开元末年(741)，是杜甫早期的作品。此时诗人正当年少，富于理想，也过着“快意”的生活，充满着青春活力，富有积极进取之心。诗人通过对画鹰的描绘，抒发了他那嫉恶如仇的激情和凌云的壮志。

全诗共八句,可分三层意思:

一、二两句为第一层,点明题目。起用惊讶的口气说:洁白的画绢上,突然腾起了一片风霜肃杀之气,这是怎么回事呢?第二句随即点明:原来是矫健不凡的画鹰仿佛挟风带霜而起,极赞绘画的特殊技巧所产生的艺术效果。这首诗起笔是倒插法。何谓倒插法?试看杜甫《姜楚公画角鹰歌》的起笔曰:"楚公画鹰鹰戴角,杀气森森到幽朔。"先从画鹰之人所画的角鹰写起,然后描写出画面上所产生的肃杀之气,是谓正起。而此诗则先写"素练风霜起",然后再点明"画鹰",所以叫作倒插法。这种手法,一起笔就有力地刻画出画鹰的气势,吸引着读者。杜甫的题画诗善用此种手法,如《奉先刘少府新画山水障歌》的起笔曰:"堂上不合生枫树,怪底江山起烟雾。"《画鹘行》的起笔曰:"高堂见生鹘,飒爽动秋骨。"《奉观严郑公厅事岷山沱江画图十韵》的起笔曰:"沱水临中座,岷山到北堂。"这些起笔诗句都能起到先声夺人的艺术效果。

中间四句为第二层,描写画面上苍鹰的神态,是正面文章。颔联的"㩳(sǒng)身"就是"竦身"。"侧目"句见《汉书·李广传》:"侧目而视,号曰苍鹰。"又见西晋孙楚《鹰赋》:"深目蛾眉,状如愁胡。"再见西晋傅玄《猿猴赋》:"扬眉蹙额,若愁若嗔。"杜甫这两句是说苍鹰的眼睛和猢狲的眼睛相似,耸起身子的样子,好像是在想攫取狡猾的兔子似的,从而刻画出苍鹰搏击前的动作及其心理状态,真是传神之笔,把画鹰一下子写活了,宛如真鹰。颈联"绦镟(tāo xuàn)"的"绦"是系鹰用的丝绳;"镟"是转轴,系鹰用的金属的圆轴。"轩楹"是堂前廊柱,此指画鹰悬挂之地。这两句是说系着金属圆轴的苍鹰,光彩照人,只要把丝绳解掉,即可展翅飞翔；悬挂在轩楹上的画鹰，神采飞动，气雄万夫，好像呼之即出，去追逐狡兔，从而描写出画鹰跃跃欲试的气势。作者用真鹰来作比拟，以这两联诗句，把画鹰描写得栩栩如生。

此两联中，“思”与“似”、“摘”与“呼”两对词，把画鹰刻画得极为传神。“思”写其动态，“似”写其静态，“摘”写其情态，“呼”写其神态。诗人用字精工，颇见匠心。通过这些富有表现力的字眼，把画鹰描写得同真鹰一样。是真鹰，还是画鹰，几难分辨。但从“堪”与“可”这两个推论之词来玩味，毕竟仍是画鹰。

最后两句进到第三层，承上收结，直把画鹰当成真鹰，寄托着作者的思想。大意是说：何时让这样卓然不凡的苍鹰展翅搏击，将那些“凡鸟”的毛血洒落在原野上。“何当”含有希幸之意，就是希望画鹰能够变成真鹰，奋飞碧霄去搏击凡鸟。“毛血”句，见汉班固《西都赋》：“风毛雨血，洒野蔽天。”至于“凡鸟”，张上若说：“天下事皆庸人误之，末有深意。”这是把“凡鸟”喻为误国的庸人，似有锄恶之意。由此看来，此诗借咏《画鹰》以表现作者嫉恶如仇之心，奋发向上之志。作者在《杨监又出画鹰十二扇》一诗的结尾，同样寄寓着自己的感慨曰：“为君除狡兔，会是翻韝上。”

总起来看，这首诗起笔突兀，先勾勒出画鹰的气势，从“画作殊”兴起中间两联对画鹰神态的具体描绘，而又从“势可呼”顺势转入收结，寄托着作者的思想，揭示主题。清浦起龙《读杜心解》评曰：“起作惊疑问答之势。……‘攫身’‘侧目’，此以真鹰拟画，又是贴身写。‘堪摘’‘可呼’，此从画鹰见真，又是饰色写。结则竟以真鹰气概期之。乘风思奋之心，疾恶如仇之志，一齐揭出。”可见此诗，不惟章法谨严，而且形象生动，寓意深远，不愧为题画诗的杰作。

（孔寿山）

奉赠韦左丞丈二十二韵

原文

纨袴不饿死，儒冠多误身。
丈人试静听，贱子请具陈：
甫昔少年日，早充观国宾[①]。
读书破万卷，下笔如有神。
赋料扬雄敌，诗看子建亲。
李邕求识面，王翰愿卜邻。
自谓颇挺出，立登要路津。
致君尧舜上，再使风俗淳。
此意竟萧条，行歌非隐沦。
骑驴十三载，旅食京华春。
朝扣富儿门，暮随肥马尘。
残杯与冷炙，到处潜悲辛。
主上顷见征，欻然欲求伸。
青冥却垂翅，蹭蹬无纵鳞。
甚愧丈人厚，甚知丈人真。
每于百僚上，猥诵佳句新[②]。

窃效贡公喜,难甘原宪贫。

焉能心怏怏?只是走踆踆[3]。

今欲东入海,即将西去秦[4]。

尚怜终南山,回首清渭滨[5]。

常拟报一饭[6],况怀辞大臣。

白鸥没浩荡,万里谁能驯!

〔注〕

① “甫昔”二句:指开元二十三年(735)杜甫二十四岁在洛阳参加进士考试一事。观国宾:是说自己有幸看到国朝文物之盛,当时还只是一个在野的宾客。《周易·观卦·象辞》:“观国之光尚宾也。”

② 猥:承蒙。诵佳句:指吟诵杜甫的诗,用意在宣扬推荐。

③ 踆踆(cún):进退两难的样子。

④ 东入海:指避世隐居。《论语·公冶长》记孔子语:“道不行,乘桴浮于海。”西去秦:离开西方的秦地(指京城长安)。

⑤ 终南山:在长安城南。渭水:在长安城北。二地也都指代长安。

⑥ 报一饭:《史记·范雎传》:“一饭之恩必报。”

鉴赏

在杜甫困守长安十年时期所写下的求人援引的诗篇中，要数这一首是最好的了。这类社交性的诗，带有明显的急功求利的企图。常人写来，不是曲意讨好对方，就是有意贬低自己，容易露出阿谀奉承、俯首乞怜的寒酸相。杜甫在这首诗中却能做到不卑不亢，直抒胸臆，吐出长期郁积下来的对封建统治者压制人才的悲愤不平。这是他超出常人之处。

唐玄宗天宝七载(748)，韦济任尚书左丞前后，杜甫曾赠过他两首诗，希望得到他的提拔。韦济虽然很赏识杜甫的诗才，却没能给以实际的帮助，因此杜甫又写了这首诗，表示如果实在找不到出路，就决心要离开长安，退隐江海。杜甫自二十四岁在洛阳应进士试落选，到写诗的时候已有十三年了。特别是到长安寻求功名也已三年，结果却是处处碰壁，素志难伸。青年时期的豪情，早已化为一腔牢骚愤激，不得已在韦济面前发泄出来。

诗人是怎样倾吐他的愤激不平的呢？细品全诗，诗人主要运用了对比和顿挫曲折的表现手法，将胸中郁结的情思，抒写得如泣如诉，真切动人。这首诗应该说是体现杜诗“沉郁顿挫”风格的最早的一篇。

诗中对比有两种情况，一是以他人和自己对比，一是以自己的今昔对比。先说以他人和自己对比。开端的“纨袴不饿死，儒冠多误身”，把诗人强烈的不平之鸣，像江河决口那样突然喷发出来，真有劈空而起，锐不可当之势。在诗人所处的时代，那些纨袴子弟，不学无术，一个个过着脑满肠肥、趾高气扬的生活；他们精神空虚，本是世上多余的人，偏又不会饿死。而像杜甫那样正直的读书人，却大多空怀壮志，一直挣扎在饿死的边缘，眼看误尽了事业和前程。这两句诗，开门见山，鲜明揭示了全篇的主旨，有力地概括了封建社会贤愚倒置的黑暗现实。

从全诗描述的重点来看，写“纨袴”的“不饿死”，主要是为了对比突出“儒冠”的“多误身”，轻写别人是为了重写自己。所以接下去诗人对韦济袒露胸怀时，便撇开“纨袴”，紧紧抓住自己在追求“儒冠”事业中今昔截然不同的苦乐变化，再一次运用对比，以浓彩重墨抒写了自己少年得意蒙荣、眼下误身受辱的无穷感慨。这第二个对比，诗人足足用了二十四句，真是大起大落，淋漓尽致。从“甫昔少年日”到“再使风俗淳”十二句，是写得意蒙荣。诗人用铺叙追忆的手法，介绍了自己早年出众的才学和远大的抱负。少年杜甫很早就在洛阳一带见过大世面。他博学精深，下笔有神。作赋自认可与扬雄匹敌，咏诗眼看就与曹植相亲。头角乍露，就博得当代文坛领袖李邕、诗人王翰的赏识。凭着这样卓越挺秀的才华，他天真地认为求个功名，登上仕途，还不是易如反掌。到那时就可实现梦寐以求的“致君尧舜上，再使风俗淳”的政治理想了。诗人信笔写来，高视阔步，意气风发，大有踌躇满志、睥睨一切的气概。写这一些，当然也是为了让韦济了解自己的为人，但更重要的还是要突出自己眼下的误身受辱。从“此意竟萧条”到“蹭蹬无纵鳞”，又用十二句写误身受辱，与前面的十二句形成强烈的对比。现实是残酷的，“要路津”早已被“纨袴”占尽，主观愿望和客观实际的矛盾无情地嘲弄着诗人。看一下诗人在繁华京城的旅客生涯吧：多少年来，诗人经常骑着一条瘦驴，奔波颠踬在闹市的大街小巷。早上敲打豪富人家的大门，受尽纨袴子弟的白眼；晚上尾随着贵人肥马扬起的尘土郁郁归来。成年累月就在权贵们的残杯冷炙中讨生活。不久前诗人又参加了朝廷主持的一次特试，谁料这场考试竟是奸相李林甫策划的一个忌才的大骗局，在“野无遗贤”的遁辞下，诗人和其他应试的士子全都落选了。这对诗人是一个沉重的打击，就像刚飞向蓝天的大鹏又垂下了双翅，也像遨游于远洋的鲸鲵一下子又失去了自由。诗人的误身受辱、痛苦不幸也就达到了顶点。

这一大段的对比描写，迤逦展开，犹如一个人步步登高，开始确是满目春光，心花怒放，哪曾想会从顶峰失足，如高山坠石，一落千丈，从而使后半篇完全笼罩在一片悲愤怅惘的氛围中。诗人越是把自己的少年得意写得红火热闹，越能衬托出眼前儒冠误身的悲凉凄惨。这大概是诗人要着力运用对比的苦心所在吧！

从“甚愧丈人厚”到诗的终篇，写诗人对韦济的感激、期望落空，决心离去而又恋恋不舍的矛盾复杂心情。这样丰富错杂的思想内容，必然要求诗人另外采用顿挫曲折的笔法来表现，才能收到“其入人也深”的艺术效果。在坎坷的人生道路上，诗人再也不能忍受像孔子学生原宪那样的贫困了。他为韦济当上了尚书左丞而暗自高兴，就像汉代贡禹听到好友王吉升了官而弹冠相庆。诗人多么希望韦济能对自己有更实际的帮助呀！但现实已经证明这样的希望是不可能实现了。诗人只能强制自己不要那样愤愤不平，快要离去了却仍不免在那里顾瞻徘徊。辞阙远游，退隐江海之上，这在诗人是不甘心的，也是不得已的。他对自己曾寄以希望的帝京，对曾有“一饭之恩”的韦济，是那样恋恋不舍，难以忘怀。但是，又有什么办法呢？最后只能毅然引退，像白鸥那样飘飘远逝在万里波涛之间。这一段，诗人写自己由盼转愤、欲去不忍、一步三回头的矛盾心理，真是曲折尽情，丝丝入扣，和前面动人的对比相结合，充分体现出杜诗“思深意曲，极鸣悲慨”（清方东树《昭昧詹言》）的艺术特色。

“白鸥没浩荡，万里谁能驯！”从结构安排上看，这个结尾是从百转千回中逼出来的，宛若奇峰突起，末势愈壮。它将诗人高洁的情操、宽广的胸怀、刚强的性格，表现得辞气喷薄，跃然纸上。正如清浦起龙指出的“一结高绝”（见《读杜心解》）。董养性也说：“词气磊落，傲睨宇宙，可见公虽困踬之中，英锋俊彩，未尝少挫也。”（转引自清仇兆鳌《杜诗详注》）吟咏这样的曲终高奏，诗人青年时期的英气豪情，会重新在我们心头激荡。我们的诗人，经受着尘世的磨炼，没有向封建社会严酷的不合理现实屈服，显示出一种碧海展翅的冲击力，从而把全诗的思想性升华到一个新的高度。

全诗不仅成功地运用了对比和顿挫曲折的笔法，而且语言质朴中见锤炼，含蕴深广。如“残杯与冷炙，到处潜悲辛”，道尽了世态炎凉和诗人精神上的创伤。一个“潜”字，表现悲辛的无所不在，可谓悲沁骨髓，比用一个寻常的“是”或“有”字，不知精细生动多少倍。句式上的特点是骈散结合，以散为主，因此一气读来，既有整齐对称之美，又有纵横飞动之妙。所有这一切，都足证诗人功力的深厚，也预示着诗人更趋成熟的长篇巨制，随着时代的剧变和生活的充实，必将辉耀于中古的诗坛。

（徐竹心）

同诸公登慈恩寺塔

原文

高标跨苍穹，烈风无时休。
自非旷士怀，登兹翻百忧。
方知象教力，足可追冥搜。
仰穿龙蛇窟，始出枝撑幽。
七星在北户，河汉声西流。
羲和鞭白日，少昊行清秋。
秦山忽破碎，泾渭不可求。
俯视但一气，焉能辨皇州？
回首叫虞舜，苍梧云正愁。
惜哉瑶池饮，日晏昆仑丘。
黄鹄去不息，哀鸣何所投？
君看随阳雁，各有稻粱谋。

鉴赏

这首诗，是杜甫在天宝十一载（752）秋天登慈恩寺塔写的。慈恩寺是唐高宗做太子时为他母亲而建，故称“慈恩”，建于贞观二十一年（647）。塔是玄奘在永徽三年（652）建的，称大雁塔，共有六层。大足元年（701）改建，增高为七层，在今陕西省西安市东南。这首诗有个自注：“时高适、薛据先有此作。”此外，岑参、储光羲也写了诗。杜甫的这首是同题诸诗中的压卷之作。

“高标跨苍穹，烈风无时休。”诗一开头就出语奇突，气概不凡。不说高塔而说“高标”，使人想起晋左思《蜀都赋》中“阳鸟回翼乎高标”句所描绘的直插天穹的树梢，又想起李白《蜀道难》中“上有六龙回日之高标”句所形容的高耸入云的峰顶。这里借“高标”极言塔高。不说苍天而说“苍穹”，即勾画出天像穹窿形。用一“跨”字，正和“苍穹”紧联。天是穹窿形的，所以就可“跨”在上面。这样夸张地写高还嫌不够，又引出“烈风”来衬托。风“烈”而且“无时休”，更见塔之极高。“自非旷士怀，登兹翻百忧”，二句委婉言怀，不无愤世之慨。诗人不说受不了烈风的狂吹而引起百忧，而是推开一步，说自己不如旷达之士那么清逸风雅，登塔俯视神州，百感交集，心中翻滚起无穷无尽的忧虑。当时唐王朝表面上还是歌舞升平，实际上已经危机四伏。对烈风而生百忧，正是感触到这种政治危机所在。忧深虑远，为其他诸公之作所不能企及。

接下去四句，抛开“百忧”，另起波澜，转而对寺塔建筑进行描绘。“方知”承“登兹”，细针密线，衔接紧凑。象教即佛教，佛教用形象来教人，故称“象教”。“冥搜”，意谓在高远幽深中探索，这里有冥思和想象的意思。“追”即“追攀”。由于塔是崇拜佛教的产物，这里塔便成了佛教力量的象征。“方知象教力，足可追冥搜”二句，极赞寺塔建筑的奇伟宏雄，极言其巧夺天工，尽人间想象之妙。写到这里，又用惊人之笔，点明登塔，突出塔之奇险。“仰穿龙蛇窟”，沿着狭窄、曲折而幽深的阶梯向上攀登，如同穿过龙蛇的洞穴；“始出枝撑幽”，绕过塔内犬牙交错的幽暗梁栏，攀到塔的顶层，方才豁然开朗。此二句既照应“高标”，又引出塔顶远眺，行文自然而严谨。

站在塔的最高层，宛如置身天宫仙阙。“七星在北户”，眼前仿佛看到北斗七星在北窗外闪烁；“河汉声西流”，耳边似乎响着银河水向西流淌的声音。银河既无水又无声，这里把它比作人间的河，引出水声，曲喻奇妙。二句写的是想象中的夜景。接着转过来写登临时的黄昏景色。“羲和鞭白日，少昊行清秋”，交代时间是黄昏，时令是秋季。羲和是驾驶日车的神，相传他赶着六条龙拉着的车子，载着太阳在空中跑。作者在这里驰骋想象，把这个神话改造了一下，不是六条龙拉着太阳跑，而是羲和赶着太阳跑，他嫌太阳跑得慢，还用鞭子鞭打太阳，催它快跑。少昊，传说是黄帝的儿子，是主管秋天的神，他正在推行秋令，掌管着人间秋色。这两句点出登临正值清秋日暮的特定时分，为下面触景抒情酝酿了气氛。

接下去写俯视所见，从而引起感慨，是全篇重点。“秦山忽破碎，泾渭不可求。俯视但一气，焉能辨皇州?”诗人结合登塔所见来写，在写景中有所寄托。秦山指终南山和秦岭，在平地上望过去，只看到青苍的一片，而在塔上远眺，则群山大小相杂，高低起伏，大地好像被切成许多碎块。泾水浊，渭水清，然而从塔上望去分不清哪是泾水，哪是渭水，清浊混淆了。再看皇州(即首都长安)，只看到朦胧一片。这四句写黄昏景象，却又另有含意，道出了山河破碎，清浊不分，京都朦胧，政治昏暗。这正和“百忧”呼应。《资治通鉴》:“(天宝十一载)上(玄宗)晚年自恃承平，以为天下无复可忧，遂深居禁中，专以声色自娱，悉委政事于(李)林甫。林甫媚事左右，迎会上意，以固其宠。杜绝言路，掩蔽聪明，以成其奸;妒贤嫉能，排抑胜己，以保其位;屡起大狱，诛逐贵臣，以张其势。”“凡在相位十九年，养成天下之乱。”杜甫已经看到了这种情况，所以有百忧的感慨。

以下八句是感事。正由于朝廷政治黑暗，危机四伏，所以追思唐太宗时代。“回首叫虞舜，苍梧云正愁。”塔在长安东南区，上文俯视长安是面向西北，现在南望苍梧，所以要“回首”。唐高祖号神尧皇帝，太宗受内禅，所以称虞舜。舜葬苍梧，比太宗的昭陵。云正愁，写昭陵上空的云仿佛也在为唐朝的政治昏乱发愁。一个“叫”字，正写出杜甫对太宗政治清明时代的深切怀念。下二句追昔，引出抚今：“惜哉瑶池饮，日晏昆仑丘。”瑶池饮，《穆天子传》卷四记周穆王“觞西王母于瑶池之上”，《列子・周穆王》称周穆王“升昆仑之丘”，“遂宾于西王母，觞于瑶池之上”，“乃观日之所入”。这里借指唐玄宗与杨贵妃在骊山饮宴，过着荒淫的生活。日晏结合日落，比喻唐朝将陷入危乱。这就同秦山破碎四句呼应，申述所怀百忧。正由于玄宗把政事交给李林甫，李排抑贤能，所以“黄鹄去不息，哀鸣何所投”。贤能的人才一个接一个地受到排斥，只好离开朝廷，像黄鹄那样哀叫而无处可以投奔。最后，诗人愤慨地写道：“君看随阳雁，各有稻粱谋。”指斥那样趋炎附势的人，就像随着太阳温暖转徙的候鸟，只顾自我谋生，追逐私利。

全诗有景有情，寓意深远。清钱谦益说：“高标烈风，登兹百忧，岌岌乎有飘摇崩析之恐，正起兴也。泾渭不可求，长安不可辨，所以回首而思叫虞舜”，“瑶池日晏，言天下将乱，而宴乐之不可以为常也”。（《杜诗笺注》）这就说明了全篇旨意。正因为如此，这首诗成为诗人前期创作中的一篇重要作品。

（周振甫）

兵车行

原文

车辚辚，马萧萧，行人弓箭各在腰。
耶娘妻子走相送，尘埃不见咸阳桥。
牵衣顿足拦道哭，哭声直上干云霄。
道旁过者问行人，行人但云点行频。
或从十五北防河，便至四十西营田；
去时里正与裹头，归来头白还戍边。
边庭流血成海水，武皇开边意未已。
君不闻汉家山东二百州，千村万落生荆杞。
纵有健妇把锄犁，禾生陇亩无东西。
况复秦兵耐苦战，被驱不异犬与鸡。
长者虽有问，役夫敢申恨？
且如今年冬，未休关西卒。
县官急索租，租税从何出？
信知生男恶，反是生女好；
生女犹得嫁比邻，生男埋没随百草！
君不见青海头，古来白骨无人收。
新鬼烦冤旧鬼哭，天阴雨湿声啾啾。

鉴赏

天宝以后,唐王朝对西北、西南少数民族的战争越来越频繁。这连年不断的大规模战争,不仅给边疆少数民族带来沉重灾难,也给广大中原地区人民带来同样的不幸。

据《资治通鉴》卷二百一十六载:“天宝十载(751)四月,剑南节度使鲜于仲通讨南诏蛮,大败于泸南。时仲通将兵八万,……军大败,士卒死者六万人,仲通仅以身免。杨国忠掩其败状,仍叙其战功。……制大募两京及河南北兵以击南诏。人闻云南多瘴疠,未战,士卒死者什八九,莫肯应募。杨国忠遣御史分道捕人,连枷送诣军所。……于是行者愁怨,父母妻子送之,所在哭声震野。”这段历史记载,可当作这首诗的说明来读。而这首诗则艺术地再现了这一社会现实。

“行”是乐府歌曲的一种体裁。杜甫的《兵车行》没有沿用古题,而是缘事而发,即事名篇,自创新题,运用乐府民歌的形式,深刻地反映了人民的苦难生活。

诗歌从蓦然而起的客观描述开始,以重墨铺染的雄浑笔法,如风至潮来,在读者眼前突兀展现出一幅震人心弦的巨幅送别图:兵车隆隆,战马嘶鸣,一队队被抓来的穷苦百姓,换上了戎装,佩上了弓箭,在官吏的押送下,正开往前线。征夫的爷娘妻子乱纷纷地在队伍中寻找、呼喊自己的亲人,扯着亲人的衣衫,捶胸顿足,边叮咛边呼号。车马扬起的灰尘,遮天蔽日,连咸阳西北横跨渭水的大桥都被遮没了。千万人的哭声汇成震天的巨响在云际回荡。“耶娘妻子走相送”,一个家庭支柱、主要劳动力被抓走了,剩下来的尽是些老弱妇幼,对一个家庭来说不啻是一个塌天大祸,怎么不扶老携幼,奔走相送呢?一个普通“走”字,寄寓了诗人多么浓厚的感情色彩!亲人被突然抓兵,又急促押送出征,眷属们追奔呼号，去作那一刹那的生死离别，是何等仓促，何等悲愤！“牵衣顿足拦道哭”，一句之中连续四个动作，又把送行者那种眷恋、悲怆、愤恨、绝望的动作神态，表现得细腻入微。诗人笔下，灰尘弥漫，车马人流，令人目眩；哭声遍野，直冲云天，震耳欲聋！这样的描写，给读者以听觉视觉上的强烈感受，集中展现了成千上万家庭妻离子散的悲剧，令人触目惊心！

接着，从“道旁过者问行人”开始，诗人通过设问的方法，让当事者，即被征发的士卒作了直接倾诉。

“道旁过者”即过路人，也就是杜甫自己。上面的凄惨场面，是诗人亲眼所见；下面的悲切言辞，又是诗人亲耳所闻。这就增强了诗的真实感。“点行频”，意思是频繁地征兵，是全篇的“诗眼”。它一针见血地点出了造成百姓妻离子散，万民无辜牺牲，全国田亩荒芜的根源。接着以一个十五岁出征，四十岁还在戍边的“行人”作例，具体陈述“点行频”，以示情况的真实可靠。“边庭流血成海水，武皇开边意未已。”“武皇”，是以汉喻唐，实指唐玄宗。杜甫如此大胆地把矛头直接指向了最高统治者，这是从心底迸发出来的激烈抗议，充分表达了诗人怒不可遏的悲愤之情。

诗人写到这里，笔锋陡转，开拓出另一个惊心动魄的境界。诗人用“君不闻”三字领起，以谈话的口气提醒读者，把视线从流血成海的边庭转移到广阔的内地。诗中的“汉家”，也是影射唐朝。华山以东的原田沃野千村万落，变得人烟萧条，田园荒废，荆棘横生，满目凋残。诗人驰骋想象，从眼前的闻见，联想到全国的景象，从一点推及到普遍，两相辉映，不仅扩大了诗的表现容量，也加深了诗的表现深度。

从“长者虽有问”起，诗人又推进一层。“长者”，是征夫对诗人的尊称。“役夫”是士卒自称。“县官”指唐王朝。“长者”二句透露出统治者加给他们的精神桎梏,但是压是压不住的,下句就终究引发出诉苦之词。敢怒而不敢言,而后又终于说出来,这样一阖一开,把征夫的苦衷和恐惧心理,表现得极为细腻逼真。这几句写的是眼前时事。因为“未休关西卒”,大量的壮丁才被征发。而“未休关西卒”的原因,正是由于“武皇开边意未已”所造成。“租税从何出?”又与前面的“千村万落生荆杞”相呼应。这样前后照应,层层推进,对社会现实的揭示越来越深刻。这里忽然连用了几个短促的五言句,不仅表达了戍卒们沉痛哀怨的心情,也表现出那种倾吐苦衷的急切情态。这样通过当事人的口述,又从抓兵、逼租两个方面,揭露了统治者的穷兵黩武加给人民的双重灾难。

诗人接着感慨道:如今是生男不如生女好,女孩子还能嫁给近邻,男孩子只能丧命沙场。这是发自肺腑的血泪控诉。重男轻女,是封建社会制度下普遍存在的社会心理。但是由于连年战争,男子的大量死亡,在这一残酷的社会条件下,人们却一反常态,改变了这一社会心理。这个改变,反映出人们心灵上受到多么严重的摧残啊!最后,诗人用哀痛的笔调,描述了长期以来存在的悲惨现实:青海边的古战场上,平沙茫茫,白骨露野,阴风惨惨,鬼哭凄凄。寂冷阴森的情景,令人不寒而栗。这里,凄凉低沉的色调和开头那种人声鼎沸的气氛,悲惨哀怨的鬼泣和开头那种惊天动地的人哭,形成了强烈的对照。这些都是“开边未已”所导致的恶果。至此,诗人那饱满酣畅的激情得到了充分的发挥,唐王朝穷兵黩武的罪恶也揭露得淋漓尽致。

《兵车行》是杜诗名篇,为历代推崇。它揭露了唐玄宗长期以来的穷兵黩武,连年征战,给人民造成了巨大的灾难,具有深刻的思想内容。在艺术上也很突出。首先是寓情于叙事之中。这篇叙事诗，无论是前一段的描写叙述，还是后一段的代人叙言，诗人激切奔越、浓郁深沉的思想感情，都自然地融汇在全诗的始终，诗人那种焦虑不安、忧心如焚的形象也仿佛展现在读者面前。其次在叙述次序上参差错落前后呼应，舒得开，收得起，变化开阖，井然有序。第一段的人哭马嘶、尘烟滚滚的喧嚣气氛，给第二段的倾诉苦衷作了渲染铺垫；而第二段的长篇叙言，则进一步深化了第一段场面描写的思想内容，前后辉映，互相补充。同时，情节的发展与句型、音韵的变换紧密结合，随着叙述，句型、韵脚不断变化，三、五、七言，错杂运用，加强了诗歌的表现力。如开头两个三字句，急促短迫，扣人心弦。后来在大段的七字句中，忽然穿插上八个五字句，表现"行人"那种压抑不住的愤怒哀怨的激情，格外传神。用韵上，全诗八个韵，四平四仄，平仄相间，抑扬起伏，声情并茂。再次，是在叙述中运用过渡句和习用词语，如在大段代人叙言中，穿插"道旁过者问行人，行人但云点行频""长者虽有问，役夫敢申恨"和"君不见""君不闻"等语，不仅避免了冗长平板，还不断提示、惊醒读者，造成了回肠荡气的艺术效果。诗人还采用了民歌的接字法，如"牵衣顿足拦道哭，哭声直上干云霄""道旁过者问行人，行人但云点行频"等。这样蝉联而下，累累如贯珠，朗读起来，铿锵和谐，优美动听。最后，采用了通俗口语，如"耶娘妻子""牵衣顿足拦道哭""被驱不异犬与鸡"等，清新自然，明白如话，是杜诗中运用口语非常突出的一篇。前人评及此，曾这样说："语杂歌谣，最易感人，愈浅愈切。"这些民歌手法的运用，给诗增添了明快而亲切的感染力。

（郑庆笃）

饮中八仙歌

原文

知章骑马似乘船，眼花落井水底眠。

汝阳三斗始朝天，道逢麴车口流涎，恨不移封向酒泉。

左相日兴费万钱，饮如长鲸吸百川，衔杯乐圣称避贤。

宗之潇洒美少年，举觞白眼望青天，皎如玉树临风前。

苏晋长斋绣佛前，醉中往往爱逃禅。

李白一斗诗百篇，长安市上酒家眠。

天子呼来不上船，自称臣是酒中仙。

张旭三杯草圣传，脱帽露顶王公前，挥毫落纸如云烟。

焦遂五斗方卓然，高谈雄辩惊四筵。

鉴赏

《饮中八仙歌》是一首别具一格，富有特色的“肖像诗”。八个酒仙是同时代的人，又都在长安生活过，在嗜酒、豪放、旷达这些方面彼此相似。诗人以洗练的语言，人物速写的笔法，将他们写进一首诗里，构成一幅栩栩如生的群像图。

八仙中首先出现的是贺知章。他是其中资格最老、年事最高的一个。在长安，他曾“解金龟换酒为乐”（李白《对酒忆贺监序》）。诗中说他喝醉酒后，骑马的姿态就像乘船那样摇来晃去，醉眼蒙眬，眼花缭乱，跌进井里竟会在井里熟睡不醒。相传“阮咸尝醉，骑马倾欹，人曰：‘个老子如乘船游波浪中’”（明王嗣奭《杜臆》卷一）。杜甫活用这一典故，用夸张手法描摹贺知章酒后骑马的醉态与醉意，弥漫着一种诙谑滑稽与欢快的情调，惟妙惟肖地表现了他旷达纵逸的性格特征。

其次出现的人物是汝阳王李琎。他是唐玄宗的侄子，宠极一时，所谓“主恩视遇频”，“倍比骨肉亲”（杜甫《赠太子太师汝阳郡王琎》），因此，他敢于饮酒三斗才上朝拜见天子。他的嗜酒心理也与众不同，路上看到麴车（即酒车）竟然流起口水来，恨不得要把自己的封地迁到酒泉（今属甘肃）去。相传那里“城下有金泉，泉味如酒，故名酒泉”（见《三秦记》）。唐代，皇亲国戚，贵族勋臣有资格袭领封地，因此，八人中只有李琎才会勾起“移封”的念头，其他人是不会这样想入非非的。诗人就抓着李琎出身皇族这一特点，细腻地描摹他的享乐心理与醉态，下笔真实而有分寸。

接着出现的是李适之。他于天宝元年(742)，代牛仙客为左丞相，雅好宾客，夜则燕赏，饮酒日费万钱，豪饮的酒量有如鲸鱼吞吐百川之水，一语点出他的豪华奢侈。然而好景不长，天宝五载适之为李林甫排挤，罢相后，在家与亲友会饮，虽酒兴未减，却不免牢骚满腹，赋诗道："避贤初罢相，乐圣且衔杯。为问门前客，今朝几个来？"(《旧唐书·李適之传》)"衔杯乐圣称避贤"即化用李适之诗句。"乐圣"即喜喝清酒，"避贤"即不喝浊酒。结合他罢相的事实看，"避贤"语意双关，有讽刺李林甫的意味。这里抓住权位的得失这一个重要方面刻画人物性格，精心描绘李适之的肖像，含有深刻的政治内容，很耐人寻味。

三个显贵人物展现后，跟着出现的是两个潇洒的名士崔宗之和苏晋。崔宗之，是一个倜傥洒脱，少年英俊的风流人物。他豪饮时，高举酒杯，用白眼仰望青天，睥睨一切，旁若无人；喝醉后，宛如玉树迎风摇曳，不能自持。杜甫用"玉树临风"形容宗之的俊美丰姿和潇洒醉态，很有韵味。接着写苏晋。司马迁写《史记》，擅长以矛盾冲突的情节来表现人物的思想性格。杜甫也善于抓住矛盾的行为描写人物的性格特征。苏晋一面耽禅，长期斋戒，一面又嗜饮，经常醉酒，处于"斋"与"醉"的矛盾斗争中，但结果往往是"酒"战胜"佛"，所以他就只好"醉中爱逃禅"了。短短两句诗，幽默地表现了苏晋嗜酒而得意忘形，放纵而无所顾忌的性格特点。

以上五个次要人物展现后，中心人物降重出场了。

诗酒同李白结了不解之缘，李白自己也说过"百年三万六千日，一日须倾三百杯"(《襄阳歌》)，"兴酣落笔摇五岳"(《江上吟》)。杜甫描写李白的几句诗，浮雕般地突出了李白的嗜好和诗才。李白嗜酒，醉中往往在"长安市上酒家眠"，习以为常，不足为奇。"天子呼来不上船"这一句，顿时使李白的形象变得高大奇伟了。李白醉后，更加豪气纵横，狂放不羁，即使天子召见，也不是那么毕恭毕敬，诚惶诚恐，而是自豪地大声呼喊："臣是酒中仙！"强烈地表现出李白不畏权贵的性格。"天子呼来不上船"，虽未必是事实，却非常符合李白的思想性格，因而具有高度的艺术真实性和强烈的艺术感染力。杜甫是李白的知友，他把握李白思想性格的本质方面并加以浪漫主义的夸张，将李白塑造成这样一个桀骜不驯，豪放纵逸，傲视封建王侯的艺术形象。这肖像，神采奕奕，形神兼备，焕发着美的理想光辉，令人难忘。这正是千百年来人民所喜爱的富有浪漫色彩的李白形象。

另一个和李白比肩出现的重要人物是张旭。他"善草书，好酒，每醉后，号呼狂走，索笔挥洒，变化无穷，若有神助"（明王嗣奭《杜臆》卷一）。当时人称"草圣"。张旭三杯酒醉后，豪情奔放，绝妙的草书就会从他笔下流出。他无视权贵的威严，在显赫的王公大人面前，脱下帽子，露出头顶，奋笔疾书，自由挥洒，笔走龙蛇，字迹如云烟般舒卷自如。"脱帽露顶王公前"，这是何等的倨傲不恭，不拘礼仪！它酣畅地表现了张旭狂放不羁，傲世独立的性格特征。

歌中殿后的人物是焦遂。唐袁郊在《甘泽谣》中称焦遂为布衣，可见他是个平民。焦遂喝酒五斗后方有醉意，那时他更显得神情卓异，高谈阔论，滔滔不绝，惊动了席间在座的人。诗里刻画焦遂的性格特征，集中在渲染他的卓越见识和论辩口才，用笔精确、谨严。

《八仙歌》的情调幽默谐谑，色彩明丽，旋律轻快，情绪欢乐。在音韵上，一韵到底，一气呵成，是一首严密完整的歌行。在结构上，每个人物自成一章，八个人物主次分明，每个人物的性格特点，同中有异，异中有同，多样而又统一，构成一个整体，彼此衬托映照，有如一座群体圆雕，艺术上确有独创性。正如王嗣奭所说："此创格，前无所因。"（《杜臆》）它在古典诗歌中确是别开生面之作。

（何国治）

春日忆李白

原文

白也诗无敌，飘然思不群。
清新庾开府，俊逸鲍参军。
渭北春天树，江东日暮云。
何时一樽酒，重与细论文①？

〔注〕

① 论文：六朝时有所谓文笔之分，把无韵的文章称为笔，把有韵的作品称为文。这里“论文”，也即论诗。

鉴赏

杜甫同李白的友谊，首先是从诗歌上结成的。这首怀念李白的五律，是天宝五载(746)或六载春杜甫居长安时所作，主要就是从这方面来落笔的。开头四句，一气贯注，都是对李白诗的热烈赞美。首句称赞他的诗冠绝当代。第二句是对上句的说明，是说他之所以“诗无敌”，就在于他思想情趣，卓异不凡，因而写出的诗，出尘拔俗，无人可比。接着赞美李白的诗像庾信那样清新，像鲍照那样俊逸。庾信、鲍照都是南北朝时的著名诗人。庾信在北周官至骠骑大将军、开府仪同三司(司马、司徒、司空)，世称“庾开府”。鲍照刘宋时任荆州前军参军，世称“鲍参军”。这四句，笔力峻拔，热情洋溢，首联的“也”“然”两个语助词，既加强了赞美的语气，又加重了“诗无敌”“思不群”的分量。

对李白奇伟瑰丽的诗篇，杜甫在题赠或怀念李白的诗中，总是赞扬备至。从此诗坦荡真率的赞语中，也可以见出杜甫对李白诗是何等钦仰。这不仅表达了他对李白诗的无比喜爱，也体现了他们的诚挚友谊。清代杨伦评此诗说：“首句自是阅尽甘苦上下古今，甘心让一头地语。窃谓古今诗人，举不能出杜之范围；惟太白天才超逸绝尘，杜所不能压倒，故尤心服，往往形之篇什也。”（《杜诗镜铨》）这话说得很对。这四句是因忆其人而忆及其诗，赞诗亦即忆人。但作者并不明说此意，而是通过第三联写离情，自然补明。这样处理，不但简洁，还可避免平铺直叙，而使诗意前后勾联，曲折变化。

表面看来，第三联两句只是写了作者和李白各自所在之景。“渭北”指杜甫所在的长安一带；“江东”指李白正在漫游的江浙一带地方。“春天树”和“日暮云”都只是平实叙出，未作任何修饰描绘。分开来看，两句都很一般，并没什么奇特之处。然而作者把它们组织在一联之中，却自然有了一种奇妙的紧密的联系。也就是说，当作者在渭北思念江东的李白之时，也正是李白在江东思念渭北的作者之时；而作者遥望南天，惟见天边的云彩，李白翘首北国，惟见远处的树色，又自然见出两人的离别之恨，好像“春树”“暮云”，也带着深重的离情。故而清代黄生说：“五句寓言己忆彼，六句悬度彼忆己。”（《杜诗说》）两句诗，牵连着双方同样的无限情思。回忆在一起时的种种美好时光，悬揣二人分别后的情形和此时的种种情状，这当中该有多么丰富的内容。这两句，看似平淡，实则每个字都千锤百炼；语言非常朴素，含蕴却极丰富，是历来传颂的名句。清代沈德潜称它“写景而离情自见”(《唐诗别裁集》),明代王嗣奭《杜臆》引王慎中语誉为“淡中之工”,都极为赞赏。

上面将离情写得极深极浓,这就自然引出了末联的热切希望:什么时候才能再次欢聚,像过去那样,把酒论诗啊!把酒论诗,这是作者最难忘怀、最为向往的事,以此作结,正与诗的开头呼应。言“重与”,是说过去曾经如此,这就使眼前不得重晤的怅恨更为悠远,加深了对友人的怀念。用“何时”作诘问语气,把希望早日重聚的愿望表达得更加强烈,使结尾余意不尽,令人读完全诗,心中犹回荡着作者的无限思情。

清代浦起龙说:“此篇纯于诗学结契上立意。”(《读杜心解》)确实道出这首诗内容和结构上的特点。全诗以赞诗起,以“论文”结,由诗转到人,由人又回到诗,转折过接,极其自然。通篇始终贯穿着一个“忆”字,把对人和对诗的倾慕怀念,结合得水乳交融。以景寓情的手法,更是出神入化,把作者的思念之情,写得深厚无比,情韵绵绵。

(王思宇)

前出塞九首（其六）

原文

挽弓当挽强，用箭当用长。
射人先射马，擒贼先擒王。
杀人亦有限，列国自有疆。
苟能制侵陵，岂在多杀伤？

鉴赏

诗人先写《出塞》九首，后又写《出塞》五首，故加“前”“后”以示区别。《前出塞》是写天宝末年哥舒翰征伐吐蕃的时事，意在讽刺唐玄宗的开边黩武。本篇原列第六首，是其中较有名的一篇。

诗的前四句，很像是当时军中流行的作战歌诀，颇富韵致，饶有理趣，深得议论要领。所以清黄生说它“似谣似谚，最是乐府妙境”（《杜诗说》）。两个“当”，两个“先”，妙语连珠，开人胸臆。诗人提出了作战步骤的关键所在，强调部伍要强悍，士气要高昂，对敌有方略，智勇须并用。四句以排句出之，如数家珍，宛若总结战斗经验。然而从整篇看，它还不是作品的主旨所在，而只是下文的衬笔。后四句才道出赴边作战应有的终极目的。

“杀人亦有限，列国自有疆。苟能制侵陵，岂在多杀伤？”诗人慷慨陈词，直抒胸臆，发出振聋发聩的呼声。他认为，拥强兵只为守边，赴边不为杀伐。不论是为制敌而“射马”，不论是不得已而“杀伤”，不论是拥强兵而“擒王”，都应以“制侵陵”为限度，不能乱动干戈，更不应以黩武为能事，侵犯异邦。这种以战去战，以强兵制止侵略的思想，是恢宏正论，安边良策；它反映了国家的利益，人民的愿望。所以，清张远在《杜诗会粹》里说，这几句“大经济语，借戍卒口说出”。

从艺术构思说，作者采用了先扬后抑的手法：前四句以通俗而富哲理的谣谚体开势，讲如何练兵用武，怎样克敌制胜；后四句却写如何节制武功，力避杀伐，逼出“止戈为武”本旨。先行辅笔，后行主笔；辅笔与主笔之间，看似掠转，实是顺接，看似矛盾，实为辩证。因为如无可靠的武备，就不能制止外来侵略；但自恃强大武装而穷兵黩武，也是不可取的。所以诗人主张既拥强兵，又以“制侵陵”为限，才符合最广大人民的利益。清浦起龙在《读杜心解》中很有体会地说：“上四(句)如此飞腾，下四(句)忽然掠转，兔起鹘落，如是！如是！”这里说的“飞腾”和“掠转”，就是指作品中的奔腾气势和波澜；这里说的“兔起鹘落”就是指在奔腾的气势中自然地逼出“拥强兵而反黩武”的深邃题旨。在唐人的篇什中，以议论取胜的作品较少，而本诗却以此见称；它以立意高、正气宏、富哲理、有气势而博得好评。

（傅经顺）

丽人行

原文

三月三日天气新，长安水边多丽人。
态浓意远淑且真，肌理细腻骨肉匀。
绣罗衣裳照暮春，蹙金孔雀银麒麟。
头上何所有？翠为㔩叶垂鬓唇。
背后何所见？珠压腰衱稳称身。
就中云幕椒房亲，赐名大国虢与秦。
紫驼之峰出翠釜，水精之盘行素鳞。
犀箸厌饫久未下，鸾刀缕切空纷纶。
黄门飞鞚不动尘，御厨络绎送八珍。
箫鼓哀吟感鬼神，宾从杂遝实要津。
后来鞍马何逡巡，当轩下马入锦茵。
杨花雪落覆白蘋，青鸟飞去衔红巾。
炙手可热势绝伦，慎莫近前丞相嗔！

鉴赏

《旧唐书·杨贵妃传》载:"玄宗每年十月,幸华清宫,国忠姊妹五家扈从。每家为一队,着一色衣;五家合队,照映如百花之焕发。而遗钿坠舄,瑟瑟珠翠,璨瓓芳馥于路。而国忠私于虢国,而不避雄狐之刺;每入朝,或联镳方驾,不施帷幔。每三朝庆贺,五鼓待漏,靓妆盈巷,蜡炬如昼。"又杨国忠于天宝十一载(752)十一月为右相。这首诗当作于十二载春,讽刺了杨家兄妹骄纵荒淫的生活,曲折地反映了君王的昏庸和时政的腐败。

成功的文学作品,它的倾向应当从场面和情节中自然而然地流露出来,不应当特别把它指点出来;作者的见解愈隐蔽,对艺术作品来说就愈好;而且作家不必要把他所描写的社会冲突的历史的未来的解决办法硬塞给读者。《丽人行》就是这样的一篇成功之作。这篇歌行的主题思想和倾向倒并不隐晦难懂,但确乎不是指点出来而是从场面和情节中自然而然地流露出来的。从头到尾,诗人描写那些简短的场面和情节,都采取像汉代《陌上桑》那样一些乐府民歌中所惯常用的正面咏叹方式,态度严肃认真,笔触精工细腻,着色鲜艳富丽、金碧辉煌,丝毫不露油腔滑调,也不作漫画式的刻画。但令人惊叹不置的是,诗人就是在这一本正经的咏叹中,出色地完成了诗歌揭露腐朽、鞭挞邪恶的神圣使命,获得了比一般轻松的讽刺更为强烈的艺术批判力量。

诗中首先泛写上巳曲江水边踏青丽人之众多,以及她们意态之娴雅、体态之优美、衣着之华丽。汉辛延年《羽林郎》:"胡姬年十五,春日独当垆。长裾连理带,广袖合欢襦。头上蓝田玉,耳后大秦珠。两鬟何窈窕,一世良所无。"《陌上桑》:"头上倭堕髻,耳中明月珠。缃绮为下裙,紫绮为上襦。"《孔雀东南飞》:"着我绣夹裙,事事四五通。足下蹑丝履,头上玳瑁光。腰若流纨素,耳着明月珰。指如削葱根，口如含朱丹。纤纤作细步，精妙世无双。”回环反复，咏叹生情。“态浓”八句就是从这种民歌表现手法中变化出来的。明王嗣奭《杜臆》：“钟云：‘本是风刺，而诗中直叙富丽，若深不容口，妙妙。’又云：‘如此富丽，而一片清明之气行乎其中。’……‘态浓意远’‘骨肉匀’，画出一个国色。状姿色曰‘骨肉匀’，状服饰曰‘稳称身’，可谓善于形容。”前人已看到了这诗用工笔彩绘仕女图画法作讽刺画的这一特色。胡夏客说：“唐宣宗尝语大臣曰：‘玄宗时内府锦袄二，饰以金雀，一自御，一与贵妃；今则卿等家家有之矣。’此诗所云，盖杨氏服拟于宫禁也。”总之，见丽人服饰的豪华，见丽人非等闲之辈。写到热闹处，笔锋一转，点出“就中云幕椒房亲，赐名大国虢与秦”，则虢国、秦国（当然还有韩国）三夫人在众人之内了。着力描绘众丽人，着眼却在三夫人；三夫人见，众丽人见，整个上层贵族骄奢淫佚之颓风见，不讽而讽意见。肴馔讲究色、香、味和器皿的衬托。“紫驼之峰出翠釜，水精之盘行素鳞”，举出一二品名，配以适当颜色，便写出器皿的雅致，肴馔的精美丰盛以及其香、其味来。这么名贵的山珍海味，缕切纷纶而厌饫久未下箸，不须明说，三夫人的骄贵暴殄，已刻画无遗了。“黄门飞鞚不动尘，御厨络绎送八珍”，内廷太监鞚马飞逝而来，却路不动尘，这是何等的规矩，何等的排场！皇家气派，毕竟不同寻常。写得真好看煞人，也惊恐煞人。如此煞有介事地派遣太监前来，络绎不绝于途，到底所为何事？原来是奉旨从御厨房里送来珍馐美馔为诸姨上巳曲江修禊盛筵添菜助兴。头白阿瞒（唐玄宗宫中常自称“阿瞒”）不可谓不体贴入微，不可谓不多情，也不可谓不昏庸了。宋乐史《杨太真外传》载：“时新丰初进女伶谢阿蛮，善舞。上与妃子钟念，因而受焉。就按于清元小殿，宁王吹玉笛，上羯鼓，妃琵琶，马仙期方响，李龟年觱篥，张野狐箜篌，贺怀智拍。自旦至午，欢洽异常。时惟妃女弟秦国夫人端坐观之。曲罢，上戏曰：‘阿瞒乐籍，今日幸得供养夫人。请一缠头！’秦国曰：‘岂有大唐天子阿姨，无钱用邪？’遂出三百万为一局焉。”黄门进馔是时人目睹，曲罢请赏是宋人传奇，真真假假，事出有因。两相对照，风流天子精神面貌的猥琐可以想见了。“箫鼓哀吟”“宾从杂遝”，承上启下，为“后来”者的出场造作声势，烘托气氛。彼“后来”者鞍马逡巡，无须通报，竟然当轩下马，径入锦茵与三夫人欢会：此情此景，纯从旁观冷眼中显出，当目击者和读者目瞪口呆惊诧之余，稍加思索，便知其人，便知其事了。北魏胡太后曾威逼杨白花私通，杨白花惧祸，降梁，改名杨华。胡太后思念他，作《杨白花歌》，有“秋去春来双燕子，愿衔杨花入窠里”之句。“青鸟”是神话传说中西王母的使者，唐诗中多用来指“红娘”一类角色。章碣《曲江》诗有“落絮却笼他树白”之句，可见曲江沿岸盛植杨柳。又隋唐时期，关中地域气温较高，上巳（阴历三月三日）飘杨花，当是实情。“杨花”二句似赋而实比兴，暗喻杨国忠与虢国夫人的淫乱。《杨太真外传》载：“虢国又与国忠乱焉。略无仪检，每入朝谒，国忠与韩、虢连辔，挥鞭骤马，以为谐谑。从官嫗妪百余骑。秉烛如昼，鲜装袨服而行，亦无蒙蔽。”他们倒挺开通，竟敢招摇过市，携众遨游，公开表演种种肉麻丑态。既然如此，为什么“先时丞相未至，观者犹得近前，乃其既至，则呵禁赫然”（清黄生《杜诗说》），不许游人围观了呢？为了显示其“炙手可热”权势之烜赫，这固然是个原因，但觥筹交错，酒后耳热，放浪形骸之外，虽是开通人，也有不想让旁人窥见的隐私。“春色满园关不住，一枝红杏出墙来”（宋叶绍翁《游园不值》），青鸟衔去的一方红手帕，便于有意无意中泄露了一点春光。七绝《虢国夫人》："虢国夫人承主恩，平明上马入金门。却嫌脂粉涴颜色，淡扫蛾眉朝至尊。"（见杜甫《草堂逸诗》，一作张祜诗）这诗写出了虢国夫人的狐媚相，可与《丽人行》参读。清浦起龙评《丽人行》说："无一刺讥语，描摹处语语刺讥；无一慨叹声，点逗处声声慨叹。"（《读杜心解》）这不是说，这诗的倾向不是指点出来，而是从场面和情节中自然而然地流露出来的么？对于当时诗人所描写的社会冲突到底有什么解决办法呢？他即使多少意识到了，恐怕也不敢认真去想，更谈不上把它硬塞给读者。但读者读后却不能不想：最高统治集团既然这样腐败，天下不乱才怪！这不是抽象的说教，这是读者被激动起来的心灵直感地从艺术中所获得的逻辑。

（陈贻焮）

贫交行

原文

翻手为云覆手雨，
纷纷轻薄何须数。
君不见管鲍贫时交，
此道今人弃如土。

鉴赏

此诗约作于天宝中作者献赋后。由于困守京华，“朝扣富儿门，暮随肥马尘；残杯与冷炙，到处潜悲辛”（《奉赠韦左丞丈二十二韵》），作者饱谙世态炎凉、人情反复的滋味，故愤而为此诗。

诗何以用“贫交”命题？这恰如一首古歌所谓：“采葵莫伤根，伤根葵不生。结交莫羞贫，羞贫友不成。”贫贱方能见真交，而富贵时的交游则未必可靠。诗的开篇“翻手为云覆手雨”，就给人一种势利之交“诚可畏也”的感觉。得意时便如云之趋合，失意时便如雨之纷散，翻手覆手之间，忽云忽雨，其变化迅速无常。“只起一语，尽千古世态。”（清浦起龙《读杜心解》）“翻云覆雨”的成语，就出在这里。所以首句不但凝练、生动，统摄全篇，而且在语言上是极富创造性的。

虽然世风浇薄如此，但人们还纷纷恬然侈谈交道，“皆愿摩顶至踵，隳胆抽肠；约同要离焚妻子，誓殉荆轲湛（沉）七族”，“援青松以示心，指白水而旌信”（南朝梁刘峻《广绝交论》），说穿了，不过是“贿交”“势交”而已。次句斥之为“纷纷轻薄”，谓之“何须数”，轻蔑之极，愤慨之极。寥寥数字，强有力地表现出作者对假、恶、丑的东西极度憎恶的态度。

这黑暗冷酷的现实不免使人绝望，于是诗人记起一桩古人的交谊。《史记》载，管仲早年与鲍叔牙游，鲍知其贤。管仲贫困，曾欺鲍叔牙，而鲍终善遇之。后来鲍事齐公子小白（即后来齐桓公），又荐举之。管仲遂佐齐桓成霸业，他感喟说：“生我者父母，知我者鲍叔也。”鲍叔牙待管仲的这种贫富不移的交道，岂不感人肺腑。“君不见管鲍贫时交”，当头一喝，将古道与现实作一对比，给这首抨击黑暗的诗篇添了一点理想光辉。但其主要目的，还在于鞭挞现实。古人以友情为重，重于磐石，相形之下，“今人”之“轻薄”益显。“此道今人弃如土”，末三字极形象，古人的美德被“今人”像土块一样抛弃了，抛弃得多么彻底呵。这话略带夸张意味。尤其是将“今人”一以概之，未免过情。但惟其过情，才把世上真交绝少这个意思表达得更加充分。

此诗“作‘行’，止此四句，语短而恨长，亦唐人所绝少者”（见清杨伦《杜诗镜铨》引王嗣奭语）。其所以能做到“语短恨长”，是由于它发唱惊挺，造形生动，通过正反对比手法和过情夸张语气的运用，反复咏叹，造成了“慷慨不可止”的情韵，吐露出心中郁结的愤懑与悲辛。

（周啸天）

醉时歌

原文

诸公衮衮登台省，广文先生官独冷。

甲第纷纷厌粱肉，广文先生饭不足。

先生有道出羲皇，先生有才过屈宋。

德尊一代常坎轲，名垂万古知何用！

杜陵野客人更嗤，被褐短窄鬓如丝。

日籴太仓五升米，时赴郑老同襟期。

得钱即相觅，沽酒不复疑。

忘形到尔汝，痛饮真吾师。

清夜沉沉动春酌，灯前细雨檐花落。

但觉高歌有鬼神，焉知饿死填沟壑。

相如逸才亲涤器，子云识字终投阁。

先生早赋《归去来》，石田茅屋荒苍苔。

儒术于我何有哉？孔丘盗跖俱尘埃！

不须闻此意惨怆，生前相遇且衔杯。

鉴赏

根据诗人的自注，这首诗是写给好友郑虔的。郑虔是当时有名的学者，他的诗、书、画被玄宗评为“三绝”。天宝初，被人密告“私修国史”，远谪十年。回长安后，任广文馆博士。性旷放绝俗，又喜喝酒。杜甫很敬爱他。两人尽管年龄相差很远（杜甫初遇郑虔，年三十九岁，郑虔估计已近六十），但过从很密。虔既抑塞，甫亦沉沦，更有知己之感。从此诗既可以感到他们肝胆相照的情谊，又可以感到那种抱负远大而又沉沦不遇的焦灼苦闷和感慨愤懑。今天读来，还使人感到“字向纸上皆轩昂”，生气满纸。

全诗可分为四段，前两段各八句，后两段各六句。

从开头到“名垂万古知何用”这八句是第一段。前四句用“诸公”的显达地位和奢靡生活来和郑虔的位卑穷窘对比。“衮衮”，相继不绝之意。“台省”，指中枢显要之职。“诸公”未必都是英才吧，却一个个相继飞黄腾达；而广文先生呢，“才名四十年，坐客寒无毡”。那些侯门显贵之家，精粮美肉已觉厌腻了，而广文先生连饭也吃不饱。这四句，一正一衬，排对鲜明而强烈，突出了“官独冷”和“饭不足”。后四句诗人以无限惋惜的心情为广文先生鸣不平。论道德，广文先生远出羲皇；论才学，广文先生抗行屈宋。然而，道德被举世推尊，仕途却总是坎壈；辞采虽能流芳百世，亦何补于生前的饥寒啊！

第二段从“广文先生”转到“杜陵野客”，写诗人和郑广文的忘年之交，二人像涸泉的鱼，相濡以沫，交往频繁。“时赴郑老同襟期”和“得钱即相觅”，仇兆鳌注说，前句是杜往，后句是郑来。他们推心置腹，共叙怀抱，开怀畅饮，聊以解愁。

第三段六句是这首诗的高潮。前四句樽前放歌，悲慨突起，乃为神来之笔。后二句似宽慰，实愤激。司马相如可谓一代逸才，却曾亲自卖酒涤器；才气横溢的扬雄就更倒霉了，因刘棻得罪被株连，逼得跳楼自杀。诗人似乎是用才士薄命的事例来安慰朋友，然而只要把才士的蹭蹬饥寒和首句“诸公衮衮登台省”连起来看，就可以感到诗笔的针砭力量。

末段六句，愤激中含有无可奈何之情。既然仕路坎坷，怀才不遇，那么儒术又有何用？孔丘、盗跖也可等量齐观了！这样说，既评儒术，暗讽时政，又似在茫茫世路中的自解自慰，一笔而两面俱到。末联以“痛饮”作结，孔丘非师，聊依杜康，以旷达为愤激。

诸家评本篇，或说悲壮，或曰豪宕，其实悲慨与豪放兼而有之，而以悲慨为主。普通的诗，豪放易尽（一滚而下，无含蓄），悲慨不广（流于偏激）。杜诗豪放不失蕴藉，悲慨无伤雅正，本诗可为一例。

首段以对比起，不但挠直为曲，而且造成排句气势，运笔如风。后四句两句一转，愈转感情愈烈，真是“浩歌弥激烈”。第二段接以缓调。前四句七言，后四句突转五言，免去板滞之感。且短句促调，渐变轩昂，把诗情推向高潮。第三段先用四句描写痛饮情状，韵脚换为促、沉的入声字，所谓“弦急知柱促”，“慷慨有余哀”也。而语杂豪放，故无衰飒气味。无怪诗评家推崇备至，说“清夜以下，神来气来，千古独绝”。“清夜四句，惊天动地。”（见近人高步瀛《唐宋诗举要》引）但他们忽略了“相如逸才”“子云识字”一联的警策、广大。此联妙在以对句锁住奔流之势，而承上启下，连环双绾，过到下段使人不觉。此联要与首段联起来看，便会觉得“衮衮诸公”可耻。岂不是说“邦无道，富且贵焉，耻也”吗？由此便见得这篇赠诗不是一般的叹老嗟卑、牢骚怨谤，而是伤时钦贤之作。激烈的郁结而出之以蕴藉，尤为难能。

末段又换平声韵，除“不须”句外，句句用韵，慷慨高歌，显示放逸傲岸的风度，使人读起来，涵泳无已，而精神振荡。

（曹慕樊）

后出塞五首（其二）

原文

朝进东门营，暮上河阳桥。
落日照大旗，马鸣风萧萧。
平沙列万幕，部伍各见招。
中天悬明月，令严夜寂寥。
悲笳数声动，壮士惨不骄。
借问大将谁，恐是霍嫖姚。

鉴赏

杜甫的《后出塞》共计五首，此为组诗的第二首。本诗以一个刚刚入伍的新兵的口吻，叙述了出征关塞的部伍生活情景。

“朝进东门营，暮上河阳桥。”首句交待入伍的时间、地点，次句点明出征的去向。东门营，当指设在洛阳城东门附近的军营。河阳桥，横跨黄河的浮桥，在河南孟州，是当时由洛阳去河北的交通要道。早晨到军营报到，傍晚就随队向边关开拔了。一“朝”一“暮”，显示出军旅生活中特有的紧张多变的气氛。

“落日照大旗，马鸣风萧萧”，显然已经写到了边地傍晚行军的情景。“落日”是接第二句的“暮”字而来，显出时间上的紧凑；然而这两句明明写的是边地之景,《诗经·小雅·车攻》就有"萧萧马鸣,悠悠旆旌"句。从河阳桥到此,当然不可能瞬息即到,但诗人故意作这样的承接,越发显出部队行进的迅疾。落日西照,将旗猎猎,战马长鸣,朔风萧萧。夕阳与战旗相辉映,风声与马嘶相交织,这不是一幅有声有色的暮野行军图吗?表现出一种凛然庄严的行军场面。其中"马鸣风萧萧"一句的"风"字尤妙,一字之加,觉全局都动,"飒然有关塞之气"。

天色已暮,落日西沉,自然该是宿营的时候了。"平沙列万幕,部伍各见招"两句便描写了沙地宿营的图景:在平坦的沙地上,整整齐齐地排列着成千上万个帐幕,那些行伍中的首领,正在各自召集自己属下的士卒。这里,不仅展示出千军万马的壮阔气势,而且显见这支部队的整备有素。

入夜后,沙地上的军营又呈现出另一派景象和气氛。"中天悬明月,令严夜寂寥。悲笳数声动,壮士惨不骄",描画了一幅形象的月夜宿营图:一轮明月高悬中天,因军令森严,万幕无声,荒漠的边地显得那么沉寂。忽而,数声悲咽的笳声(静营之号)划破夜空,使出征的战士肃然而生凄惨之感。

至此,这位新兵不禁慨然兴问:"借问大将谁?"——统帅这支军队的大将是谁呢?但因为时当静营之后,他也慑于军令的森严,不敢向旁人发问,只是自己心里揣测道:"恐是霍嫖姚"——大概是像西汉嫖姚校尉霍去病那样治军有方、韬略过人的将领吧!

从艺术手法上看,作者以时间的推移为顺序,在起二句作了必要的交待之后,依次画出了日暮、傍黑、月夜三幅军旅生活的图景。三幅画都用速写的画法,粗笔勾勒出威严雄壮的军容气势。而且,三幅画面都以边地旷野为背景,通过选取各具典型特征的景物，分别描摹了出征大军的三个场面：暮野行军图体现军势的凛然和庄严；沙地宿营图体现军容的壮阔和整肃；月夜静营图体现军纪的森严和气氛的悲壮。最后用新兵不可自抑的叹问和想象收尾。全诗层次井然，步步相生；写景叙意，有声有色。故宋人刘辰翁赞云："其时、其境、其情，真横槊间意，复欲一语似此，千古不可得"（清杨伦《杜诗镜铨》卷三引）。

（崔闽）

自京赴奉先县咏怀五百字

原文

杜陵有布衣，老大意转拙。
许身一何愚，窃比稷与契。
居然成濩落，白首甘契阔。
盖棺事则已，此志常觊豁。
穷年忧黎元，叹息肠内热。
取笑同学翁，浩歌弥激烈。
非无江海志，潇洒送日月。
生逢尧舜君，不忍便永诀。
当今廊庙具，构厦岂云缺？
葵藿倾太阳，物性固难夺。
顾惟蝼蚁辈，但自求其穴。
胡为慕大鲸，辄拟偃溟渤？
以兹误生理，独耻事干谒。
兀兀遂至今，忍为尘埃没。
终愧巢与由，未能易其节。
沈饮聊自遣，放歌破愁绝。

岁暮百草零，疾风高冈裂。
天衢阴峥嵘，客子中夜发。
霜严衣带断，指直不得结。
凌晨过骊山，御榻在嵽嵲。
蚩尤塞寒空，蹴踏崖谷滑。
瑶池气郁律，羽林相摩戛。
君臣留欢娱，乐动殷胶葛。
赐浴皆长缨，与宴非短褐。
彤庭所分帛，本自寒女出。
鞭挞其夫家，聚敛贡城阙。
圣人筐篚恩，实欲邦国活。
臣如忽至理，君岂弃此物？
多士盈朝廷，仁者宜战栗。
况闻内金盘，尽在卫霍室。
中堂有神仙，烟雾蒙玉质。
煖客貂鼠裘，悲管逐清瑟。
劝客驼蹄羹，霜橙压香橘。

朱门酒肉臭，路有冻死骨。
荣枯咫尺异，惆怅难再述。
北辕就泾渭，官渡又改辙。
群冰从西下，极目高崒兀。
疑是崆峒来，恐触天柱折。
河梁幸未坼，枝撑声窸窣。
行李相攀援，川广不可越。
老妻寄异县，十口隔风雪。
谁能久不顾，庶往共饥渴。
入门闻号咷，幼子饿已卒。
吾宁舍一哀，里巷亦呜咽。
所愧为人父，无食致夭折。
岂知秋禾登，贫窭有仓卒。
生常免租税，名不隶征伐。
抚迹犹酸辛，平人固骚屑。
默思失业徒，因念远戍卒。
忧端齐终南，澒洞不可掇。

鉴赏

在杜甫的五言诗里，这是一首代表作。杜甫自京赴奉先县，是在天宝十四载(755)的十月、十一月之间。是年十月，唐玄宗携杨贵妃往骊山华清宫避寒，十一月，安禄山即举兵造反。杜甫途经骊山时，玄宗、贵妃正在大玩特玩，殊不知安禄山叛军已闹得不可开交。其时，安史之乱的消息还没有传到长安，然而诗人途中的见闻和感受，已经显示出社会动乱的端倪。所以千载以后读了这首诗，诚有“山雨欲来风满楼”之感。诗人敏锐的观察力，不能不为人所叹服。

原诗五百字，可分为三大段。开头至“放歌破愁绝”为第一段。这一段千回百折，层层如剥蕉心，出语的自然圆转，虽用白话来写很难得超过它。

杜甫旧宅在长安城南，所以自称杜陵布衣。“老大意转拙”，犹俗语说“越活越回去了”。怎样笨拙法呢？偏要去自比稷与契这两位虞舜的贤臣，所志如此迂阔，岂有不失败之理。濩(huò)落，即廓落，大而无当，空廓而无用之意。“居然成濩落”，即果然失败了。契阔，即辛苦。自己明知定要失败，却甘心辛勤到老。这六句是一层意思，自嘲中带有幽愤，下边更逼进了一步。人虽已老了，却还没死，只要还未盖棺，就须努力，仍有志愿通达的一天，口气是非常坚决的。孟子说，“禹思天下有溺者，犹己溺之也，稷思天下有饥者，犹己饥之也，是以若是其急也”。老杜自比稷契，所以说“穷年忧黎元”，尽自己的一生，与万民同哀乐，衷肠热烈如此，自不免为同学老先生们所笑。他却毫不在乎，只是格外慷慨悲歌。诗到这里总为一小段，下文便转了意思。

隐逸本为士大夫们所崇尚。老杜说，我难道真这样地傻，不想潇洒山林，度过时光吗？无奈生逢尧舜之君，不忍走开罢了。

从这里又转出意思来。既生在尧舜一般的盛世，当然人才济济，难道少你一人不得吗？构造廊庙都是磐磐大才，原不少我这样一个人，但我却偏要挨上来。为什么这样呢？这说不上什么原故，只是一种脾气性情罢了，好比向日葵老跟着太阳转呀。忠君爱国发乎天性，固然很好，不过却也有一层意思必须找补的。世人会不会觉得自己过于热衷功名，奔走利禄？所以接下去写道：为个人利益着想的人，像蚂蚁似地能够经营自己的巢穴；我却偏要向沧海的巨鲸看齐，自然把生计都给耽搁了。自己虽有用世之心，可是因为羞于干谒，直到现在还辛辛苦苦，埋没风尘。

下面又反接找补。上文说“身逢尧舜君，不忍便永诀”，但即尧舜之世，何尝没有隐逸避世的？例如许由、巢父。巢、由是高尚的君子，我虽自愧不如，却也不能改变我的操行。这两句一句一折。既不能高攀稷契，亦不屑俯就利禄，又不忍像巢、由跳出圈子去逃避现实，只好饮酒赋诗。沉醉或能忘忧，放歌聊可破闷。诗酒流连，好像都很风雅，其实是不得已呵。诗篇开首到此，进退曲折，尽情抒怀，热烈衷肠，非常真实。

第二段从“岁暮百草零”至“惆怅难再述”。这一段，记叙描写议论并用。首六句叙上路情形，在初冬十月、十一月之交，半夜动身，清早过骊山，明皇贵妃正在华清宫。“蚩尤”两句旧注多误。蚩尤尝作雾，即用作雾之代语，下云“塞寒空”分明是雾。在这里，只见雾塞寒空，雾重故地滑。温泉蒸气郁勃，羽林军校往来如织。骊宫冬晓，气象万千。寥寥数笔，写出了真正的华清宫。“君臣留欢娱，乐动殷胶葛”两句亦即白居易《长恨歌》所云“骊宫高处入青云，仙乐风飘处处闻”。说“君臣留欢娱”，轻轻点过，却把唐明皇一起拉到浑水里去。然则上文所谓尧舜之君，真不过说说好听，遮遮世人眼罢了。

"彤庭"四句，沉痛极了。一丝一缕都出于女工之手，朝廷却用横暴鞭挞的方式攫夺来。然后皇帝再分赏群臣，叫他们好好地为朝廷效力。群臣如果忽视了这个道理，辜负国恩，岂不等于白扔了吗？然而衮衮诸公，莫不如此，诗人心中怎能平静！"臣如忽至理，君岂弃此物"，句中"如""岂"两个虚词，一进一退，逼问有力。百姓已痛苦不堪，而朝廷之上却挤满了这班贪婪庸鄙、毫无心肝的家伙，国事的危险真像千钧一发，仁人之心应该战栗的。

"况闻"以下更进了一步。"闻"者虚拟之词，宫禁事秘，不敢说一定。岂但文武百官如此，"中枢""大内"的情形又何尝好一些，或者更加厉害吧。听说大内的奇珍异宝都已进了贵戚豪门，此当指杨国忠之流。"中堂"两句，写美人如玉，被烟雾般的轻纱笼着，指虢国夫人，还是杨玉环呢？这种攻击法，一步逼紧一步，离唐明皇只隔一层薄纸了。

似乎不宜再尖锐地说下去，故转入平铺。"煖客"以下四句两联，十字作对，谓之隔句对，或扇面对，调子相当地纡缓。因意味太严重了，不能不借藻色音声的曼妙渲染一番，稍稍冲淡。其实，纡缓中又暗蓄进逼之势。貂鼠裘，驼蹄羹，霜橙香橘，各种珍品尽情享受，酒肉凡品，自任其臭腐，不须爱惜的了。

文势稍宽平了一点儿，紧接着又大声疾呼："朱门酒肉臭，路有冻死骨。"老杜真是一句不肯放松，一笔不肯落平的。这是传诵千古的名句。似乎一往高歌，暗地却结上启下，令人不觉，清杨伦《杜诗镜铨》夹评"拍到路上无痕"，讲得很对。骊山宫装点得像仙界一般，而宫门之外即有路倒尸。咫尺之间，荣枯差别如此，那还有什么可说的？是的，不能再说，亦无须再说了。在这儿打住，是很恰当的。

第三段从“北辕就泾渭”至末尾。全篇从自己忧念家国说起，最后又以自己的境遇联系时局作为总结。“咏怀”两字通贯全篇。

“群冰”以下八句，叙述路上情形。首句有“群冰”“群水”的异文。仇注：“群水或作群冰，非。此时正冬，冰凌未解也。”此说不妥，此诗或作于十月下旬，正不必泥定仲冬。作“群冰”，诗意自惬。虽冬寒，高水激湍，故冰犹未合耳。观下文“高崒兀”“声窸窣”，作“冰”为胜。这八句，句句写实，只“疑是崆峒来，恐触天柱折”两句，用共工氏怒触不周山的典故，暗示时势的严重。

接着写到家并抒发感慨。一进门，就听见家人在号咷大哭，这实在是非常戏剧化的。“幼子饿已卒”，“无食致夭折”，景况是凄惨的。“吾宁舍一哀”，用《礼记·檀弓》记孔子的话：“遇于一哀而出涕，予恶夫涕之无从也。”“舍”字有割舍放弃的意思，说我能够勉强达观自遣，但邻里且为之呜咽，况做父亲的人让儿子生生的饿死，岂不惭愧。时节过了秋收，粮食原不该缺乏，穷人可还不免有仓皇挨饿的。像自己这样，总算很苦的了。是否顶苦呢？倒也未必。因为他大小总是个官儿，照例可以免租税和兵役的，尚且狼狈得如此，一般平民扰乱不安的情况，自必远远过于此。弱者填沟壑，强者想造反，都是一定的。想起世上有多少失业之徒，久役不归的兵士，那些武行脚色已都扎扮好了，只等上场锣响，便要真杀真砍，大乱之来已迫眉睫，自然忧从中来不可断绝，与终南山齐高，与大海接其混茫了。表面看来，似乎穷人发痴，痴人说梦，哪知过不了几日，渔阳鼙鼓已揭天而来了，方知诗人的真知灼见啊！

这一段文字仿佛闲叙家常，不很用力，却自然而然地于不知不觉中已总结了全诗，极其神妙。结尾最难，必须结束得住，方才是一篇完整的诗。他思想的方式无非“推己及人”，并没有什么神秘。结合小我的生活，推想到大群；从万民的哀乐，定一国之兴衰，自然句句都真，都会应验的。以文而论，固是一代之史诗，即论事，亦千秋之殷鉴矣。

（俞平伯）

月夜

原文

今夜鄜州月，闺中只独看。
遥怜小儿女，未解忆长安。
香雾云鬟湿，清辉玉臂寒。
何时倚虚幌，双照泪痕干？

鉴赏

天宝十五载(756)六月，安史叛军攻进潼关，杜甫带着妻小逃到鄜州(今陕西富县)，寄居羌村。七月，肃宗即位于灵武(今属宁夏)。杜甫便于八月间离家北上延州(今陕西延安)，企图赶到灵武，为平叛效力。但当时叛军势力已膨胀到鄜州以北，他启程不久，就被叛军捉住，送到沦陷后的长安；望月思家，写下了这首千古传诵的名作。

题为《月夜》，作者看到的是长安月。如果从自己方面落墨，一入手应该写“今夜长安月，客中只独看”。但他更焦心的不是自己失掉自由、生死未卜的处境，而是妻子对自己的处境如何焦心。所以悄焉动容，神驰千里，直写“今夜鄜州月，闺中只独看”。这已经透过一层。自己只身在外，当然是独自看月。妻子尚有儿女在旁，为什么也“独看”呢？“遥怜小儿女，未解忆长安”一联作了回答。妻子看月，并不是欣赏自然风光，而是“忆长安”，而小儿女未谙世事，还不懂得“忆长安”啊！用小儿女的“不解忆”反衬妻子的“忆”，突出了那个“独”字，又进一层。

在一、二两联中，“怜”字，“忆”字，都不宜轻易滑过。而这，又应该和“今夜”“独看”联系起来加以吟味。明月当空，月月都能看到。特指“今夜”的“独看”，则心目中自然有往日的“同看”和未来的“同看”。未来的“同看”，留待结句点明。往日的“同看”，则暗含于一、二两联之中。“今夜鄜州月，闺中只独看。遥怜小儿女，未解忆长安。”——这不是分明透露出他和妻子有过“同看”鄜州月而共“忆长安”的往事吗？我们知道，安史之乱以前，作者困处长安达十年之久，其中有一段时间，是与妻子在一起度过的。和妻子一同忍饥受寒，也一同观赏长安的明月，这自然就留下了深刻的记忆。当长安沦陷，一家人逃难到了羌村的时候，与妻子“同看”鄜州之月而共“忆长安”，已不胜其辛酸！如今自己身陷乱军之中，妻子“独看”鄜州之月而“忆长安”，那“忆”就不仅充满了辛酸，而且交织着忧虑与惊恐。这个“忆”字，是含意深广，耐人寻思的。往日与妻子同看鄜州之月而“忆长安”，虽然百感交集，但尚有自己为妻子分忧；如今呢，妻子“独看”鄜州之月而“忆长安”，“遥怜”小儿女们天真幼稚，只能增加她的负担，哪能为她分忧啊！这个“怜”字，也是饱含深情，感人肺腑的。

第三联通过妻子独自看月的形象描写，进一步表现“忆长安”。雾湿云鬟，月寒玉臂。望月愈久而忆念愈深，甚至会担心她的丈夫是否还活着，怎能不热泪盈眶？而这，又完全是作者想象中的情景。当想到妻子忧心忡忡，夜深不寐的时候，自己也不免伤心落泪。两地看月而各有泪痕，这就不能不激起结束这种痛苦生活的希望；于是以表现希望的诗句作结："何时倚虚幌，双照泪痕干？""双照"而泪痕始干，则"独看"而泪痕不干，也就意在言外了。

这首诗借看月而抒离情，但所抒发的不是一般情况下的夫妇离别之情。作者在半年以后所写的《述怀》诗中说："去年潼关破，妻子隔绝久"；"寄书问三川（鄜州的属县，羌村所在），不知家在否"；"几人全性命？尽室岂相偶！"两诗参照，就不难看出"独看"的泪痕里浸透着天下乱离的悲哀，"双照"的清辉中闪耀着四海升平的理想。字里行间，时代的脉搏是清晰可辨的。

题为《月夜》，字字都从月色中照出，而以"独看""双照"为一诗之眼。"独看"是现实，却从对面着想，只写妻子"独看"鄜州之月而"忆长安"，而自己的"独看"长安之月而忆鄜州，已包含其中。"双照"兼包回忆与希望：感伤"今夜"的"独看"，回忆往日的同看，而把并倚"虚幌"（薄帷）、对月舒愁的希望寄托于不知"何时"的未来。词旨婉切，章法紧密。如清黄生所说："五律至此，无忝诗圣矣！"（《杜诗说》）

（霍松林）

悲陈陶

原文

孟冬十郡良家子，
血作陈陶泽中水。
野旷天清无战声，
四万义军同日死。
群胡归来血洗箭，
仍唱胡歌饮都市。
都人回面向北啼，
日夜更望官军至。

鉴赏

陈陶，地名，即陈陶斜，又名陈陶泽，在长安西北。唐肃宗至德元载(756)冬，唐军跟安史叛军在这里作战，唐军四五万人几乎全军覆没。来自西北十郡(今陕西一带)清白人家的子弟兵，血染陈陶战场，景象是惨烈的。杜甫这时被困在长安，诗即为这次战事而作。

这是一场遭到惨重失败的战役。杜甫是怎样写的呢？他不是客观主义地描写四万唐军如何溃散，乃至横尸郊野。而是第一句就用了郑重的笔墨大书这一场悲剧事件的时间、牺牲者的籍贯和身份。这就显得庄严，使“十郡良家子”给人一种重于泰山的感觉。因而，第二句“血作陈陶泽中水”，便叫人痛心，乃至目不忍睹。这一开头，把唐军的死，写得很沉重。至于下面“野旷天清无战声，四万义军同日死”两句，不是说人死了，野外没有声息了，而是写诗人的主观感受。是说战罢以后，原野显得格外空旷，天空显得清虚，天地间肃穆得连一点声息也没有，好像天地也在沉重哀悼“四万义军同日死”这样一个悲惨事件，渲染“天地同悲”的气氛和感受。

诗的后四句，从陈陶斜战场掉转笔来写长安。写了两种人，一是胡兵，一是长安人民。“群胡归来血洗箭，仍唱胡歌饮都市。”两句活现出叛军得志骄横之态。胡兵想靠血与火，把一切都置于其铁蹄之下，但这是怎么也办不到的，于无声处可以感到长安在震荡。人民抑制不住心底的悲伤，他们北向而哭，向着陈陶战场，向着肃宗所在的彭原方向啼哭，更加渴望官军收复长安。一“哭”一“望”，而且中间着一“更”字，充分体现了人民的情绪。

陈陶之战伤亡是惨重的，但是杜甫从战士的牺牲中，从宇宙的沉默气氛中，从人民流泪的悼念，从他们悲哀的心底仍然发现并写出了悲壮的美。它能给人们以力量，鼓舞人民为讨平叛乱而继续斗争。

从这首诗的写作，说明杜甫没有客观主义地展览伤痕，而是有正确的指导思想，他根据战争的正义性质，写出了人民的感情和愿望，表现出他在创作思想上达到了很高的境界。

（余恕诚）

对雪

原文

战哭多新鬼，愁吟独老翁。
乱云低薄暮，急雪舞回风。
瓢弃樽无绿，炉存火似红。
数州消息断，愁坐正书空。

鉴赏

杜甫这首诗是在被安禄山占领下的长安写的。长安失陷时，他逃到半路就被叛军抓住，解回长安。幸而安禄山并不怎么留意他，他也设法隐蔽自己，得以保存气节；但是痛苦的心情，艰难的生活，仍然折磨着诗人。

在写这首诗之前不久，泥古不化的宰相房琯率领唐军在陈陶斜和青坂与敌人作车战，大败，死伤几万人。消息很快就传开了。诗的开头——“战哭多新鬼”，正暗点了这个使人伤痛的事实。房琯既败，收复长安暂时没有希望，不能不给诗人平添一层愁苦，又不能随便向人倾诉。所以上句用一“多”字，以见心情的沉重；下句“愁吟独老翁”，就用一“独”字，以见环境的险恶。

三、四两句“乱云低薄暮,急雪舞回风”,正面揭出题目。先写黄昏时的乱云,次写旋风中乱转的急雪。这样就分出层次,显出题中那个“对”字,暗示诗人独坐斗室,反复愁吟,从乱云欲雪一直呆到急雪回风,满怀愁绪,仿佛和严寒的天气交织融化在一起了。

接着写诗人贫寒交困的景况。“瓢弃樽无绿”,葫芦,古人诗文中习称为“瓢”,通常拿来盛茶酒的。樽,又作“尊”,似壶而口大,盛酒器。句中以酒的绿色代替“酒”字。诗人困居长安,生活非常艰苦。在苦寒中找不到一滴酒。葫芦早就扔掉,樽里空空如也。“炉存火似红”,也没有柴火,剩下来的是一个空炉子。这里,诗人不说炉中没有火,而偏要说有“火”,而且还下一“红”字,写得好像炉火熊熊,满室生辉,然后用一“似”字点出幻境。明明是冷不可耐,明明是炉中只存灰烬,由于对温暖的渴求,诗人眼前却出现了幻象:炉中燃起了熊熊的火,照得眼前一片通红。这样的无中生有、以幻作真的描写,非常深刻地挖出了诗人此时内心世界的隐秘。这是在一种渴求满足的心理驱使下出现的幻象。这样来刻画严寒难忍,比之“炉冷如冰”之类,有着不可比拟的深度。因为它不仅没有局限于对客观事物的如实描写,而且融进了诗人本身的主观情感,恰当地把诗人所要表现的思想感情表现出来,做到了既有现实感,又有浪漫感。

末了,诗人再归结到对于时局的忧念。至德元载至二载(756—757),唐王朝和安禄山、史思明等的战争,在黄河中游一带地区进行,整个形势对唐军仍然不利。诗人陷身长安,前线战况和妻子弟妹的消息都无从获悉,所以说“数州消息断”,而以“愁坐正书空”结束全诗。“书空”是晋人殷浩的典故,意思是忧愁无聊,用手在空中划着字。这首诗表现了杜甫对国家和亲人的命运深切关怀而又无从着力的苦恼心情。 (刘逸生)

春望

原文

国破山河在，城春草木深。
感时花溅泪，恨别鸟惊心。
烽火连三月，家书抵万金。
白头搔更短，浑欲不胜簪。

鉴赏

唐肃宗至德元载(756)六月，安史叛军攻下唐都长安。七月，杜甫听到唐肃宗在灵武即位的消息，便把家小安顿在鄜州(今陕西富县)的羌村，去投奔肃宗。途中为叛军俘获，带到长安。因他官卑职微，未被囚禁。《春望》写于次年三月。

诗的前四句写春城败象，饱含感叹；后四句写心念亲人境况，充溢离情。全诗沉着蕴藉，真挚自然。

“国破山河在，城春草木深。”开篇即写春望所见：国都沦陷，城池残破，虽然山河依旧，可是乱草遍地，林木苍苍。一个“破”字，使人怵目惊心；继而一个“深”字，令人满目凄然。宋司马光说：“‘山河在’，明无余物矣；‘草木深’，明无人矣。”(《温公续诗话》)诗人在此明为写景,实为抒感,寄情于物,托感于景,为全诗创造了气氛。此联对仗工巧,圆熟自然,诗意翻跌。“国破”对“城春”,两意相反。“国破”的颓垣残壁同富有生意的“城春”对举,对照强烈。“国破”之下继以“山河在”,意思相反,出人意表;“城春”原当为明媚之景,而后缀以“草木深”则叙荒芜之状,先后相悖,又是一翻。明代胡震亨极赞此联说:“对偶未尝不精,而纵横变幻,尽越陈规,浓淡浅深,动夺天巧。”(《唐音癸签》卷九)

“感时花溅泪,恨别鸟惊心。”这两句一般解释是,花鸟本为娱人之物,但因感时恨别,却使诗人见了反而堕泪惊心。另一种解释为,以花鸟拟人,感时伤别,花也溅泪,鸟亦惊心。两说虽则有别,其精神却能相通,一则触景生情,一则移情于物,正见好诗含蕴之丰富。

诗的这前四句,都统在“望”字中。诗人俯仰瞻视,视线由近而远,又由远而近,视野从城到山河,再由满城到花鸟。感情则由隐而显,由弱而强,步步推进。在景与情的变化中,仿佛可见诗人由翘首望景,逐步地转入了低头沉思,自然地过渡到后半部分——想望亲人。

“烽火连三月,家书抵万金。”自安史叛乱以来,“烽火苦教乡信断”,直到如今春深三月,战火仍连续不断。多么盼望家中亲人的消息,这时的一封家信真是胜过“万金”啊!“家书抵万金”,写出了消息隔绝久盼音讯不至时的迫切心情,这是人人心中所有的想法,很自然地使人共鸣,因而成了千古传诵的名句。

“白头搔更短,浑欲不胜簪。”烽火遍地,家信不通,想念远方的惨戚之象,眼望面前的颓败之景,不觉于极无聊赖之际,搔首踌躇,顿觉稀疏短发,几不胜簪。“白发”为愁所致,“搔”为想要解愁的动作，“更短”可见愁的程度。这样，在国破家亡，离乱伤痛之外，又叹息衰老，则更增一层悲哀。

这首诗反映了诗人热爱国家、眷念家人的美好情操，意脉贯通而不平直，情景兼具而不游离，感情强烈而不浅露，内容丰富而不芜杂，格律严谨而不板滞，以仄起仄落的五律正格，写得铿然作响，气度浑灏，因而一千二百余年来一直脍炙人口，历久不衰。

（徐应佩　周溶泉）

哀江头

原文

少陵野老[1]吞声哭，春日潜行曲江曲。
江头宫殿锁千门，细柳新蒲为谁绿？
忆昔霓旌下南苑，苑中万物生颜色。
昭阳殿里第一人，同辇随君侍君侧。
辇前才人带弓箭，白马嚼啮黄金勒。
翻身向天仰射云，一笑正坠双飞翼。
明眸皓齿今何在？血污游魂归不得。
清渭东流剑阁深，去住彼此无消息！
人生有情泪沾臆，江水江花岂终极？
黄昏胡骑尘满城，欲往城南望城北[2]。

〔注〕

① 少陵：在长安城东南，杜甫曾在这一带住过，故自称“少陵野老”。
② 望城北：即“向城北”。宋陆游《老学庵笔记》云：“北人谓‘向’为‘望’。”

鉴赏

唐肃宗至德元年(756)秋天,杜甫离开鄜州(今陕西富县)去投奔刚即位的唐肃宗,不巧,被安史叛军抓获,带到沦陷了的长安。旧地重来,触景伤怀,诗人的内心是十分痛苦的。第二年春天,诗人沿长安城东南的曲江行走,感慨万千,哀恸欲绝。《哀江头》就是当时心情的真实记录。

全诗分为三部分。

前四句是第一部分,写长安沦陷后的曲江景象。曲江原是长安有名的游览胜地,经过开元年间疏凿修建,亭台楼阁参差,奇花异卉争芳,一到春天,彩幄翠帱,匝于堤岸,鲜车健马,比肩击毂,真是说不尽的烟柳繁华、富贵风流。但这已经成为历史了,往日的繁华像梦一样过去了。现在呢,“少陵野老吞声哭,春日潜行曲江曲”。一个泣咽声堵的老人,偷偷行走在曲江的角落里,这就是曲江今日的“游人”!第一句有几层意思:行人少,一层;行人哭,二层;哭又不敢大放悲声,只能吞声而哭,三层。第二句既交代时间、地点,又写出诗人情态:在春日游览胜地不敢公然行走,却要“潜行”,而且是在冷僻无人的角落里潜行,这是何等地不幸!重复用一个“曲”字,给人一种纡曲难伸、愁肠百结的感觉。两句诗,写出了曲江的萧条和气氛的恐怖,写出了诗人忧思惶恐、压抑沉痛的心理,含蕴无穷,不愧是文章圣手!

“江头宫殿锁千门,细柳新蒲为谁绿?”写诗人曲江所见。“千门”,极言宫殿之多,说明昔日的繁华。而着一“锁”字,便把昔日的繁华与今日的萧条冷落并摆在一起,巧妙地构成了今昔对比,看似信手拈来,却极见匠心。“细柳新蒲”,景物是很美的。岸上是依依袅袅的柳丝,水中是抽芽返青的新蒲。“为谁绿”三字陡然一转,以乐景反衬哀恸,一是说江山换了主人,二是说没有游人,无限伤心，无限凄凉，大有使人肝肠寸断的笔力。

“忆昔霓旌下南苑”至“一笑正坠双飞翼”是第二部分，回忆安史之乱以前春到曲江的繁华景象。这里用“忆昔”二字一转，引出了一节极繁华热闹的文字。“忆昔霓旌下南苑，苑中万物生颜色”，先总写一笔。南苑即曲江之南的芙蓉苑。唐玄宗开元二十年(732)，自大明宫筑复道夹城，直抵曲江芙蓉苑。玄宗和后妃公主经常通过夹城去曲江游赏。“苑中万物生颜色”一句，写出御驾游苑的豪华奢侈，明珠宝器映照得花木生辉。

然后具体描写唐明皇与杨贵妃游苑的情景。“同辇随君”，事出《汉书·外戚传》。汉成帝游于后宫，曾想与班婕妤同辇载。班婕妤拒绝说：“观古图画，圣贤之君，皆有名臣在侧，三代末主，乃有嬖女。今欲同辇，得无近似之乎？”汉成帝想做而没有做的事，唐明皇做出来了；被班婕妤拒绝了的事，杨贵妃正干得自鸣得意。这就清楚地说明，唐玄宗不是“贤君”，而是“末主”。笔墨之外，有深意存焉。下面又通过写“才人”来写杨贵妃。“才人”是宫中的女官，她们戎装侍卫，身骑以黄金为嚼口笼头的白马，射猎禽兽。侍从豪华如此，那“昭阳殿里第一人”的妃子，那拥有大唐江山的帝王，该是何等景象啊！才人们仰射高空，正好射中比翼双飞的鸟。可惜，这精湛的技艺不是去用来维护天下的太平和国家的统一，却仅仅是为了博得杨贵妃的粲然“一笑”。这些帝王后妃们哪里想得到，这种放纵的生活，却正是他们亲手种下的祸乱根苗！

“明眸皓齿今何在”以下八句是第三部分，写诗人在曲江头产生的感慨。分为两层。第一层(“明眸皓齿今何在”至“去住彼此无消息”)直承第二部分，感叹唐玄宗和杨贵妃的悲剧。“明眸皓齿”照应“一笑正坠双飞翼”的“笑”字，把杨贵妃“笑”时的情态补足，生动而自然。“今何在”三字照应第一部分“细柳新蒲为谁绿”一句，把“为谁”二字说得更具体，感情极为沉痛。“血污游魂”点出了杨贵妃遭变横死。长安失陷，身为游魂亦“归不得”，他们自作自受，结局何等凄惨！杨贵妃埋葬在渭水之滨的马嵬，唐玄宗却经由剑阁深入山路崎岖的蜀道，死生异路，彼此音容渺茫。昔日芙蓉苑里仰射比翼鸟，今日马嵬坡前生死两离分，诗人运用这鲜明而又巧妙的对照，指出了他们佚乐无度与大祸临头的因果关系，写得惊心动魄。第二层（“人生有情泪沾臆”至“欲往城南望城北”）总括全篇，写诗人对世事沧桑变化的感慨。前两句是说，人是有感情的，触景伤怀，泪洒胸襟；大自然是无情的，它不随人世的变化而变化，花自开谢水自流，永无尽期。这是以无情反衬有情，而更见情深。最后两句，用行为动作描写来体现他感慨的深沉和思绪的迷惘烦乱。“黄昏胡骑尘满城”一句，把高压恐怖的气氛推向顶点，使开头的“吞声哭”“潜行”有了着落。黄昏来临，为防备人民的反抗，叛军纷纷出动，以致尘土飞扬，笼罩了整个长安城。本来就忧愤交迫的诗人，这时就更加心如火焚。他想回到长安城南的住处，却反而走向了城北。心烦意乱竟到了不辨南北的程度，充分而形象地揭示诗人内心的巨大哀恸。

在这首诗里，诗人流露的感情是深沉的，也是复杂的。当他表达出真诚的爱国激情的时候，也流露出对蒙难君王的伤悼之情。这是李唐盛世的挽歌，也是国势衰微的悲歌。全篇表现的，是对国破家亡的深哀巨恸。

“哀”字是这首诗的核心。开篇第一句“少陵野老吞声哭”，就创造出了强烈的艺术氛围，后面写春日潜行是哀，睹物伤怀还是哀，最后，不辨南北更是极度哀伤的表现。“哀”字笼罩全篇，沉郁顿挫，意境深邈。

诗的结构，从时间上说，是从眼前翻到回忆，又从回忆回到现实。从感情上说，首先写哀，触类伤情，无事不哀；哀极而乐，回忆李、杨极度佚乐的腐朽生活；又乐极生悲，把亡国的哀恸推向高潮。这不仅写出“乐”与“哀”的因果关系，也造成了强烈的对比效果，以乐衬哀，今昔对照，更好地突出诗人难以抑止的哀愁，造成结构上的波折跌宕，纡曲有致。文笔则发敛抑扬，极开阖变化之妙，“其词气如百金战马，注坡蓦涧，如履平地，得诗人之遗法”（南宋魏庆之《诗人玉屑》卷十四）。

（张燕瑾）

喜达行在所三首（其二）

原文

愁思胡笳夕，凄凉汉苑春。
生还今日事，间道暂时人。
司隶章初睹，南阳气已新。
喜心翻倒极，呜咽泪沾巾。

鉴赏

这首诗表达的是一种极致的感情。至德二载(757)四月，杜甫乘隙逃出被安史叛军占据的长安，投奔在凤翔的肃宗。历经千辛万苦，他终于到达了帝王行幸所至地(“行在所”)，并被授予左拾遗的官职。他刚刚脱离了叛军的淫威，一下子又得到了朝廷的任用。生活中这种巨大的转折在心底激起的波涛，使诗人简直不能自已。

冒死来归，“喜达行在所”，是应该高兴的时候了，可是诗人仿佛惊魂未定，旧日在长安近似俘虏的生活如历目前：“愁思胡笳夕，凄凉汉苑春”。“凄凉”“愁思”，那是怎样一种度日如年的生活呵！倏而，诗人的思绪又回到了“今日”：“生还今日事”。今日值得庆幸；可是“生还”，也只有今日才敢想的啊！昨日在山间小路上逃命的情形就在眼前，那时性命就如悬在顷刻之间，谁还会想到“今日”！“间道暂时人”，正回味着昨日的艰险。诗人忽而又转向眼前“中兴”气象的描写：“司隶章初睹，南阳气已新。”这两句用的是汉光武帝刘秀重建汉室的典故。南阳，是刘秀的故乡。刘秀把汉王朝从王莽篡政的逆境中恢复过来，不正如眼前凤翔的景象吗？中兴有望，正使人欣喜至极。然而诗人却“呜咽泪沾巾”，哭起来了。这啼哭正是极致感情的体现，是激动和喜悦的泪水。从表面上看，这首诗的结构，东一句，西一句，似乎零乱而不完整；其实，艺术来源于生活，运用这种手法倒是比较适合表现生活实际的。诗人九死一生之后喜达行在所，感情是不平常的。非常的事件，引起的是非常的感情，表现形式上也就不同一般。在杜诗其他篇章中亦有这种情况。如《羌村》，诗人写战乱与家人离散，生死未卜，突然的会见，使诗人惊喜万状：“妻孥怪我在，惊定还拭泪。”本来应该“喜我在”，生应当喜，怎么反倒奇怪了呢？说“怪”，说“惊”，说流泪，正是出乎意外，喜极而悲的情状。这首诗也是如此。所以宋人范温《潜溪诗眼》说：“语或似无伦次，而意若贯珠。”诗人真实地表达了悲喜交集，喜极而悲的激动心情。看来参差不齐，实则错落有致，散中见整。诗人从变化中求和谐，而有理殊趣合之妙。

（王振汉）

北征

原文

皇帝二载秋，闰八月初吉。
杜子将北征，苍茫问家室。
维时遭艰虞，朝野少暇日。
顾惭恩私被，诏许归蓬荜。
拜辞诣阙下，怵惕久未出。
虽乏谏诤姿，恐君有遗失。
君诚中兴主，经纬固密勿。
东胡反未已，臣甫愤所切。
挥涕恋行在，道途犹恍惚。
乾坤含疮痍，忧虞何时毕！
靡靡逾阡陌，人烟眇萧瑟。
所遇多被伤，呻吟更流血。
回首凤翔县，旌旗晚明灭。
前登寒山重，屡得饮马窟。
邠郊入地底，泾水中荡潏。
猛虎立我前，苍崖吼时裂。

菊垂今秋花，石戴古车辙。
青云动高兴，幽事亦可悦。
山果多琐细，罗生杂橡栗。
或红如丹砂，或黑如点漆。
雨露之所濡，甘苦齐结实。
缅思桃源内，益叹身世拙。
坡陀望鄜畤，岩谷互出没。
我行已水滨，我仆犹木末。
鸱鸟鸣黄桑，野鼠拱乱穴。
夜深经战场，寒月照白骨。
潼关百万师，往者散何卒？
遂令半秦民，残害为异物。
况我堕胡尘，及归尽华发。
经年至茅屋，妻子衣百结。
恸哭松声回，悲泉共幽咽。
平生所娇儿，颜色白胜雪。
见爷背面啼，垢腻脚不袜。
床前两小女，补绽才过膝。

海图坼波涛，旧绣移曲折。
天吴及紫凤，颠倒在裋褐。
老夫情怀恶，呕泄卧数日。
那无囊中帛，救汝寒凛栗。
粉黛亦解包，衾裯稍罗列。
瘦妻面复光，痴女头自栉。
学母无不为，晓妆随手抹。
移时施朱铅，狼藉画眉阔。
生还对童稚，似欲忘饥渴。
问事竞挽鬚，谁能即嗔喝？
翻思在贼愁，甘受杂乱聒。
新归且慰意，生理焉得说！
至尊尚蒙尘，几日休练卒？
仰观天色改，坐觉妖氛豁。
阴风西北来，惨澹随回纥。
其王愿助顺，其俗善驰突。
送兵五千人，驱马一万匹。
此辈少为贵，四方服勇决。

所用皆鹰腾，破敌过箭疾。
圣心颇虚伫，时议气欲夺。
伊洛指掌收，西京不足拔。
官军请深入，蓄锐伺俱发。
此举开青徐，旋瞻略恒碣。
昊天积霜露，正气有肃杀。
祸转亡胡岁，势成擒胡月。
胡命其能久，皇纲未宜绝。
忆昨狼狈初，事与古先别。
奸臣竟菹醢，同恶随荡析。
不闻夏殷衰，中自诛褒妲。
周汉获再兴，宣光果明哲。
桓桓陈将军，仗钺奋忠烈。
微尔人尽非，于今国犹活。
凄凉大同殿，寂寞白兽闼。
都人望翠华，佳气向金阙。
园陵固有神，扫洒数不缺。
煌煌太宗业，树立甚宏达。

鉴赏

这首长篇叙事诗是杜甫在唐肃宗至德二载(757)闰八月写的,共一百四十句。它像是用诗歌体裁写的陈情表,是这位在职的左拾遗向肃宗皇帝汇报自己探亲路上及到家以后的见闻感想。它结构自然而精当,笔调朴实而深沉,充满忧国忧民的情思,怀抱中兴国家的希望,反映了当时的政治形势和社会现实,表达了人民的情绪和愿望。

全诗五大段,开头至“忧虞何时毕”为第一段,“靡靡逾阡陌”至“残害为异物”为第二段,“况我堕胡尘”至“生理焉得说”为第三段,“至尊尚蒙尘”至“皇纲未宜绝”为第四段,“忆昨狼狈初”至最后为第五段。按照“北征”即从朝廷所在的凤翔(今属陕西)到杜甫家小所在的鄜州(今陕西富县)的历程,依次叙述了蒙恩放归探亲、辞别朝廷登程时的忧虑情怀;归途所见景象和引起的感慨;到家后与妻子儿女团聚的悲喜交集情景;在家中关切国家形势和提出如何借用回纥兵力的建议;最后回顾了朝廷在安禄山叛乱后的可喜变化和表达了自己对国家前途的信心、对肃宗中兴的期望。它像上表奏章一样,写明年月日,谨称“臣甫”,恪守臣节,忠悃陈情,先说离职的不安,次叙征途的观感,再述家室的情形,更论国策的得失,而归结到歌功颂德。这一结构合乎礼数,尽其谏职,顺理成章,而见美刺。不难看到,诗人采用这样的陈情表的构思,显然出于他“奉儒守官”的思想修养和“别裁伪体”的创作要求,更凝聚着他与国家、人民休戚与共的深厚感情。

“乾坤含疮痍,忧虞何时毕!”痛心山河破碎,深忧民生涂炭。这是全诗反复咏叹的主题思想,也是诗人自我形象的主要特征。诗人深深懂得,当他在苍茫暮色中踏上归途时,国家正处危难,朝野都无闲暇,一个忠诚的谏官是不该离职的,此行与他本心也是相违的。因而他忧虞不安，留恋恍惚。正由于满怀忧国忧民，他沿途穿过田野，翻越山冈，夜经战场，看见的是战争创伤和苦难现实，想到的是人生甘苦和身世浮沉，忧虑的是将帅失策和人民遭难。总之，满目疮痍，触处忧虞，遥望前途，征程艰难。他深切希望皇帝和朝廷了解这一切，汲取这教训。因此，回到家里，他虽然获得家室团聚的欢乐，却更体会到一个封建士大夫在战乱年代的辛酸苦涩，不能忘怀被叛军拘留长安的日子，而心里仍关切国家大事，考虑政策得失，急于为君拾遗。可见贯串全诗的主题思想便是忧虑国家前途、人民生活，而体现出来的诗人形象主要是这样一位忠心耿耿、忧国忧民的封建士大夫。

“缅思桃源内，益叹身世拙。”遥想桃源中人避乱世外，深叹自己身世遭遇艰难。这是全诗伴随着忧国忧民主题思想而交织起伏的个人感慨，也是诗人自我形象的重要特征。肃宗皇帝放他回家探亲，其实是厌弃他，冷落他。这是诗人心中有数的，但他无奈，有所怨望，而只能感慨。他痛心而苦涩地叙述、议论、描写这次皇恩放回的格外优遇：在国家危难、人民伤亡的时刻，他竟能有闲专程探亲，有兴观赏秋色，有幸全家团聚。这一切都违反他爱国的志节和爱民的情操，使他哭笑不得，尴尬难堪。因而在看到山间丛生的野果时，他不禁感慨天赐雨露相同，而果实苦甜各别；人生于世一样，而安危遭遇迥异；自己却偏要选择艰难道路，自甘其苦。所以回到家中，看到妻子儿女穷困的生活，饥瘦的身容，体会到老妻爱子对自己的体贴，天真幼女在父前的娇痴，回想到自己舍家赴难以来的种种遭遇，不由把一腔辛酸化为生聚的欣慰。这里，诗人的另一种处境和性格，一个艰难度日、爱怜家小的平民当家人的形象，便生动地显现出来。

"煌煌太宗业，树立甚宏达。"坚信大唐国家的基础坚实，期望唐肃宗能够中兴。这是贯串全诗的思想信念和衷心愿望，也是诗人的政治立场和出发点。因此他虽然正视国家战乱、人民伤亡的苦难现实，虽然受到厌弃冷落的待遇，虽然一家老小过着饥寒的生活，但是他并不因此而灰心失望，更不逃避现实，而是坚持大义，顾全大局。他受到形势好转的鼓舞，积极考虑决策的得失，并且语重心长地回顾了事变以后的历史发展，强调指出事变使奸佞荡析，热情赞美忠臣除奸的功绩，表达了人民爱国的意愿，歌颂了唐太宗奠定的国家基业，从而表明了对唐肃宗中兴国家的殷切期望。显然，由于阶级和时代的局限，诗人的社会理想不过是恢复唐太宗的业绩，对唐明皇有所美化，对唐肃宗有所不言，然而应当承认，诗人的爱国主义思想情操是达到时代的高度，站在时代的前列的。

综上可见，这首长篇叙事诗，实则是政治抒情诗，是一位忠心耿耿、忧国忧民的封建士大夫履职的陈情，是一位艰难度日、爱怜家小的平民当家人忧生的感慨，是一位坚持大义、顾全大局的爱国志士仁人述怀的长歌。从艺术上说，它既要通过叙事来抒情达志，又要明确表达思想倾向，因而主要用赋的方法来写，是自然而恰当的。它也确像一篇陈情表，慷慨陈辞，长歌浩叹，然而谨严写实，指点有据。从开头到结尾，对所见所闻，一一道来，指事议论，即景抒情，充分发挥了赋的长处，具体表达了陈情表的内容。但是为了更形象地表达思想感情，也由于有的思想感情不宜直接道破，诗中又灵活地运用了各种比兴方法，既使叙事具有形象，意味深长，不致枯燥；又使语言精练，结构紧密，避免行文拖沓。例如诗人登上山冈，描写了战士饮马的泉眼，邠州郊野山水地形势态，以及那突如其来的“猛虎”“苍崖”，显然含有感慨和寄托，读者自可意会。又如诗人用观察天象方式概括当时平叛形势，实际上也是一种比兴。天色好转，妖气消散，豁然开朗，显然是指叛军将失败；而阴风飘来，则暗示了诗人对回纥军的态度。诸如此类，倘使都用直陈，势必繁复而无诗味，便当真成了章表。因而诗人采用以赋为主、有比有兴的方法，恰可适应表现本诗所包括的宏大的历史内容，也显示出诗人在诗歌艺术上的高度才能和浑熟技巧，足以得心应手、运用自如地用诗歌体裁来写出这样一篇“博大精深，沉郁顿挫”的陈情表。

（倪其心）

羌村三首

原文

峥嵘赤云西，日脚下平地。
柴门鸟雀噪，归客千里至。
妻孥怪我在，惊定还拭泪。
世乱遭飘荡，生还偶然遂。
邻人满墙头，感叹亦歔欷。
夜阑更秉烛，相对如梦寐。

晚岁迫偷生，还家少欢趣。
娇儿不离膝，畏我复却去。
忆昔好追凉，故绕池边树。
萧萧北风劲，抚事煎百虑。
赖知禾黍收，已觉糟床注。
如今足斟酌，且用慰迟暮。

群鸡正乱叫，客至鸡斗争。
驱鸡上树木，始闻叩柴荆。
父老四五人，问我久远行。
手中各有携，倾榼浊复清。
苦辞“酒味薄，黍地无人耕。
兵革既未息，儿童尽东征”。
请为父老歌，艰难愧深情。
歌罢仰天叹，四座泪纵横。

鉴赏

至德二载(757)杜甫为左拾遗时，房琯罢相，他上书援救，触怒肃宗，被放还鄜州羌村(在今陕西富县南)探家。《羌村三首》就是这次还家所作。三首诗蝉联而下，构成一组还家“三部曲”。

第一首写刚到家时合家悲喜交集的情景。

前四句叙写在夕阳西下时分抵达羌村的情况。迎接落日的是满天峥嵘万状、重崖叠嶂似的赤云，这绚烂的景色，自会唤起“归客”亲切的记忆而为之激动。“日脚”是指透过云缝照射下来的光柱，像是太阳的脚。“日脚下平地”一句，既融入口语又颇有拟人化色彩，似乎太阳经过一天奔劳，也急于跨入地底休息。而此时诗人恰巧也结束漫长行程，到家了。“白头拾遗徒步归”，长途奔劳，早巴望着到家休息。开篇的写景中融进了到家的兴奋感觉。

“柴门鸟雀噪”是具有特征性的乡村黄昏景色,同时,这鸟儿喧宾夺主的声浪,又反衬出那年月村落的萧索荒芜。写景中隐隐流露出一种悲凉之感。“归客千里至”一句,措语平实,却极不寻常。其中寓有几分如释重负之感,又暗暗掺杂着“近乡情更怯”的忐忑不安。

后八句写初见家人、邻里时悲喜交集之状。这里没有任何繁缛沉闷的叙述,而简洁地用了三个画面来再现。首先是与妻孥见面。乍见时似该喜悦而不当惊怪。然而,在那兵荒马乱的年月,人命危浅,朝不保夕,亲人忽然出现,真叫妻孥不敢信,不敢认,乃至发愣(“怪我在”),直到“惊定”,才“喜心翻倒极,呜咽泪沾巾”(《喜达行在所》)。这反常的情态,曲折反映出那个非常时代的影子。写见面毕,诗人从而感慨道:“世乱遭飘荡,生还偶然遂。”这里,“偶然”二字含有极丰富的内容和无限的感慨。杜甫从陷叛军之手到脱离叛军亡归,从触怒肃宗到此次返家,风波险恶,现在竟得生还,不是太偶然了吗?妻子之怪,又何足怪呢?言下大有“归来始自怜”意,刻画患难余生之人的心理极切。

其次是邻里的围观。消息不胫而走,引来偌多邻人。古时农村墙矮,所以邻人能凭墙相望。这些邻人,一方面是旁观者,故只识趣地远看,不忍搅扰这一家人既幸福而又颇心酸的时刻;另一方面他们又并非无动于衷地旁观,而是人人都进入角色,“感叹亦歔欷”。是对之羡慕?为之心酸?还是勾起自家的伤痛?短短数语,多么富于人情味,又多么含蓄蕴藉。

其三是一家子夜阑秉烛对坐情景。深夜了,最初的激动也该过去了,可杜甫一家还沉浸在兴奋的余情之中。“宜睡而复秉烛,以见久客喜归之意。”(宋陆游《老学庵笔记》卷六)这个画面即成为首章摇曳生姿的结尾。

第二首写还家后矛盾苦闷的心情。

前八句写无聊寡欢的情状。杜甫这次奉旨回家，实际上无异于放逐。对于常人来说，“生还偶然遂”自是不幸中之大幸；而对于忧乐关乎天下的诗人，适成为幸运中之大不幸。居定之后，他即时就感到一种责任心的煎熬，觉得值此万方多难之际守着个小家庭，无异于苟且偷生。可这一切又是迫不得已的。这样一种缺乏欢趣的情态，连孩子也有所察觉：“娇儿不离膝，畏我复却去”，“早见此归不是本意，于是绕膝慰留，畏爷复去”（明末清初金圣叹《杜诗解》）。对于“生还对童稚，似欲忘饥渴”的诗人，没有比这个细节更能表现他的悒郁寡欢的了。

于是他回忆去年六七月间纳凉“池边树”的往事。那时他对在灵武即位的肃宗和自己立朝报国寄予很大希望，故而多少有些“欢趣”。谁知事隔一年，却遭到如许失望，不禁忧从中来，百感交集，备受煎熬。叙事抒情中忽插入“萧萧北风劲”的写景，又大大添加了一种悲凉凄苦的气氛。

末四句写到秋收已毕，虽然新酒未曾酿出，却计日可待，似乎可感到它从糟床汩汩流出。“赖知”“已觉”均属料想之词。说酒是因愁，深切表现出诗人矛盾苦闷的心理——他其实是“醉翁之意不在酒”呵。

第三首写邻人来访情事。

前四句先安排了一个有趣的序曲：“客至”的当儿，庭院里发生着一场鸡斗，群鸡乱叫。待到主人把鸡赶到它们栖息的庭树上（古代黄河流域一带养鸡之法如此），院内安静下来时，这才听见客人叩柴门的声音。这开篇不但颇具村野生活情趣，同时也表现出意外值客的欣喜。

来的四五人全是父老，没有稍为年轻的人，这为后文父老感伤的话张本。这些老人都携酒而来，酒色清浊不一，各各表示着一家心意。在如此艰难岁月还这样看重情礼，是难能可贵的，表现了淳厚的民风并未被战争完全泯灭。紧接四句以父老不经意的口吻道出时事：由斟酒谦称“酒味薄”，从酒味薄说到生产的破坏，再引出“兵革既未息，儿童尽东征”。时世之艰难，点明而不说尽，耐人寻思。

末了写主人致答词。父老们的盛意使他感奋，因而情不自禁地为之高歌以表谢忱。此处言“愧”，暗中照应“晚岁迫偷生”意。如果说全组诗的情绪在第二首中有些低落，此处则由父老致词而重新高涨。所以他答谢作歌，强为欢颜，“歌罢”终不免仰天长叹。所歌内容虽无具体叙写，但从“艰难愧深情”句和歌所产生的“四座泪纵横”的效果可知，其中当含有对父老的感激，对时事的忧虑，以及身世的感喟等等情感内容。不明写，让读者从诗中气氛、意境玩味，以联想作补充，更能丰富诗的内涵。写到歌哭结束，语至沉痛，令读者三复斯言，掩卷而情不自已。

安史之乱给唐代人民带来深重苦难。“儿童尽东征”“黍地无人耕”的现象，遍及整个北国农村，何止羌村而然。《羌村三首》就通过北国农村之一角，反映出当时社会现实与诗人系心国事的情怀，具有很高的典型意义。

这组诗，每章既能独立成篇，却又相互联结，构成一个完整的统一体。第一首写初见家人，是组诗的总起，三首中惟此章以兴法开篇。第二首叙还家后事，上承“妻孥”句；而说到“偷生”，又下启“艰难愧深情”意。第三首写邻人的交往，上承“邻人”句；写斟酒，则承“如今足斟酌”意；最终归结到忧国忧民、伤时念乱，又成为组诗的结穴。这样的组诗，通常又谓之“连章体”。诗人从还家情事中抽选三个有代表性的生活片段予以描绘，不但每章笔墨集中，以点概面，而且利用章与章的自然停顿，造成幕闭幕启的效果，给读者以发挥想象与联想的空间，所以组诗篇幅不大而能含蓄深沉。

《羌村三首》以白描见长，虽然取材于一时见闻，而景实情真，略无夸饰。由于能抓住典型的生活情景与人物心理活动，诗句表现力强，大都耐人含咀。写景如“柴门鸟雀噪”“邻人满墙头”及“群鸡正乱叫”四句等，“摹写村落田家，情事如见”（清申涵光评）。写人如“妻孥怪我在，惊定还拭泪”，“夜阑更秉烛，相对如梦寐”，均穷极人物情态，后一联竟被后世诗人词客屡屡化用。如唐司空曙“乍见翻疑梦，相悲各问年”（《云阳馆与韩绅宿别》）；宋晏几道“今宵剩把银釭照，犹恐相逢是梦中”（《鹧鸪天》）；宋陈师道“了知不是梦，忽忽心未稳”（《示三子》）等。又如“娇儿不离膝，畏我复却去”，写幼子倚人情状，栩栩如生。恰如前人评赞：“一字一句，镂出肺肠，才人莫知措手；而婉转周至，跃然目前，又若寻常人所欲道者”（见清杨伦《杜诗镜铨》引王慎中语）。这种“若寻常人所欲道”而终使“才人莫知措手”的描写，充分体现作者白描之功力。总之，由于这组诗语言平易，诗意凝练，音韵谐调，抒情气氛浓郁，在杜诗中占有重要地位。

（周啸天）

送郑十八虔贬台州司户，伤其临老陷贼之故，阙为面别，情见于诗

原文

郑公樗散鬓成丝，
酒后常称老画师。
万里伤心严谴日，
百年垂死中兴时。
苍惶已就长途往，
邂逅无端出饯迟。
便与先生应永诀，
九重泉路尽交期。

鉴赏

郑虔以诗、书、画“三绝”著称，更精通天文、地理、军事、医药和音律。杜甫称赞他“才过屈宋”，“道出羲皇”，“德尊一代”。然而他的遭遇却很坎坷。安史乱前始终未被重用，连饭都吃不饱。安史乱中，又和王维等一大批官员一起，被叛军劫到洛阳。安禄山给他一个“水部郎中”的官儿，他假装病重，一直没有就任，还暗中给唐政府通消息。可是当洛阳收复，唐肃宗在处理陷贼官员问题时，却给他定了“罪”，贬为台州司户参军。杜甫为此，写下了这首“情见于诗”的七律。

前人评这首诗，有的说：“从肺腑流出”，“万转千回，

纯是泪点，都无墨痕”。有的说：“一片血泪，更不辨是诗是情。”这都可以说抓住了最本质的东西。至于说它“屈曲赴题，清空一气，与《闻官军收河南河北》同是一格”，则是就艺术特点而言的；说它“直可使暑日霜飞，午时鬼泣”，则是就艺术感染力而言的。

杜甫和郑虔是“忘形到尔汝”的好友。郑虔的为人，杜甫最了解；他陷贼的表现，杜甫也清楚。因此，他对郑虔的受处分，就不能不有些看法。第三句中的“严谴”，不就是他的看法吗？而一、二两句，则是为这种看法提供依据。说“郑公樗散”，说他“鬓成丝”，说他“酒后常称老画师”，都是有含意的。

“樗（chū）”和“散”，见于《庄子·逍遥游》：“吾有大树，人谓之樗，其大本拥肿而不中绳墨，其小枝卷曲而不中规矩。立之涂，匠者不顾。”又《庄子·人间世》载：有一木匠往齐国去，路见一高大栎树，人甚奇之，木匠却说：“‘散木’也，以为舟则沉，以为棺椁则速腐，以为器则速毁，以为门户则液樠，以为柱则蠹，是不材之木也。”说郑公“樗散”，有这样的含意：郑虔不过是“樗栎”那样的“无用之材”罢了，既无非分之想，又无犯“罪”行为，不可能是什么危险人物。何况他已经“鬓成丝”，又能有何作为呢！第二句，即用郑虔自己的言谈作证。人们常说：“酒后见真言。”郑虔酒后，有什么越礼犯分的言论没有呢？没有。他不过常常以“老画师”自居而已，足见他并没有什么政治野心。既然如此，就让这个“鬓成丝”的、“垂死”的老头子画他的画儿去，不就行了吗？可见一、二两句，并非单纯是刻画郑虔的声容笑貌；而是通过写郑虔的为人，为郑虔鸣冤。要不然，在第三句中，凭什么突然冒出个“严谴”呢？

次联紧承首联，层层深入，抒发了对郑虔的同情，表现了对

“严谴”的愤慨，的确是一字一泪，一字一血。对于郑虔这样一个无罪、无害的人，本来就不该“谴”。如今却不但“谴”了，还“谴”得那样“严”，竟然把他贬到“万里”之外的台州去，真使人伤心啊！这是第一层。郑虔如果还年轻力壮，或许能经受那样的“严谴”，可是他已经“鬓成丝”了，眼看是个“垂死”的人了，却被贬到那么遥远、那么荒凉的地方去，不是明明要他早一点死吗？这是第二层。如果不明不白地死在乱世，那就没啥好说；可是两京都已经收复了，大唐总算“中兴”了，该过太平日子了，而郑虔偏偏在这“中兴”之时受到了“严谴”，真是太不幸了！这是第三层。由“严谴”和“垂死”激起的情感波涛奔腾前进，化成后四句，真“不辨是诗是情”。

“苍惶”一联，紧承“严谴”而来。正因为“谴”得那么“严”，所以百般凌逼，不准延缓；作者没来得及送行，郑虔已经“苍惶”地踏上了漫长的道路。“永诀”一联，紧承“垂死”而来。郑虔已是“垂死”之年，而“严谴”又必然会加速他的死，不可能活着回来了；因而发出了“便与先生应永诀”的感叹。然而即使活着不能见面，仍然要“九重泉路尽交期”啊！情真意切，沉痛不忍卒读。诗的结尾，是需要含蓄的，但也不能一概而论。卢得水评这首诗，就说得很不错：“末竟作‘永诀’之词，诗到真处，不嫌其迫，不妨于尽也。”

杜甫当然是忠于唐王朝的；但他并没有违心地为唐王朝冤屈好人的做法唱赞歌，而是实事求是地斥之为“严谴”，毫不掩饰地为受害者鸣不平、表同情，以至于坚决表示要和他在泉下交朋友，这不是表现了一个真正的诗人应有的人格吗？有这样的人格，才会有“从肺腑流出”“真意弥满”“情见于诗”的艺术风格。

（霍松林）

春宿左省

原文

花隐掖垣暮，啾啾栖鸟过。
星临万户动，月傍九霄多。
不寝听金钥，因风想玉珂。
明朝有封事，数问夜如何。

鉴赏

至德二载(757)九月，唐军收复了被安史叛军所控制的京师长安；十月，肃宗自凤翔(今属陕西)还京，杜甫于是从鄜州(今陕西富县)到京，仍任左拾遗。左拾遗掌供奉讽谏，大事廷诤，小事上封事。所谓"封事"，就是密封的奏疏。这首作于乾元元年(758)的五律，描写作者上封事前在门下省值夜时的心情，表现了他忠勤为国的思想。诗题中的"宿"，指值夜；"左省"，即左拾遗所属的门下省，和中书省同为掌机要的中央政府机构，因在殿庑之东，故称"左省"。

"花隐掖垣暮，啾啾栖鸟过。"起首两句描绘开始值夜时"左省"的景色。看来好似信手拈来，即景而写，实则章法谨严，很有讲究。首先它写了眼前景：在傍晚越来越暗下来的光线中，"左省"里开放的花朵隐约可见，天空中投林栖息的鸟儿飞鸣而过，描写自然真切，历历如绘。其次它还衬了诗中题：写花、写鸟是点"春"；"花隐"的状态和"栖鸟"的鸣声是傍晚时的景致，是作者值宿开始时的所见所闻，和"宿"相关联；"掖垣"本意是"左掖"（即"左省"）的矮墙，这里指门下省，交待值夜的所在地，扣"左省"。两句可谓字字点题，一丝不漏，很能见出作者的匠心。"星临万户动，月傍九霄多。"此联由暮至夜，写夜中之景。前句说夜空群星闪动，宫殿下临千门万户，后句说宫殿上傍云霄，照到的月光也特别多。这两句是写得很精彩的警句，对仗工整妥帖，描绘生动传神，不仅把星月映照下宫殿巍峨清丽的夜景活画出来了，并且寓含着帝居高远的颂圣味道，虚实结合，形神兼备，语意含蓄双关。其中"动"字和"多"字用得极好，被前人称为"句眼"，此联因之境界全出。这两句既写景，又含情，在结构上是由写景到写情的过渡。

"不寝听金钥，因风想玉珂。"这联描写夜中值宿时的情况。金钥，即金锁。玉珂，即马铃。两句是说自己值夜时睡不着觉，仿佛听到了有人开宫门的锁钥声；风吹檐间铃铎，好像听到了百官骑马上朝的马铃响。这些都是想象之辞，深切地表现了诗人勤于国事，惟恐次晨耽误上朝的心情。在写法上不仅刻画心情很细致，而且构思新巧。此联本来是进一步贴诗题中的"宿"字，可是作者反用"不寝"两字，描写自己宿省时睡不着觉时的心理活动，另辟蹊径，独出机杼，显得词意深蕴，笔法空灵。"明朝有封事，数问夜如何。"最后两句交待"不寝"的原因，继续写诗人宿省时的心情：第二天早朝要上封事，心绪不宁，所以好几次讯问宵夜时辰几何。后句化用《诗经·小雅·庭燎》中的诗句："夜如何其？夜未央。”用在这里非常贴切自然；而加了“数问”二字，则更加重了诗人寝卧不安的程度。全诗至此戛然而止，便觉有一种悠悠不尽的韵味。结尾二句由题后绕出，从宿省申发到次日早朝上封事，语句矫健有力，词意含蓄隽永，忠爱之情充溢于字里行间。

这首诗多少带有某些应制诗的色彩，写得平正妥帖，在杜甫五律中很有特色。全诗八句，前四句写宿省之景，后四句写宿省之情。自暮至夜，自夜至将晓，自将晓至明朝，叙述详明而富于变化，描写真切而生动传神，体现了杜甫律诗结构既严谨又灵动，诗意既明达又蕴藉的特点。

（吴小林）

曲江二首

原文

一片花飞减却春，风飘万点正愁人。
且看欲尽花经眼，莫厌伤多酒入唇。
江上小堂巢翡翠，苑边高冢卧麒麟。
细推物理须行乐，何用浮荣绊此身？

朝回日日典春衣，每日江头尽醉归。
酒债寻常行处有，人生七十古来稀。
穿花蛱蝶深深见，点水蜻蜓款款飞。
传语风光共流转，暂时相赏莫相违。

鉴赏

曲江又名曲江池，故址在今西安城南五公里处，原为汉武帝所造。唐玄宗开元年间大加整修，池水澄明，花卉环列。其南有紫云楼、芙蓉苑；西有杏园、慈恩寺，是著名游览胜地。

第一首写他在曲江看花吃酒，布局出神入化，抒情感慨淋漓。

在曲江看花吃酒，正遇“良辰美景”，可称“赏心乐事”了；但作者却别有怀抱，一上来就表现出无可奈何的惜春情绪，产生出惊心动魄的艺术效果。他一没有写已经来到曲江，二没有写来到曲江时的节令，三没有写曲江周围花木繁饶，而只用“风飘万点”四字，就概括了这一切。“风飘万点”，不止是客观地写景，缀上“正愁人”三字，重点就落在见景生情、托物言志上了。“风飘万点”，这对于春风得意的人来说，会煞是好看，为何又“正愁人”呢？作者面对的是“风飘万点”，那“愁”却早已萌生于前此的“一片花飞”，因而用跌笔开头：“一片花飞减却春！”历尽漫长的严冬，好容易盼到春天来了，花儿开了。这春天，这花儿，不是很值得人们珍惜的吗？然而“一片花飞”，又透露了春天消逝的消息。敏感的、特别珍惜春天的诗人又怎能不“愁”？“一片”，是指一朵花儿上的一个花瓣。因一瓣花儿被风吹落就感到春色已减，暗暗发愁，可如今，面对着的分明是“风飘万点”的严酷现实啊！因此“正愁人”三字，非但没有概念化的毛病，简直力透纸背。

“风飘万点”已成现实，那尚未被风飘走的花儿就更值得爱惜。然而那风还在吹，剩下的，又一片、一片地飘走，眼看即将飘尽了！第三句就写这番情景：“且看欲尽花经眼。”“经眼”之花“欲尽”，只能“且看”。“且”，是暂且、姑且之意。而当眼睁睁地看着枝头残花一片、一片地随风飘走，加入那“万点”的行列，心中又是什么滋味呢？于是来了第四句：“莫厌伤多酒入唇。”吃酒为了消愁。一片花飞已愁；风飘万点更愁；枝上残花继续飘落，即将告尽，愁上添愁。因而“酒”已“伤多”，却禁不住继续“入唇”啊！

蒋弱六云：“只一落花，连写三句，极反复层折之妙。接入第四句，魂消欲绝。”这是颇有见地的。然而作者何以要如此“反复层折”地写落花，以至魂消欲绝？究竟是仅仅叹春光易逝，还是有慨于难于直陈的人事问题呢？

第三联“江上小堂巢翡翠，苑边高冢卧麒麟”，就写到了人事。

或谓此联“更发奇想惊人”，乍看确乎“奇”得出人意外，细想却恰恰在人意中。诗人“且看欲尽花经眼”，目光随着那“风飘万点”在移动：落到江上，就看见原来住人的小堂如今却巢着翡翠——翡翠鸟筑起了窝，何等荒凉；落到苑边，就看见原来雄踞高冢之前的石雕墓饰麒麟倒卧在地，不胜寂寞。经过安史之乱，曲江往日的盛况远没有恢复；可是，好容易盼来的春天，眼看和万点落花一起，就要被风葬送了！这并不是什么“惊人”的“奇想”，而是触景伤情。面对这残败景象有什么办法呢？仍不外是“莫厌伤多酒入唇”，只不过换了一种漂亮的说法，就是“行乐”：“细推物理须行乐，何用浮荣绊此身？”难道“物理”就是这样的吗？如果只能如此，无法改变，那就只需行乐，何必让浮荣绊住此身，失掉自由呢？

联系全篇来看，所谓“行乐”，不过是他自己所说的“沉饮聊自遣”，或李白所说的“举杯消愁愁更愁”而已，“乐”云乎哉！

绊此身的浮荣何所指？指的就是“左拾遗”那个从八品上的谏官。因为疏救房琯，触怒了肃宗，从此，为肃宗疏远。作为谏官，他的意见却不被采纳，还蕴含着招灾惹祸的危机。这首诗就是乾元元年(758)暮春任“左拾遗”时写的。到了这年六月，果然受到处罚，被贬为华州司功参军。从写此诗到被贬，不过两个多月的时间。明乎此，就会对这首诗有比较确切的理解。

这是“联章诗”，上、下两首之间有内在的联系。下一首，即紧承“何用浮荣绊此身”而来。

前四句一气旋转，而又细针密线。清仇兆鳌注：“酒债多有，故至典衣；七十者稀，故须尽醉。二句分应。”(《杜诗详注》)就章法而言，大致是不错的。但把“尽醉”归因于“七十者稀”，对诗意的理解就表面化了。时当暮春，长安天气，春衣才派用场；即使穷到要典当衣服的程度，也应该先典冬衣。如今竟然典起春衣来，可见冬衣已经典光。这是透过一层的写法。而且不是偶而典，而是“日日典”。这是更透过一层的写法。“日日典春衣”，读者准以为不是等米下锅，就是另有燃眉之急；然而读到第二句，才知道那不过是为了“每日江头尽醉归”，真有点出人意外。出人意外，就不能不引人深思：为什么要日日尽醉呢？

诗人还不肯回答读者的疑问，又逼进一层：“酒债寻常行处有。”“寻常行处”，包括了曲江，又不限于曲江。行到曲江，就在曲江尽醉；行到别的地方，就在别的地方尽醉。因而只靠典春衣买酒，无异于杯水车薪，于是乎由买到赊，以至“寻常行处”，都欠有“酒债”。付出这样高的代价就是为了换得个醉醺醺，这究竟是为什么？

诗人终于作了回答：“人生七十古来稀。”意谓人生能活多久，既然不得行其志，就“莫思身外无穷事，且尽生前有限杯”（《绝句漫兴》其四）吧！这是愤激之言，联系诗的全篇和杜甫的全人，是不难了解言外之意的。

“穿花”一联写江头景，在杜诗中也是别具一格的名句。宋叶梦得曾指出：“诗语固忌用巧太过，然缘情体物，自有天然工妙，虽巧而不见刻削之痕。老杜……‘穿花蛱蝶深深见，点水蜻蜓款款飞’：‘深深’字若无‘穿’字，‘款款’字若无‘点’字，皆无以见其精微如此。然读之浑然，全似未尝用力，此所以不碍其气格超胜。使晚唐诸子为之，便当如‘鱼跃练波抛玉尺，莺穿丝柳织金梭’体矣。”（《石林诗话》卷下）这一联“体物”有天然之妙，但不仅妙在“体物”，还妙在“缘情”。“七十古来稀”，人生如此短促，而“一片花飞减却春，风飘万点正愁人”，大好春光，又即将消逝，难道不值得珍惜吗？诗人正是满怀惜春之情观赏江头景物的。“穿花蛱蝶深深见，点水蜻蜓款款飞”，这是多么恬静、多么自由、多么美好的境界啊！可是这样恬静、这样自由、这样美好的境界，还能存在多久呢？于是诗人“且尽芳樽恋物华”，写出了这样的结句：“传语风光共流转，暂时相赏莫相违。”“传语”犹言“寄语”，对象就是“风光”。这里的“风光”，就是明媚的春光。“穿花”一联体物之妙，不仅在于写小景如画，而且在于以小景见大景。读这一联，难道唤不起春光明媚的美感吗？蛱蝶、蜻蜓，正是在明媚的春光里自由自在地穿花、点水，“深深见（现）”“款款飞”的。失掉明媚的春光，这样恬静、这样自由、这样美好的境界也就不复存在了。诗人以情观物，物皆有情，因而“传语风光”说：“可爱的风光呀，你就同穿花的蛱蝶、点水的蜻蜓一起流转，让我欣赏吧，哪怕是暂时的；可别连这点心愿也违背了啊！”

仇注引张綖语云：“二诗以仕不得志，有感于暮春而作。”（《杜诗详注》）言简意赅，深得诗人用心。因“有感于暮春而作”，故暮春之景与惜春、留春之情融合无间。因“仕不得志”而有感，故惜春、留春之情饱含深广的社会内容，耐人寻味。

这两首诗总的特点，用我国传统的美学术语说，就是“含蓄”，就是有“神韵”。所谓“含蓄”，所谓“神韵”，就是留有余地。抒情、写景，力避倾困倒廪，而要抒写最典型最有特征性的东西，从而使读者通过已抒之情和已写之景去玩味未抒之情，想象未写之景。“一片花飞”“风飘万点”，写景并不工细。然而“一片花飞”，最足以表现春减；“风飘万点”，也最足以表现春暮。一切与春减、春暮有关的景色，都可以从“一片花飞”“风飘万点”中去冥观默想。比如说，从花落可以想到鸟飞，从红瘦可以想到绿肥……“穿花”一联，写景可谓工细；但工而不见刻削之痕，细也并非详尽无遗。例如只说“穿花”，不复具体地描写花；只说“点水”，不复具体地描写水，而花容、水态以及与此相关的一切景物，都宛然可想。

就抒情方面说，“何用浮荣绊此身”，“朝回日日典春衣”，其“仕不得志”是依稀可见的。但如何不得志，为何不得志，却秘而不宣，只是通过描写暮春之景抒发惜春、留春之情；而惜春、留春的表现方式，也只是吃酒，只是赏花玩景，只是及时行乐。诗中的抒情主人公“每日江头尽醉归”，从“一片花飞”到“风飘万点”，已经目睹了、感受了春减、春暮的全过程，还“传语风光共流转，暂时相赏莫相违”，真可谓乐此不疲了！然而仔细探索，就发现言外有意，味外有味，弦外有音，景外有景，情外有情，“测之而益深，究之而益来”，真正体现了“神余象外”的艺术特点。

（霍松林）

曲江对酒

原文

苑外江头坐不归，
水精宫殿转霏微。
桃花细逐杨花落，
黄鸟时兼白鸟飞。
纵饮久判人共弃，
懒朝真与世相违。
吏情更觉沧洲远，
老大徒伤未拂衣。

鉴赏

这首诗写于乾元元年(758)春，是杜甫最后留住长安时的作品。

一年以前，杜甫只身投奔肃宗李亨，受职左拾遗。因上疏为宰相房琯罢职一事鸣不平，激怒肃宗，遭到审讯。以后，虽仍任拾遗，但有名无实，不受重用。杜甫无所作为，空抱报国之心，不免满腹牢骚。这首《曲江对酒》便是诗人此种心境的反映。

曲江，即曲江池，故址在今陕西西安市东南，因池水曲折而得名，是当时京都的第一胜地。

前两联是曲江即景。“苑外江头坐不归”，苑，指芙蓉苑，在曲江西南，是帝妃游幸之所。坐不归，表明诗人已在江头多时。这个“不”字很有讲究，如用“坐未归”，只反映客观现象，没有回去；“坐不归”，则突出了诗人的主观意愿，不想回去，可见心中有情绪。这就为三、四联的述怀作了垫笔。

以下三句，接写坐时所见。“水精宫殿转霏微”，水精宫殿，即苑中宫殿。霏微，迷蒙的样子。在“宫殿”“霏微”间，又着一“转”字，突出了景物的变化。这似乎是承“坐不归”而来的：久坐不归，时已向晚，故而宫殿霏微。但是，我们从下面的描写中，却看不到日暮的景象，这就透露了诗人另有笔意。清浦起龙《读杜心解》曾将诗人这一时期所写的《曲江二首》《曲江对酒》《曲江对雨》，跟作于安史之乱以前的《丽人行》作过比较，指出：“此处曲江诗，所言皆‘花’‘鸟’‘蜻’‘蝶’。一及宫苑，则云‘巢翡翠’，‘转霏微’，‘云覆’，‘晚静’而已。视前此所咏‘云幕’，‘御厨’，觉盛衰在目，彼此一时。”这种看法是有道理的。“水精宫殿转霏微”所显示的，即是一种虚空寥落的情景。这个“转”字，则有时过境迁的意味。

与此适成对照的，是如期而至的自然界的春色：“桃花细逐杨花落，黄鸟时兼白鸟飞。”短短一联，形、神、声、色、香俱备。“细逐”“时兼”四字，极写落花轻盈无声，飞鸟欢跃和鸣，生动而传神。两句衬托出诗人此时的心绪：久坐江头，空闲无聊，因而才这样留意于花落鸟飞。“桃花细逐杨花落”一句，原作“桃花欲共杨花语”，后杜甫“自以淡笔改三字”（南宋胡仔《苕溪渔隐丛话》），由拟人法改为描写法。何以有此改？就因为“桃花欲共杨花语”显得过于恬适而富有情趣，跟诗人当时仕途失意，懒散无聊的心情不相吻合。

这一联用“自对格”，两句不仅上下对仗，而且本句的某些字词也相对。此处“桃”对“杨”，“黄”对“白”。鸟分黄白，这是明点，桃杨之色则是暗点：桃花红而杨花白。这般色彩又随着花之

“细逐”和鸟之“兼飞”而呈现出上下飘舞的动人景象，把一派春色渲染得异常绚丽。

风景虽好，却是暮春落花时节。落英缤纷，固然赏心悦目，但也很容易勾起伤春之情，于是三、四联对酒述怀，转写心中的牢骚和愁绪。

先写牢骚：“纵饮久判人共弃，懒朝真与世相违。”判（pān），“割舍之辞；亦甘愿之辞”（张相《诗词曲语辞汇释》）。这两句的意思是：我整日纵酒，早就甘愿被人嫌弃；我懒于朝参，的确有违世情。这显然是牢骚话，实际是说：既然人家嫌弃我，不如借酒自遣；既然我不被世用，何苦恭勤朝参？正话反说，更显其牢愁之盛，又妙在含蓄委婉。这里所说的“人”和“世”，不光指朝廷碌碌之辈，牢骚已经发到了肃宗李亨的头上。诗人素以“忠君”为怀，但失望过甚时，也禁不住口出微辞。以此二句，足见诗人的愤懑不平之气。

最后抒发愁绪：“吏情更觉沧洲远，老大徒伤未拂衣。”沧洲，水边绿洲，古时常用来指隐士的居处。拂衣，指辞官。这一联是说：只因为微官缚身，不能解脱，故而虽老大伤悲，也无可奈何，终未拂衣而去。这里，以“沧洲远”“未拂衣”，和上联的“纵饮”“懒朝”形成对照，显示一种欲进既不能，欲退又不得的两难境地。杜甫虽然仕途失意，毕生坎坷，但“致君尧舜上，再使风俗淳”（《奉赠韦左丞丈二十韵》）的政治抱负始终如一，直至逝世的前一年（769），他还勉励友人“致君尧舜付公等，早据要路思捐躯”（《暮秋枉裴道州手札率尔遣兴》），希望以国事为己任。可见诗人之所以纵饮懒朝，是因为抱负难展，理想落空；他把自己的失望和忧愤托于花鸟清樽，正反映出诗人报国无门的苦痛。

（周锡炎）

九日蓝田崔氏庄

原文

老去悲秋强自宽，兴来今日尽君欢。
羞将短发还吹帽，笑倩旁人为正冠。
蓝水远从千涧落，玉山高并两峰寒。
明年此会知谁健？醉把茱萸[①]仔细看。

〔注〕

① 茱萸：古代风俗，九月初九日，佩茱萸（植物名，有浓香）囊可以去邪辟恶，益寿延年。

鉴赏

“老去悲秋强自宽，兴来今日尽君欢。”人已老去，对秋景更生悲，只有勉强宽慰自己。今日重九兴致来了，一定要和你们尽欢而散。这里“老去”一层，“悲秋”一层，“强自宽”又一层；“兴来”一层，“今日”一层，“尽君欢”又一层，真是层层变化，转折翻腾。首联即用对仗，读来宛转自如。

“羞将短发还吹帽，笑倩旁人为正冠。”人老了，怕帽一落，显露出自己的萧萧短发，作者以此为“羞”，所以风吹帽子时，笑着请旁人帮他正一正。这里用“孟嘉落帽”的典故。东晋王隐《晋书》：“孟嘉为桓温参军，九日游龙山，风至，吹嘉帽落，温命孙盛为文嘲之。”杜甫曾授率府参军，此处以孟嘉自比，合乎身份。然而孟嘉落帽显出名士风流蕴藉之态，而杜甫此时心境不同，他怕落帽，反倩人正冠，显出别是一番滋味。说是“笑”倩，实是强颜欢笑，骨子里透出一缕伤感、悲凉的意绪。这一联用典入化，传神地写出杜甫那几分醉态。宋代杨万里说：“孟嘉以落帽为风流，此以不落帽为风流，翻尽古人公案，最为妙法。”(《诚斋诗话》)

“蓝水远从千涧落，玉山高并两峰寒。”按照一般写法，颈联多半是顺承前二联而下，那此诗就仍应写叹老悲秋。诗人却不同凡响，猛然推开一层，笔势陡起，以壮语唤起一篇精神。这两句描山绘水，气象峥嵘。蓝水远来，千涧奔泻，玉山高耸，两峰并峙。山高水险，令人只能仰视，不由人不振奋。用“蓝水”“玉山”相对，色泽淡雅。用“远”“高”拉出开阔的空间，用“落”“寒”稍事点染，既标出深秋的时令，又令人有高危萧瑟之感。诗句豪壮中带几分悲凉，雄杰挺峻，笔力拔山，真可叹服。

“明年此会知谁健？醉把茱萸仔细看。”当他抬头仰望秋山秋水，如此壮观，低头再一想，山水无恙，人事难料，自己已这样衰老，又何能久长？所以他趁着几分醉意，手把着茱萸仔细端详：茱萸呀茱萸，明年此际，还有几人健在，佩带着你再来聚会呢？上句一个问句，表现出诗人沉重的心情和深广的忧伤，含有无限悲天悯人之意。下句用一“醉”字，妙绝。若用“手把”，则嫌笨拙，而“醉”字却将全篇精神收拢，鲜明地刻画出诗人此时的情态：虽已醉眼蒙眬，却仍盯住手中茱萸细看，不置一言，却胜过万语千言。

这首诗跌宕腾挪，酣畅淋漓，前人评谓：“字字亮，笔笔高。”(清浦起龙《读杜心解》)诗人满腹忧情，却以壮语写出，读之更觉慷慨旷放，凄楚悲凉。

（徐永端）

日暮

原文

牛羊下来久，各已闭柴门。
风月自清夜，江山非故园。
石泉流暗壁，草露滴秋根。
头白灯明里，何须花烬繁。

鉴赏

大历二年(767)秋，杜甫在流寓夔州(治今重庆市奉节)瀼西东屯期间，写下了这首诗。瀼西一带，地势平坦，清溪萦绕，山壁峭立，林寒涧肃，草木繁茂。

黄昏时分，展现在诗人眼前的是一片山村寂静的景色："牛羊下来久，各已闭柴门。"夕阳的淡淡余晖洒满偏僻的山村，一群群牛羊早已从田野归来，家家户户深闭柴扉，各自团聚。首联从《诗经》"日之夕矣，羊牛下来"句点化而来。"牛羊下来久"句中仅著一"久"字，便另创新的境界，使人自然联想起山村傍晚时的闲静；而"各已闭柴门"，则使人从阒寂而冷漠的村落想象到户内人们享受天伦之乐的景况。这就隐隐透出一种思乡恋亲的情绪。

皓月悄悄升起，诗人凝望着这宁静的山村，禁不住触动思念故乡的愁怀：“风月自清夜，江山非故园。”秋夜，晚风清凉，明月皎洁，瀼西的山川在月光覆照下明丽如画，无奈并非自己的故乡风物！淡淡二句，有着多少悲郁之感。杜甫在这一联中采用拗句。“自”字本当用平声，却用了去声，“非”字应用仄声而用了平声。“自”与“非”是句中关键的字眼，一拗一救，显得波澜有致，正是为了服从内容的需要，深曲委婉地表达了怀念故园的深情。江山美丽，却非故园。这一“自”一“非”，隐含着一种无可奈何的情绪和浓重的思乡愁怀。

夜愈深，人更静，诗人带着乡愁的眼光观看山村秋景，仿佛蒙上一层清冷的色彩：“石泉流暗壁，草露滴秋根。”这两句词序有意错置，原句顺序应为：“暗泉流石壁，秋露滴草根。”意思是，清冷的月色照满山川，幽深的泉水在石壁上潺潺而流，秋夜的露珠凝聚在草根上，晶莹欲滴。意境是多么凄清而洁净！给人以悲凉、抑郁之感。词序的错置，不仅使声调更为铿锵和谐，而且突出了“石泉”与“草露”，使“流暗壁”和“滴秋根”所表现的诗意更加奇逸、浓郁。从凄寂幽邃的夜景中，隐隐地流露出一种迟暮之感。

景象如此冷漠，诗人不禁默默走回屋里，挑灯独坐，更觉悲凉凄怆：“头白灯明里，何须花烬繁。”杜甫居蜀近十载，晚年老弱多病，如今，花白的头发和明亮的灯光交相辉映；济世既渺茫，归乡又遥遥无期，因而尽管面前灯烬结花斑斓繁茂，似乎在预报喜兆，诗人不但不觉欢欣，反而倍感烦恼。“何须”一句，说得幽默而又凄惋，表面看来好像是宕开一层的自我安慰，其实却饱含辛酸的眼泪和痛苦的叹息。

“情语能以转折为含蓄者，惟杜陵居胜。”(《姜斋诗话》)清王夫之对杜诗的评语也恰好阐明本诗的艺术特色。诗人的衰老感，怀念故园的愁绪，诗中都没有正面表达，结句只委婉地说“何须花烬繁”，嗔怪灯花报喜，仿佛喜兆和自己根本无缘，沾不上边似的。这样写确实婉转曲折，含蓄蕴藉，耐人寻味，给人以更鲜明的印象和深刻的感受，艺术上可谓达到炉火纯青的境地。

（何国治）

赠卫八处士

原文

人生不相见，动如参与商。
今夕复何夕，共此灯烛光。
少壮能几时？鬓发各已苍！
访旧半为鬼，惊呼热中肠。
焉知二十载，重上君子堂。
昔别君未婚，儿女忽成行。
怡然敬父执，问我来何方。
问答乃未已，驱儿罗酒浆。
夜雨剪春韭，新炊间黄粱。
主称会面难，一举累十觞。
十觞亦不醉，感子故意长。
明日隔山岳，世事两茫茫。

鉴赏

这首诗是肃宗乾元二年(759)春天，杜甫自洛阳(今属河南)返回华州(治今陕西渭南市华州区)途中所作。卫八处士，名字和生平事迹已不可考。处士，指隐居不仕的人。

开头四句说，人生动辄如参、商二星，此出彼没，不得相见；今夕又是何夕，咱们一同在这灯烛光下叙谈。这几句从离别说到聚首，亦悲亦喜，悲喜交集，把强烈的人生感慨带入了诗篇。诗人与卫八重逢时，安史之乱已延续了三年多，虽然两京已经收复，但叛军仍很猖獗，局势动荡不安。诗人的慨叹，正暗隐着对这个乱离时代的感受。

久别重逢，彼此容颜的变化，自然最容易引起注意。

别离时两人都还年轻，而今俱已鬓发斑白了。“少壮能几时，鬓发各已苍”两句，由“能几时”引出，对于世事、人生的迅速变化，表现出一片惋惜、惊悸的心情。接着互相询问亲朋故旧的下落，竟有一半已不在人间了，彼此都不禁失声惊呼，心里火辣辣地难受。按说，杜甫这一年才四十八岁，何以亲故已经死亡半数呢？如果说开头的“人生不相见”已经隐隐透露了一点时代气氛，那么这种亲故半数死亡，则更强烈地暗示着一场大的干戈乱离。“焉知”二句承接上文“今夕复何夕，共此灯烛光”，诗人故意用反问句式，含有意想不到彼此竟能活到今天的心情。其中既不无幸存的欣慰，又带着深深的伤痛。

前十句主要是抒情。接下去，则转为叙事，而无处不关人世感慨。随着二十年岁月的过去，此番重来，眼前出现了儿女成行的景象。这里面当然有倏忽之间迟暮已至的喟叹。“怡然”以下四句，写出卫八的儿女彬彬有礼、亲切可爱的情态。诗人款款写来，毫端始终流露出一种真挚感人的情意。这里“问我来何方”一句后，本可以写些路途颠簸的情景，然而诗人只用“问答乃未已”一笔轻轻带过，可见其裁剪净练之妙。接着又写处士的热情款待：酒是让儿子即刻去张罗的佳酿，菜是冒着夜雨剪来的春韭，饭是新煮的掺有黄米的香喷喷的二米饭。这自然是随其所有而具办的家常饭菜，体现出老朋友间不拘形迹的淳朴友情。“主称”以下四句，叙主客畅饮的情形。故人重逢话旧，不是细斟慢酌，而是一连就进了十大杯酒，这是主人内心不平静的表现。主人尚且如此，杜甫心情的激动，当然更不待言。“感子故意长”，概括地点出了今昔感受，总束上文。这样，对“今夕”的眷恋，自然要引起对明日离别的慨叹。末二句回应开头的“人生不相见，动如参与商”，暗示着明日之别，悲于昔日之别：昔日之别，今幸复会；明日之别，后会何年？低回深婉，耐人玩味。

诗人是在动乱的年代、动荡的旅途中，寻访故人的；是在长别二十年，经历了沧桑巨变的情况下与老朋友见面的，这就使短暂的一夕相会，特别不寻常。于是，那眼前灯光所照，就成了乱离环境中幸存的美好的一角；那一夜时光，就成了烽火乱世中带着和平宁静气氛的仅有的一瞬；而荡漾于其中的人情之美，相对于纷纷扰扰的杀伐争夺，更显出光彩。"今夕复何夕，共此灯烛光"，被战乱推得遥远的、恍如隔世的和平生活，似乎一下子又来到眼前。可以想象，那烛光融融，散发着黄粱与春韭香味，与故人相伴话旧的一夜，对于饱经离乱的诗人，是多么值得眷恋和珍重啊。诗人对这一夕情事的描写，正是流露出对生活美和人情美的珍视，它使读者感到结束这种战乱，是多么符合人们的感情与愿望。

这首诗平易真切，层次井然。诗人只是随其所感，顺手写来，便有一种浓厚的气氛。它与杜甫以沉郁顿挫为显著特征的大多数古体诗有别，而更近于浑朴的汉魏古诗和陶渊明的创作；但它的感情内涵毕竟比汉魏古诗丰富复杂，有杜诗所独具的感情波澜，如层漪叠浪，展开于作品内部。清代张上若说它"情景逼真，兼极顿挫之妙"（清杨伦《杜诗镜铨》引），正是深一层地看到了其内在的沉郁顿挫。诗写朋友相会，却由"人生不相见"的慨叹发端，因而转入"今夕复何夕，共此灯烛光"时，便格外见出内心的激动。但下面并不因为相会便抒写喜悦之情，而是接以"少壮能几时"至"惊呼热中肠"四句，感情又趋向沉郁。诗的中间部分，酒宴的款待，冲淡了世事茫茫的凄惋，带给诗人幸福的微醺，但劝酒的语辞却是"主称会面难"，又带来离乱的感慨。诗以"人生不相见"

开篇,以"世事两茫茫"结尾,前后一片苍茫,把一夕的温馨之感,置于苍凉的感情基调上。这些,正是诗的内在沉郁的表现。如果把这首诗和孟浩然的《过故人庄》对照,就可以发现,二者同样表现故人淳朴而深厚的友情,但由于不同的时代气氛,诗人的感受和文字风格都很不相同,孟浩然心情平静而愉悦,连文字风格都是淡淡的。而杜甫则是悲喜交集,内心蕴积着深深的感情波澜,因之,反映在文字上尽管自然浑朴,而仍极顿挫之致。

(余恕诚)

洗兵马

原文

中兴诸将收山东，捷书夜报清昼同。
河广传闻一苇过，胡危命在破竹中。
祗残邺城不日得，独任朔方无限功。
京师皆骑汗血马，回纥餧肉蒲萄宫。
已喜皇威清海岱，常思仙仗过崆峒。
三年笛里关山月，万国兵前草木风。
成王功大心转小，郭相谋深古来少。
司徒清鉴悬明镜，尚书气与秋天杳。
二三豪俊为时出，整顿乾坤济时了。
东走无复忆鲈鱼，南飞觉有安巢鸟。
青春复随冠冕入，紫禁正耐烟花绕。
鹤驾通宵凤辇备，鸡鸣问寝龙楼晓。
攀龙附凤势莫当，天下尽化为侯王。
汝等岂知蒙帝力，时来不得夸身强！
关中既留萧丞相，幕下复用张子房。
张公一身江海客，身长九尺须眉苍；

征起适遇风云会，扶颠始知筹策良。
青袍白马更何有？后汉今周喜再昌。
寸地尺天皆入贡，奇祥异瑞争来送。
不知何国致白环，复道诸山得银瓮。
隐士休歌紫芝曲，词人解撰河清颂。
田家望望惜雨干，布谷处处催春种。
淇上健儿归莫懒，城南思妇愁多梦。
安得壮士挽天河，尽洗甲兵长不用！

鉴赏

今日读者于古诗，常觉具有现实批判性的作品名篇甚多，而"颂"体诗歌难得佳构。杜甫《洗兵马》似乎是个例外。"洗兵马"三字出西晋左思《魏都赋》："洗兵海岛，刷马江洲。"本篇赋予新意，于末句点出："尽洗甲兵长不用。"诗中有句道："词人解撰河清颂"（南朝宋文帝元嘉中河、济俱清，鲍照作《河清颂》赞美），这首诗本身就可说是热情洋溢的《河清颂》。

此诗于乾元二年（759）春二月，即两京克复后，相州兵败前，作于洛阳。当时平叛战争形势很好，大有一举复兴的希望。故诗多欣喜愿望之词。此诗凡四转韵，每韵十二句，自成段落。

第一段（从"中兴诸将收山东"至"万国军前草木风"）以歌颂战局神变发端。唐室在"中兴诸将"（即后文提到的郭子仪、李光弼等人)的努力下,已光复华山以东包括河北大片土地,捷报昼夜频传。《诗经·卫风·河广》云:"谁谓河广,一苇航之。"三句借用以言克敌极易,安史乱军的覆灭已成"破竹"之势。当时,安庆绪困守邺城(即相州,治所在今河南安阳),故云"祇残邺城不日得"。复兴大业与善任将帅关系甚大,"独任朔方无限功"既是肯定与赞扬当时朔方节度使郭子仪在平叛战争中的地位和功绩,又是表达一种意愿,望朝廷信赖诸将,以奏光复无限之功。以上多叙述,"京师"二句则描绘了两个显示胜利喜庆气氛的画面:长安街上出入的官员们,都骑着产于边地的名马("汗血马"),春风得意;助战有功的回纥兵则在"蒲萄宫"(汉元帝尝宴单于处,此借用。)备受款待,大吃大喝。"餧(喂)肉"二字描状生动,客观铺写中略寓讽意(作者一贯反对借兵于回纥)。从"捷书夜报"句至此,句句申战争克捷之意,节奏急促,几使人应接不暇,亦似有破竹之势。以下意略转折,"已喜皇威清海岱"一句束上,时河北尚未完全克复,言"清海岱"("海岱",指古青、徐二州之域)则语有分寸;"常思仙仗过崆峒"一句启下,意在警告肃宗居安思危,勿忘銮舆播迁、往来于崆峒山(在今甘肃平凉西)的艰难日子。紧接以"三年笛里"一联,极概括地写出战争带来的创伤。安史之乱三年来,笛咽关山,兵惊草木,人民饱受乱离的痛苦。此联连同上联,恰是抚今追昔,痛定思痛,淋漓悲壮,于欢快词中小作波折,不一味流走,极抑扬顿挫之致,将作者激动而复杂的心情写出。故明胡应麟说"三年笛里"一联"以和平端雅之调,寓愤郁凄戾之思,古今壮句者难及此"(《诗薮》卷五)。

第二段(从"成王功大心转小"到"鸡鸣问寝龙楼晓")逆接篇首"中兴诸将"四字,以铺张排比句式,对李豫、郭子仪等人致词赞美。“成王”即后来的唐代宗李豫，收复两京时为天下兵马元帅，“功大心转小”云云，赞颂其成大功后更加小心谨慎。随后盛赞郭子仪的谋略、司徒李光弼的明察、尚书王思礼的高远气度。四句中，前两句平直叙来，后两句略作譬喻，铺述排比中有变化。赞语既切合各人身份事迹，又表达出对光复大业卓有贡献的“豪俊”的钦仰。“二三豪俊为时出”，总束前意，说他们本来就为重整乾坤，应运而生的。“东走无复”以下六句承“整顿乾坤济时了”而展开描写，从普天下的喜庆到宫禁中的新气象，调子轻快：做官的人弹冠庆贺，不必弃官避乱（“忆鲈鱼”翻用《晋书》张翰语）；平民百姓也能安居乐业，如鸟之有归巢；春天的繁华景象正随朝仪之再整而重新回到宫禁，天子与上皇也能实施“昏定晨省”的宫廷故事。上上下下都是一派熙洽气象。

喜庆的同时，另有一些现象却是诗人断乎不能容忍的。第三段（从“攀龙附凤势莫当”至“后汉今周喜再昌”）一开头就揭示一种政治弊端：朝廷赏爵太滥，许多投机者无功受禄，一时有“天下尽化为侯王”之虞。“汝等”二句即对此辈作申斥语，声调一变而为愤激。继而又将张镐、房琯等作为上述腐朽势力的对立面来歌颂，声调复转为轻快，这样一张一弛，极富擒纵唱叹之致。“青袍白马”句以南朝北来降将侯景比安、史，言其不堪一击；“后汉今周”句则以周、汉的中兴比喻时局。当时，房琯、张镐俱已罢相，诗人希望朝廷能复用他们，故特加表彰，与赞“中兴诸将”相表里。镐于去年五月罢相，改荆王府长史。此言“幕下复用”，措意深婉。这一段表明杜甫的政治眼光。

第四段（从“寸地尺天皆入贡”到篇终）先用六句申“后汉今周喜再昌”之意，说四方皆来入贡，海内遍呈祥瑞，举国称贺。以下继续说：隐士们也不必再避乱遁世（“紫芝歌”为秦末号称“四皓”的四位隐士所作），文人们都大写歌颂诗文。至此，诗人是“颂其已然”，同时他又并未忘记民生忧患，从而又“祷其将然”：时值春耕逢旱，农夫盼雨；而“健儿”“思妇”犹未得团圆，社会的安定，生产的恢复，均有赖战争的最后胜利。诗人勉励围邺的“淇上健儿”以“归莫懒”，寄托着欲速其成功的殷勤之意。这几句话虽不多，却唱出诗人对人民的关切，表明他是把战争胜利作为安定社会与发展生产的重要前提来歌颂的。正由于这样，诗人在篇末唱出了自己的强烈愿望和诗章的最强音：“安得壮士挽天河，尽洗甲兵长不用！”

这首诗基调是歌颂祝愿性的，热烈欢畅，兴会淋漓，将诗人那种热切关怀国家命运，充满乐观信念的感情传达出来了，可以说，是一曲展望胜利的颂歌。诗中对大好形势下出现的某些不良现象也有批评和忧虑，但并不影响诗人对整体形势的兴奋与乐观。诗章以洪亮的声调，壮丽的词句，浪漫夸张的语气，表达了极大的喜悦和歌颂。杜诗本以“沉郁”的诗风见称，而此篇在杜甫古风中堪称别调。

从艺术形式看，采用了华丽严整，兼有古近体之长的“四杰体”。词藻富赡，对偶工整，用典精切，气势雄浑阔大，与诗歌表达的喜庆内容完全相宜。诗的韵脚，逐段平仄互换；声调上忽疾忽徐，忽翕忽张，于热情奔放中饶顿挫之致，清词丽句而能兼苍劲之气，读来觉跌宕生姿，大大增强了诗篇的艺术感染力。

北宋王安石选杜诗，标榜此篇为压卷之作（见《王临川集》卷八四《老杜诗后集序》）。今天看来，无论就感情之充沛，结撰之精心而言，《洗兵马》都不失为杜诗的一篇力作。

（周啸天）

新安吏

原文

客行新安道，喧呼闻点兵。
借问新安吏："县小更无丁？"
"府帖昨夜下，次选中男行。"
"中男绝短小，何以守王城？"
肥男有母送，瘦男独伶俜。
白水暮东流，青山犹哭声。
"莫自使眼枯，收汝泪纵横。
眼枯即见骨，天地终无情！
我军取相州，日夕望其平。
岂意贼难料，归军星散营。
就粮近故垒，练卒依旧京。
掘壕不到水，牧马役亦轻。
况乃王师顺，抚养甚分明。
送行勿泣血，仆射[①]如父兄。"

〔注〕

① 仆射(yè)：官职名。这里指郭子仪，当时因战败降职为左仆射。

鉴赏

唐肃宗乾元元年(758)冬，郭子仪收复长安和洛阳，旋即，郭和李光弼、王思礼等九节度使乘胜率军进击，以二十万兵力在邺郡(即相州，治所在今河南安阳)包围了安庆绪叛军，局势甚可喜。然而昏庸的肃宗对郭子仪、李光弼等领兵并不信任，诸军不设统帅，只派宦官鱼朝恩为观军容宣慰处置使，使诸军不相统属，又兼粮食不足，士气低落，两军相持到次年春天，史思明援军至，唐军遂在邺城大败。郭子仪退保东都洛阳，其余各节度使逃归本镇。唐王朝为了补充兵力，大肆抽丁拉伕。杜甫这时正由洛阳回华州(今陕西渭南市华州区)任所，耳闻目睹了这次惨败后人民罹难的痛苦情状，经过艺术提炼，写成组诗“三吏”“三别”。《新安吏》是组诗的第一首。新安，在洛阳西。

“客行新安道，喧呼闻点兵。”这两句是全篇的总起。“客”，杜甫自指。以下一切描写，都是从诗人“喧呼闻点兵”五字中生出。

“借问新安吏：‘县小更无丁？’”这是杜甫的问话。唐高祖武德七年(624)定制：男女十六为中，二十一为丁。至天宝三载(744)，又改以十八为中男，二十二为丁。按照正常的征兵制度，中男不该服役。杜甫的问话是很尖锐的，眼前明明有许多人被当作壮丁抓走，却撇在一边，跳过一层问：“新安县小，再也没有丁男了吧？”大概他以为这样一问，就可以把新安吏问住了。“府帖昨夜下，次选中男行。”吏很狡黠，也跳过一层回答说，州府昨夜下的军帖，要挨次往下抽中男出征。看来，吏敏感得很，他知道杜甫用中男不服兵役的王法难他，所以立即拿出府帖来压人。看来讲王法已经不能发生作用了，于是杜甫进一步就实际问题和情理发问：“中男又矮又小，怎么能守卫东都洛阳呢？”王城，指洛阳，周代曾把洛邑称作王城。这在杜甫是又逼紧了一步，但接下去却没有答话。也许吏被问得张口结舌，但更大的可能是吏不愿跟杜甫噜苏下去了。这就把吏对杜甫的厌烦，杜甫对人民的同情，以及诗人那种迂执的性格都表现出来了。

“肥男有母送，瘦男独伶俜。白水暮东流，青山犹哭声。”跟吏已经无话可说了，于是杜甫把目光转向被押送的人群。他怀着沉痛的心情，把这些中男仔细地打量再打量。他发现那些似乎长得壮实一点的男孩子是因为有母亲照料，而且有母亲在送行。中男年幼，当然不可能有妻子。但为什么父亲不来呢？上面说过“县小更无丁”，有父亲在还用抓孩子吗？所以“有母”之言外，正可见另一番惨景。“瘦男”之“瘦”已叫人目不忍睹，加上“独伶俜”三字，更见无亲无靠。无限痛苦，茫茫无堪告语，这就是“独伶俜”三字给人的感受。杜甫对着这一群哀号的人流，究竟站了多久呢？只觉天已黄昏了，白水在暮色中无语东流，青山好像带着哭声。这里用一个“犹”字便见恍惚。人走以后，哭声仍然在耳，仿佛连青山白水也呜咽不止。似幻觉又似真实，读起来叫人惊心动魄。以上四句是诗人的主观感受。它在前面与吏的对话和后面对征人的劝慰语之间，在行文与感情的发展上起着过渡作用。

“莫自使眼枯，收汝泪纵横。眼枯即见骨，天地终无情！”这是杜甫劝慰征人的开头几句话。照说中男已经走了，话讲给谁听呢？好像是把先前曾跟中男讲的话补叙在这里，又像是中男走过以后，杜甫觉得太惨了，一个人对着中男走的方向自言自语，那种发痴发呆的神情，更显出其茫茫然的心理。照说抒发悲愤一般总是要把感情往外放，可是此处却似乎在收。“使眼枯”“泪纵横”本来似乎可以再作淋漓尽致的刻画，但杜甫却加上了“莫”和“收”。“不要哭得使眼睛发枯，收起奔涌的热泪吧。”然后再用“天地终无情”来加以堵塞。“莫”“收”在前，“终无情”在后一笔煞住，好像要人把眼泪全部吞进肚里。这就收到了“抽刀断水水更流”的艺术效果。这种悲愤也就显得更深、更难控制，“天地”也就显得更加“无情”。

照说杜甫写到“天地终无情”，已经极其深刻地揭露了兵役制度的不合理，然而这一场战争的性质不同于写《兵车行》的时候。当此国家存亡迫在眉睫之时，诗人从维护祖国的统一角度考虑，在控诉“天地终无情”之后，又说了一些宽慰的话。相州之败，本来罪在朝廷和唐肃宗，杜甫却说敌情难以预料，用这样含混的话掩盖失败的根源，目的是要给朝廷留点面子。本来是败兵，却说是“归军”，也是为了不致过分叫人丧气。“况乃王师顺，抚养甚分明。”唐军讨伐安史叛军，当然可以说名正言顺，但哪里又能谈得上爱护士卒、抚养分明呢？另外，所谓战壕挖得浅，牧马劳役很轻，郭子仪对待士卒亲如父兄等等，也都是些安慰之词。杜甫讲这些话，都是对强征入伍的中男进行安慰。诗在揭露的同时，又对朝廷有所回护，杜甫这样说，用心是很苦的。实际上，人民蒙受的惨痛，国家面临的灾难，都深深地刺激着他沉重而痛苦的心灵。

杜甫在诗中所表现的矛盾，除了有他自己思想上的根源外，同时又是社会现实本身矛盾的反映。一方面，当时安史叛军烧杀掳掠，对中原地区生产力和人民生活的破坏是空前的。另一方面，唐朝统治者在平时剥削、压迫人民，在国难当头的时候，却又昏庸无能，把战争造成的灾难全部推向人民，要捐要人，根本不顾人民死活。这两种矛盾，在当时社会现实中尖锐地存在着，然而前者毕竟居于主要地位。可以说，在平叛这一点上，人民和唐王朝多少有一致的地方。因此，杜甫的“三吏”“三别”既揭露统治集团不顾人民死活，又旗帜鲜明地肯定平叛战争，甚至对应征者加以劝慰和鼓励，也就不难理解了。因为当时的人民虽然怨恨唐王朝，但终究咬紧牙关，含着眼泪，走上前线支持了平叛战争。

（余恕诚）

石壕吏

原文

暮投石壕村，有吏夜捉人。
老翁逾墙走，老妇出门看。
吏呼一何怒！妇啼一何苦！
听妇前致词："三男邺城戍。
一男附书至，二男新战死。
存者且偷生，死者长已矣！
室中更无人，惟有乳下孙。
有孙母未去，出入无完裙。
老妪力虽衰，请从吏夜归。
急应河阳役，犹得备晨炊。"
夜久语声绝，如闻泣幽咽。
天明登前途，独与老翁别。

鉴赏

唐肃宗乾元二年（759）春，郭子仪等九节度使六十万大军包围安庆绪于邺城，由于指挥不统一，被史思明援兵打得全军溃败。唐王朝为补充兵力，便在洛阳以西至潼关一带，强行抓人当兵，人民苦不堪言。这时，杜甫正由洛阳经过潼关，赶回华州任所。途中就其所见所闻，写成了"三吏""三别"。《石壕吏》是"三吏"中的一篇。全诗的主题是通过对"有吏夜捉人"的形象描绘，揭露官吏的横暴，反映人民的苦难。

前四句可看作第一段。首句"暮投石壕村"，单刀直入，直叙其事。"暮"字、"投"字、"村"字都需玩味，不宜轻易放过。在封建社会里，由于社会秩序混乱和旅途荒凉等原因，旅客们都“未晚先投宿”，更何况在兵祸连接的时代！而杜甫，却于暮色苍茫之时才匆匆忙忙地投奔到一个小村庄里借宿，这种异乎寻常的情景就富于暗示性。可以设想，他或者是压根儿不敢走大路；或者是附近的城镇已荡然一空，无处歇脚；或者……总之，寥寥五字，不仅点明了投宿的时间和地点，而且和盘托出了兵荒马乱，鸡犬不宁，一切脱出常轨的景象，为悲剧的演出提供了典型环境。清浦起龙指出这首诗“起有猛虎攫人之势”（《读杜心解》）。这不仅是就“有吏夜捉人”说的，而且是就头一句的环境烘托说的。“有吏夜捉人”一句，是全篇的提纲，以下情节，都从这里生发出来。不说“征兵”“点兵”“招兵”而说“捉人”，已于如实描绘之中寓揭露、批判之意。再加上一个“夜”字，含意更丰富。第一，表明官府“捉人”之事时常发生，人民白天躲藏或者反抗，无法“捉”到；第二，表明县吏“捉人”的手段狠毒，于人民已经入睡的黑夜，来个突然袭击。同时，诗人是“暮”投石壕村的，从“暮”到“夜”，已过了几个小时，这时当然已经睡下了；所以下面的事件发展，他没有参与其间，而是隔门听出来的。“老翁逾墙走，老妇出门看”两句，表现了人民长期以来深受抓丁之苦，昼夜不安；即使到了深夜，仍然寝不安席，一听到门外有了响动，就知道县吏又来“捉人”，老翁立刻“逾墙”逃走，由老妇开门周旋。

从“吏呼一何怒”至“犹得备晨炊”这十六句，可看作第二段。“吏呼一何怒！妇啼一何苦！”两句，极其概括、极其形象地写出了“吏”与“妇”的尖锐矛盾。一“呼”、一“啼”，一“怒”、一“苦”，形成了强烈的对照；两个状语“一何”，加重了感情色彩，有力地渲染出县吏如狼似虎，叫嚣隳突的横蛮气势，并为老妇以下的诉说制造出悲愤的气氛。矛盾的两方面，具有主与从、因与果的关系。“妇啼一何苦”，是“吏呼一何怒”逼出来的。下面，诗人不再写“吏呼”，全力写“妇啼”，而“吏呼”自见。“听妇前致词”承上启下。那“听”是诗人在“听”，那“致词”是老妇“苦啼”着回答县吏的“怒呼”。写“致词”内容的十三句诗，多次换韵，明显地表现出多次转折，暗示了县吏的多次“怒呼”、逼问。读这十三句诗的时候，千万别以为这是“老妇”一口气说下去的，而县吏则在那里洗耳恭听。实际上，“吏呼一何怒！妇啼一何苦！”不仅发生在事件的开头，而且持续到事件的结尾。从“三男邺城戍”到“死者长已矣”，是第一次转折。可以想见，这是针对县吏的第一次逼问诉苦的。在这以前，诗人已用“有吏夜捉人”一句写出了县吏的猛虎攫人之势。等到“老妇出门看”，便扑了进来，贼眼四处搜索，却找不到一个男人，扑了个空。于是怒吼道：“你家的男人都到哪儿去了？快交出来！”老妇泣诉说：“三个儿子都当兵守邺城去了。一个儿子刚刚捎来一封信，信中说，另外两个儿子已经牺牲了！……”泣诉的时候，也许县吏不相信，还拿出信来交县吏看。总之，“存者且偷生，死者长已矣”，处境是够使人同情的，她很希望以此博得县吏的同情，高抬贵手。不料县吏又大发雷霆：“难道你家里再没有别人了？快交出来！”她只得针对这一点诉苦：“室中更无人，惟有乳下孙。”这两句，也许不是一口气说下去的，因为“更无人”与下面的回答发生了明显的矛盾。合理的解释是：老妇先说了一句：“家里再没人了！”而在这当儿，被儿媳妇抱在怀里躲到什么地方的小孙儿，受了怒吼声的惊吓，哭了起来，掩口也不顶用。于是县吏抓到了把柄，威逼道：“你竟敢撒谎！不是有个孩子哭吗？”老妇不得已，这才说：“只有个孙子啊！还吃奶呢，小得很！”“吃谁的奶？总有个母亲吧！还不把她交出来！”老妇担心的事情终于发生了！

她只得硬着头皮解释:“孙儿是有个母亲,她的丈夫在邺城战死了,因为要奶孩子,没有改嫁。可怜她衣服破破烂烂,怎么见人呀! 还是行行好吧!”(“有孙母未去,出入无完裙”两句,有的本子作“孙母未便出,见吏无完裙”,可见县吏是要她出来的。)但县吏仍不肯罢手。老妇生怕守寡的儿媳被抓,饿死孙子,只好挺身而出:“老妪力虽衰,请从吏夜归。急应河阳役,犹得备晨炊。”老妇的“致词”,到此结束,表明县吏勉强同意了,不再“怒吼”了。

最后一段虽然只有四句,却照应开头,涉及所有人物,写出了事件的结局和作者的感受。“夜久语声绝,如闻泣幽咽。”表明老妇终于被抓走。“夜久”二字,反映了老妇一再哭诉、县吏百般威逼的漫长过程。“如闻”二字,是说诗人通夜为之悲伤,甚至产生了幻觉,在寂静中似乎还“听到”老妇幽咽的哭声。“天明登前途,独与老翁别”两句,收尽全篇,于叙事中含无限深情。试想昨日傍晚投宿之时,老翁、老妇双双迎接,而时隔一夜,老妇被捉走,只能与逃走归来的老翁作别了。老翁是何心情? 诗人作何感想? 给读者留下了想象的余地。

清仇兆鳌在《杜少陵集详注》里说:“古者有兄弟始遣一人从军。今驱尽壮丁,及于老弱。诗云:三男戍,二男死,孙方乳,媳无裙,翁逾墙,妇夜往。一家之中,父子、兄弟、祖孙、姑媳惨酷至此,民不聊生极矣! 当时唐祚,亦岌岌乎危哉!”就是说,“民为邦本”,把人民整成这个样子,统治者的宝座也就岌岌可危了。诗人杜甫面对这一切,没有美化现实,却如实地揭露了政治黑暗,发出了“有吏夜捉人”的呼喊,这是值得高度评价的。

在艺术表现上,这首诗最突出的一点则是精练。陆时雍称赞道:“其事何长! 其言何简!”就是指这一点说的。全篇句句叙事,无抒情语，亦无议论语。但实际上，作者却巧妙地通过叙事抒了情，发了议论，爱憎十分强烈，倾向性十分鲜明。寓褒贬于叙事，既节省了很多笔墨，又毫无概念化的感觉。诗还运用了藏问于答的表现手法。“吏呼一何怒！妇啼一何苦！”概括了矛盾双方之后，便集中写“妇”，不复写“吏”，而“吏”的蛮悍、横暴，却于老妇“致词”的转折和事件的结局中暗示出来。诗人又十分善于剪裁，叙事中藏有不尽之意。一开头，只用一句写投宿，立刻转入“有吏夜捉人”的主题。又如只写了“老翁逾墙走”，未写他何时归来；只写了“如闻泣幽咽”，未写泣者是谁；只写老妇“请从吏夜归”，未写她是否被带走；却用照应开头、结束全篇既叙事又抒情的“独与老翁别”一句告诉读者：老翁已经归家，老妇已被捉走；那么，那位吞声饮泣，不敢放声痛哭的，自然是给孩子喂奶的年轻寡妇了。正由于诗人笔墨简洁、洗练，全诗一百二十个字，在惊人的广度与深度上反映了生活中的矛盾与冲突，这是十分难能可贵的。

（霍松林）

潼关吏

原文

士卒何草草，筑城潼关道。
大城铁不如，小城万丈余。
借问潼关吏："修关还备胡？"
要我下马行，为我指山隅：
"连云列战格，飞鸟不能逾。
胡来但自守，岂复忧西都。
丈人视要处，窄狭容单车。
艰难奋长戟，万古用一夫。"
"哀哉桃林战，百万化为鱼。
请嘱防关将，慎勿学哥舒！"

鉴赏

乾元二年(759)春，唐军在相州(治所在今河南安阳)大败，安史叛军乘势进逼洛阳。如果洛阳再次失陷，叛军必将西攻长安，那么作为长安和关中地区屏障的潼关势必有一场恶战。杜甫经过这里时，刚好看到了紧张的备战气氛。开头四句可以说是对筑城的士兵和潼关关防的总写。漫漫潼关道上，无数的士卒在辛勤地修筑工事。"草草"，劳苦的样子。前面加一"何"字，更流露出诗人无限赞叹的心情。放眼四望，沿着起伏的山势而筑的大小城墙，既高峻又牢固，显示出一种威武的雄姿。这里大城小城应作互文来理解。一开篇杜甫就用简括的诗笔写出唐军加紧修筑潼关所给予他的总印象。

“借问潼关吏：‘修关还备胡？’”这两句引出了“潼关吏”。胡，即指安史叛军。“修关”何为，其实杜甫是不须问而自明的。这里故意发问，而且又有一个“还”字，暗暗带出了三年前潼关曾经失守一事，从而引起人们对这次潼关防卫效能的关心与悬念。这对于开拓下文，是带关键性的一笔。

接下来，应该是潼关吏的回答了。可是他似乎并不急于作答，却“要(yāo)我下马行，为我指山隅”。从结构上看，这是在两段对话中插入一段叙述，笔姿无呆滞之感。然而，更主要的是这两句暗承了“修关还备胡”。杜甫不是忧心忡忡吗？而那位潼关吏看来对所筑工事充满了信心。他可能以为这个问题不必靠解释，口说不足为信，还是请下马来细细看一下吧。下面八句，都是潼关吏的话，他首先指看高耸的山峦说：“瞧，那层层战栅，高接云天，连鸟也难以飞越。敌兵来了，只要坚决自守，何须再担心长安的安危呢！”语调轻松而自豪，可以想象，关吏说话时因富有信心而表现出的神采。他又兴致勃勃地邀请杜甫察看最险要处：老丈，您看那山口要冲，狭窄得只能容单车通过。真是一夫当关，万夫莫开。这八句，“神情声口俱活”（清浦起龙《读杜心解》），不只是关吏简单的介绍，更主要的是表现了一种“胡来但自守”的决心和“艰难奋长戟”的气概。而这虽然是通过关吏之口讲出来的，却反映了守关将士昂扬的斗志。

紧接关吏的话头，诗人却没有赞语，而是一番深深的感慨。为什么呢？因为诗人并没有忘记“前车之覆”。桃林，即桃林塞，指河南灵宝市以西至潼关一带地方。三年前，占据了洛阳的安禄山派兵攻打潼关，当时守将哥舒翰本拟坚守，但为杨国忠所疑忌。在杨国忠的怂恿下，唐玄宗派宦官至潼关督战。哥舒翰不得已领兵出战，结果全军覆没，许多将士被淹死在黄河里。睹今思昔，杜甫余哀未尽，深深觉得要特别注意吸取上次失败的教训，避免重蹈覆辙。“请嘱防关将，慎勿学哥舒。”“慎”字意味深长，它并非简单地指责哥舒翰的无能或失策，而是深刻地触及了多方面的历史教训，表现了诗人久久难以消磨的沉痛悲愤之感。

与“三别”通篇作人物独白不同，“三吏”是夹带问答的。而此篇的对话又具有自己的特点。首先是在对话的安排上，缓急有致，表现了不同人物的心理和神态。“修关还备胡”，是诗人的问话，然而关吏却不急答，这一“缓”，使人可以感觉到关吏胸有成竹。关吏的话一结束，诗人马上表示了心中的忧虑，这一“急”，更显示出对历史教训的痛心。其次，对话中神情毕现，形象鲜明。关吏的答话并无刻意造奇之感，而守关的唐军却给读者留下一种坚韧不拔、英勇沉着的印象。其中“艰难奋长戟，万古用一夫”两句又格外精警突出，塑造出犹如战神式的英雄形象，具有精神鼓舞的力量。

（余恕诚）

新婚别

原文

兔丝附蓬麻，引蔓故不长。
嫁女与征夫，不如弃路旁。
结发为君妻，席不暖君床。
暮婚晨告别，无乃太匆忙！
君行虽不远，守边赴河阳。
妾身未分明，何以拜姑嫜？
父母养我时，日夜令我藏。
生女有所归，鸡狗亦得将。
君今往死地，沉痛迫中肠。
誓欲随君去，形势反苍黄[①]。
勿为新婚念，努力事戎行！
妇人在军中，兵气恐不扬。
自嗟贫家女，久致罗襦裳。
罗襦不复施，对君洗红妆。
仰视百鸟飞，大小必双翔。
人事多错迕，与君永相望！

〔注〕

① 苍黄：本指青色和黄色。《墨子·所染》："见染丝者而叹曰：染于苍则苍，染于黄则黄。"后因以"苍黄"比喻极大的变化。

鉴赏

杜甫"三别"中的《新婚别》，精心塑造了一个深明大义的少妇形象。此诗采用独白形式，全篇先后用了七个"君"字，都是新娘对新郎倾吐的肺腑之言，读来深切感人。

这首诗大致可分为三段，也可以说是三层，但是这三层并不是平列的，而是一层比一层深，一层比一层高，而且每一层当中又都有曲折。这是因为人物的心情本来就是很复杂的。第一段，从"兔丝附蓬麻"到"何以拜姑嫜"，主要是写新娘子诉说自己的不幸命运。她是刚过门的新嫁娘，过去和丈夫没见过面，没讲过话。所以语气显得有些羞涩，有些吞吞吐吐。这明显地表现在开头这两句："兔丝附蓬麻，引蔓故不长。"新嫁娘这番话不是单刀直入，而是用比喻来引起的。这很符合她的特定身份和她这时的心理状态。"兔丝"是一种蔓生的草，常寄生在别的植物身上。"蓬"和"麻"也都是小植物，所以，寄生在蓬麻上的兔丝，它的蔓儿也就不能延长。在封建社会里，女子得依靠丈夫才能生活，可是现在她嫁的是一个"征夫"，很难指望白头偕老，用"兔丝附蓬麻"的比喻非常贴切。"嫁女与征夫，不如弃路旁"，这是一种加重的说法，为什么这位新娘子会伤心到这步田地呢？"结发为君妻"以下的八句，正是申明这个问题。"结发"二字，不要轻易读过，它说明这个新娘子对丈夫的好歹看得很重，因为这关系到她今后一生的命运。然而，谁知道这洞房花烛之夜，却就是生离死别之时呢！头一天晚上刚结婚，第二天一早就得走，连你的床席都没有睡暖，这哪里像个结发夫妻呢?"无乃太匆忙"的"无乃"，是反问对方的口气，意即"岂不是"。如果是为了别的什么事，匆忙相别，也还罢了，因为将来还可以团圆；偏偏你又是到河阳去作战，将来的事且不说，眼面前，我这媳妇的身份都没有明确，怎么去拜见公婆、侍候公婆呢？古代婚礼，新嫁娘过门三天以后，要先告家庙，上祖坟，然后拜见公婆，正名定分，才算成婚。"君行虽不远，守边赴河阳"两句，点明了造成新婚别的根由是战争；同时说明了当时进行的战争是一次"守边"战争。从诗的结构上看，这两句为下文"君今往死地"和"努力事戎行"张本。当时正值安史之乱，广大地区沦陷，边防不得不往内地一再迁移，而现在，边境是在洛阳附近的河阳，守边居然守到自己家门口来了，这岂不可叹？所以，我们还要把这两句看作是对统治阶级昏庸误国的讥讽，诗人在这里用的是一种"婉而多讽"的写法。

第二段，从"父母养我时"到"形势反苍黄"。新娘子把话题由自身进一步落到丈夫身上了。她关心丈夫的死活，并且表示了对丈夫的忠贞，要和他一同去作战。"父母养我时，日夜令我藏"，当年父母对自己非常疼爱，把自己当作宝贝儿似的。然而女大当嫁，父母也不能藏我一辈子，还是不能不把我嫁人，而且嫁谁就得跟谁。"鸡狗亦得将"，"将"字当"跟随"讲，就是俗话说的"嫁鸡随鸡，嫁狗随狗"。可是现在，"君今往死地，沉痛迫中肠"。你却要到那九死一生的战场去，万一有个三长两短，我还跟谁呢？想到这些，怎能不叫人沉痛得柔肠寸断？紧接着，新娘子表示："我本来决心要随你前去，死也死在一起，省得牵肠挂肚。但又怕这样一来，不但没有好处，反而要把事情弄得更糟糕，更复杂。军队里是不允许有年轻妇女的，你带着妻子去从军，也有许多不方便，我又是一个刚出门的闺女，没见过世面，更不用说是打仗了。真是叫人左右为难。"这段话，刻画了新娘子那种心痛如割、心乱如麻的矛盾心理，非常曲折、深刻。

诗的第三段，是从"勿为新婚念"到"与君永相望"。在这里，女主人公经过一番痛苦的倾诉和内心剧烈的斗争以后，终于从个人的不幸中、从对丈夫的关切中，跳了出来，站在更高的角度，把眼光放得更远了。"勿为新婚念，努力事戎行！"她一变哀怨沉痛的诉说而为积极的鼓励，话也说得痛快，不像开始时那样吞吞吐吐的了，她决定不随同丈夫前去，并且，为了使丈夫一心一意英勇杀敌，她表示了自己生死不渝的坚贞爱情。这爱情，是通过一些看来好像不重要，其实却大有作用的细节，或者说具体行动表达出来的。这就是"自嗟贫家女"这四句所描写的。新娘说，费了许久的心血好不容易才备办得一套美丽的衣裳，现在不再穿了。并且，当着你的面，我这就把脸上的脂粉洗掉。你走了以后，我更没心情梳妆打扮了。这固然是她对丈夫坚贞专一的爱情表白，但是更可贵的，是她的目的在于鼓励丈夫，好叫他放心，并且满怀信心、满怀希望地去杀敌。她对丈夫的鼓励是明智的。因为只有把幸福的理想寄托在丈夫的努力杀敌、奏凯而归上面，才有实现的可能。应该说，她是识大体，明大义的。

"仰视百鸟飞，大小必双翔。人事多错迕，与君永相望！"这四句是全诗的总结。其中有哀怨，有伤感，但是已经不像最初那样强烈、显著，主要意思还是在鼓励丈夫，所以才说出"人事多错迮”,好像有点人不如鸟,但立即又振作起来,说出了“与君永相望”这样含情无限的话,用生死不渝的爱情来坚定丈夫的斗志。

《新婚别》是一首高度思想性和完美艺术性结合的作品。诗人运用了大胆的浪漫的艺术虚构,实际上杜甫不可能有这样的生活经历,不可能去偷听新娘子对新郎官说的私房话。在新娘子的身上倾注了作者浪漫主义的理想色彩。另一方面,在人物塑造上,《新婚别》又具有现实主义的精雕细琢的特点,诗中主人公形象有血有肉,通过曲折剧烈的痛苦的内心斗争,最后毅然勉励丈夫“努力事戎行”,表现战争环境中人物思想感情的发展变化,丝毫不感到勉强和抽象,而觉得非常自然,符合事件和人物性格发展的逻辑,并且深受感染。

人物语言的个性化,也是《新婚别》的一大艺术特点。诗人化身为新娘子,用新娘子的口吻说话,非常生动、逼真。诗里采用了不少俗语,这也有助于语言的个性化,因为他描写的本来就是一个“贫家女”。

此外,在押韵上,《新婚别》和《石壕吏》有所不同。《石壕吏》换了好几个韵脚,《新婚别》却是一韵到底,《垂老别》和《无家别》也是这样。这大概和诗歌用人物独白的方式有关,一韵到底,一气呵成,更有利于主人公的诉说,也更便于读者的倾听。

(萧涤非)

垂老别

原文

四郊未宁静，垂老不得安。
子孙阵亡尽，焉用身独完！
投杖出门去，同行为辛酸。
幸有牙齿存，所悲骨髓干。
男儿既介胄，长揖别上官。
老妻卧路啼，岁暮衣裳单。
孰知是死别，且复伤其寒。
此去必不归，还闻劝加餐。
土门壁甚坚，杏园度亦难[①]。
势异邺城下，纵死时犹宽。
人生有离合，岂择衰盛端！
忆昔少壮日，迟回竟长叹。
万国尽征戍，烽火被冈峦。
积尸草木腥，流血川原丹。
何乡为乐土？安敢尚盘桓！
弃绝蓬室居，塌然摧肺肝。

〔注〕

① 土门：地名，在今河南孟州附近。杏园：地名，在今河南卫辉东南。

鉴赏

在平定安史叛乱的战争中，唐军于邺城兵败之后，朝廷为防止叛军重新向西进扰，在洛阳一带到处征丁，连老翁老妇也不能幸免。《垂老别》就是抒写一老翁暮年从军与老妻惜别的苦情。

一开头，诗人就把老翁放在“四郊未宁静”的时代的动乱气氛中，让他吐露出“垂老不得安”的遭遇和心情，语势低落，给人以沉郁压抑之感。他慨叹着说：子孙都已在战争中牺牲了，剩下我这个老头，又何必一定要苟活下来！话中饱蕴着老翁深重的悲思。现在，战火逼近，官府要我上前线，那么，走就走吧！于是老翁把拐杖一扔，颤巍巍地跨出了家门。“投杖出门去”，笔锋一振，暗示出主人公是一个深明大义的老人，他知道在这个多难的时代应该怎样做。但是他毕竟年老力衰了，同行的战士看到这番情景，不能不为之感叹欷歔。“同行为辛酸”，就势跌落，从侧面烘托出这个已处于风烛残年的老翁的悲苦命运。“幸有牙齿存，所悲骨髓干。”牙齿完好无缺，说明还可以应付前线的艰苦生活，表现出老翁的倔强；骨髓行将榨干，又使他不由得悲愤难已。这里，语气又是一扬一跌，曲折地展示了老翁内心复杂的矛盾和变化。“男儿既介胄，长揖别上官。”作为男子汉，老翁既已披上戎装，那就义无反顾，告别长官慷慨出发吧。语气显得昂扬起来。

接下去，就出现了全诗最扣人心弦的描写：临离家门的时候，老翁原想瞒过老妻，来个不辞而别，好省去无限的伤心。谁知走了没有几步，迎面却传来了老妻的悲啼声。啊！惟一的亲人已哭倒在大路旁，褴褛的单衫正在寒风中瑟瑟抖动。这突然的发现，使老翁的心不由一下子紧缩起来。接着就展开了老夫妻间强抑悲痛、互相爱怜的催人泪下的心理描写：老翁明知生离就是死别，还得上前去搀扶老妻，为她的孤寒无靠吞声饮泣；老妻这时已哭得泪流满面，她也明知老伴这一去，十成是回不来了，但还在那里哑声叮咛：到了前方，你总要自己保重，努力加餐呀！这一小节细腻的心理描写，在结构上是一大跌落，把人物善良凄恻、愁肠寸断、难舍难分的情状，刻画得入木三分。正如吴齐贤《杜诗论文》所说："此行已成死别，复何顾哉？然一息尚存，不能恝然，故不暇悲己之死，而又伤彼之寒也；乃老妻亦知我不返，而犹以加餐相慰，又不暇念己之寒，而悲我之死也。"究其所以感人，是因为诗人把"伤其寒""劝加餐"这类生活中极其寻常的同情劝慰语，分别放在"是死别""必不归"的极不寻常的特定背景下来表现。再加上无可奈何的"且复"，迥出人意的"还闻"，层层跌出，曲折状写，便收到了惊心动魄的艺术效果。

"土门"以下六句，用宽解语重又振起。老翁毕竟是坚强的，他很快就意识到必须从眼前凄惨的氛围中挣脱出来。他不能不从大处着想，进一步劝慰老妻，也似乎在安慰自己：这次守卫河阳，土门的防线还是很坚固的，敌军要越过黄河上杏园这个渡口，也不是那么容易。情况和上次邺城的溃败已有所不同，此去纵然一死，也还早得很哩！人生在世，总不免有个聚散离合，哪管你是年轻还是年老！这些故作通达的宽慰话语，虽然带有强自振作的意味，不能完全掩饰老翁内心的矛盾，但也道出了乱世的真情，多少能减轻老妻的悲痛。“忆昔少壮日，迟回竟长叹。”眼看就要分手了，老翁不禁又回想起年轻时候度过的那些太平日子，不免徘徊感叹了一阵。情思在这里稍作顿挫，为下文再掀波澜，预为铺垫。

“万国”以下六句，老翁把话头进一步引向现实，发出悲愤而又慷慨的呼声：睁开眼看看吧！如今天下到处都是征战，烽火燃遍了山冈；草木丛中散发着积尸的恶臭，百姓的鲜血染红了广阔的山川，哪儿还有什么乐土？我们怎敢只想到自己，还老在那里踌躇徬徨？这一小节有两层意思。一是逼真而广阔地展开了时代生活的画面，这是山河破碎、人民涂炭的真实写照。他告诉老妻：人间的灾难并不只是降临在我们两人头上。言外之意是要想开一些。一是面对凶横的敌人，我们不能再徘徊了，与其束手待毙，还不如扑上前去拼一场！通过这些既形象生动又概括集中的话语，诗人给我们塑造了一个正直的、豁达大度而又富有爱国心的老翁形象，这在中国诗史上还不多见。从诗情发展的脉络来看，这是一大振起，难舍难分的局面终将结束了。

“弃绝蓬室居，塌然摧肺肝。”到狠下心真要和老妻诀别离去的时候，老翁突然觉得五内有如崩裂似地苦痛。这不是寻常的离别，而是要离开生于斯、长于斯、老于斯的家乡呵！长期患难与共、冷暖相关的亲人，转瞬间就要见不到了，此情此景，将何以堪！感情的闸门再也控制不住，泪水汇聚成人间的深悲巨痛。这一结尾，情思大跌，却蕴蓄着何等丰厚深长的意境：独行老翁的前途将会怎样，被扔下的孤苦伶仃的老妻是否将陷入绝境，苍黄莫测的战局将怎样发展变化，这一切都将留给读者自己去体会、想象、思索……

从上面的分析，可以看出这首叙事短诗，并不以情节的曲折取胜，而是以人物的心理刻画见长。诗人用老翁自诉自叹、慰人亦即自慰的独白语气来展开描写，着重表现人物时而沉重忧愤，时而旷达自解的复杂的心理状态；而这种多变的情思基调，又决定了全诗的结构层次，于谨严整饬之中，具有跌宕起伏、缘情宛转之妙。清浦起龙在《读杜心解》中评此诗叙别妻："忽而永诀，忽而相慰，忽而自奋，千曲百折，末段又推开解譬，作死心塌地语，犹云无一寸干净地，愈益悲痛。"是很有道理的。

杜甫高出于一般诗人之处，主要在于他无论叙事抒情，都能做到立足生活，直入人心，剖精析微，探骊得珠，通过个别反映一般，准确传神地表现他那个时代的生活真实，概括劳苦人民包括诗人自己的无穷辛酸和灾难。他的诗，博得"诗史"的美称，绝不是偶然的。

（徐竹心）

无家别

原文

寂寞天宝后，园庐但蒿藜。
我里百余家，世乱各东西。
存者无消息，死者为尘泥。
贱子因阵败，归来寻旧蹊。
久行见空巷，日瘦气惨凄。
但对狐与狸，竖毛怒我啼。
四邻何所有？一二老寡妻。
宿鸟恋本枝，安辞且穷栖。
方春独荷锄，日暮还灌畦。
县吏知我至，召令习鼓鞞。
虽从本州役，内顾无所携。
近行止一身，远去终转迷。
家乡既荡尽，远近理亦齐。
永痛长病母，五年委沟溪。
生我不得力，终身两酸嘶。
人生无家别，何以为蒸黎！

鉴赏

《无家别》和“三别”中的其他两篇一样，叙事诗的“叙述人”不是作者，而是诗中的主人公。这个主人公是一位又一次被征去当兵的独身汉，既无人为他送别，又无人可以告别；然而在踏上征途之际，依然情不自禁地自言自语，仿佛是对老天爷诉说他无家可别的悲哀。

从开头至“一二老寡妻”共十四句，总写乱后回乡所见；而以“贱子因阵败，归来寻旧蹊”两句插在中间，将这一大段隔成两个小段。前一小段，以追叙发端，写那个自称“贱子”的军人回乡之后，看见自己的家乡面目全非，一片荒凉，于是抚今忆昔，概括地诉说了家乡的今昔变化。“寂寞天宝后，园庐但蒿藜”，这两句正面写今，但背后已藏着昔。“天宝后”如此，那么天宝前怎样呢？于是自然地引出下两句。那时候“我里百余家”，应是园庐相望，鸡犬相闻，当然并不寂寞；“天宝后”则遭逢世乱，居人各自东西，园庐荒废，蒿藜(野草)丛生，自然就寂寞了。一起头就用“寂寞”二字，渲染满目萧条的景象，表现出主人公触目伤怀的悲凉心情，为全诗定了基调。“世乱”二字与“天宝后”呼应，写出了今昔变化的原因，也点明了“无家”可“别”的根源。“存者无消息，死者为尘泥”两句，紧承“世乱各东西”而来，如闻“我”的叹息之声，强烈地表现了主人公的悲伤情绪。

前一小段概括全貌，后一小段则描写细节，而以“贱子因阵败，归来寻旧蹊”承前启后，作为过渡。“寻”字刻画入微，“旧”字含意深广。家乡的“旧蹊”走过千百趟，闭着眼都不会迷路，如今却要“寻”，见得已非旧时面貌，早被蒿藜淹没了。“旧”字追昔，应“我里百余家”；“寻”字抚今，应“园庐但蒿藜”。“久行见空巷，日瘦气惨凄。但对狐与狸，竖毛怒我啼。四邻何所有，一二老寡妻”，写“贱子”由接近村庄到进入村巷，访问四邻。“久行”承“寻旧蹊”来，传“寻”字之神。距离不远而需久行，见得旧蹊极难辨认，寻来寻去，绕了许多弯路。“空巷”言其无人，应“世乱各东西”。“日瘦气惨凄”一句，用拟人化手法融景入情，烘托出主人公“见空巷”时的凄惨心境。“但对狐与狸”的“但”字，与前面的“空”字照应。当年“百余家”聚居，村巷中人来人往，笑语喧阗，如今却只与狐狸相对。而那些“狐与狸”竟反客为主，一见“我”就脊毛直竖，冲着我怒叫，好像责怪“我”不该闯入它们的家园。遍访四邻，发现只有“一二老寡妻”还活着！见到她们，自然有许多话要问要说，但杜甫却把这些全省略了，给读者留下了驰骋想象的空间。

而当读到后面的“永痛长病母，五年委沟溪”时，就不难想见与“老寡妻”问答的内容和彼此激动的表情。

“宿鸟恋本枝，安辞且穷栖。方春独荷锄，日暮还灌畦。”——这在结构上自成一段，写主人公回乡后的生活。前两句，以宿鸟为喻，表现了留恋乡土的感情。后两句，写主人公怀着悲哀的感情又开始了披星戴月的辛勤劳动，希望能在家乡活下去，不管多么贫困和孤独！

最后一段，写无家而又别离。“县吏知我至，召令习鼓鞞”，波澜忽起。以下六句，层层转折。“虽从本州役，内顾无所携”，这是第一层转折。上句自幸，下句自伤。这次虽然在本州服役，但内顾一无所有，既无人为“我”送行，又无东西可携带，怎能不令“我”伤心！“近行止一身，远去终转迷”，这是第二层转折。“近行”孑然一身，已令人伤感；但既然当兵，将来终归要远去前线的，真是前途迷茫，未知葬身何处！“家乡既荡尽，远近理亦齐”，这是第三层转折。回头一想，家乡已经荡然一空，“近行”“远去”，又有什么差别！六句诗抑扬顿挫，层层深入，细致入微地描写了主人公听到召令之后的心理变化。如宋刘辰翁所说：“写至此，可以泣鬼神矣！”（见清杨伦《杜诗镜铨》引）清沈德潜在讲到杜甫“独开生面”的表现手法时指出：“……又有透过一层法。如《无家别》篇中云：‘县吏知我至，召令习鼓鞞。’无家客而遣之从征，极不堪事也；然明说不堪，其味便浅。此云‘家乡既荡尽，远近理亦齐’，转作旷达，弥见沉痛矣。”

“永痛长病母，五年委沟溪。生我不得力，终身两酸嘶。”尽管强作达观，自宽自解，而最悲痛的事终于涌上心头：前次应征之前就已长期卧病的老娘在“我”五年从军期间死去了，死后又得不到“我”的埋葬，以致委骨沟溪！这使“我”一辈子都难过。这几句，极写母亡之痛、家破之惨。于是紧扣题目，以反诘语作结：“人生无家别，何以为蒸黎！”——已经没有家，还要抓走，叫人怎样做老百姓呢？

诗题“无家别”，第一大段写乱后回乡所见，以主人公行近村庄、进入村巷划分层次，由远及近，有条不紊。远景只概括全貌，近景则描写细节。第三大段写主人公心理活动，又分几层转折，愈转愈深，刻画入微。层次清晰，结构谨严。诗人还善用简练、形象的语言，写富有特征性的事物。诗中“园庐但蒿藜”，“但对狐与狸”，概括性更强。“蒿藜”“狐狸”，在这里是富有特征性的事物。谁能容忍在自己的房院田园中长满蒿藜？在人烟稠密的村庄里，狐狸又怎敢横行无忌？“园庐但蒿藜”，“但对狐与狸”，仅仅十个字，就把人烟灭绝、田庐荒废的惨象活画了出来。其他如“四邻何所有？一二老寡妻”，也是富有特征性的。正因为是“老寡妻”，所以还能在那里苟延残喘。稍能派上用场的，如果不是事前逃走，就必然被官府抓走。诗中的主人公不是刚一回村，就又被抓走了吗？诗用第一人称，让主人公直接出面，对读者诉说他的所见、所遇、所感，因而不仅通过人物的主观抒情表现了人物的心理状态，而且通过环境描写也反映了人物的思想感情。几年前被官府抓去当兵的“我”死里逃生，好容易回到故乡，满以为可以和骨肉邻里相聚了；然而事与愿违，看见的是一片“蒿藜”，走进的是一条“空巷”，遇到的是竖毛怒叫的狐狸……真是满目凄凉，百感交集！于是连日头看上去也消瘦了。“日”无所谓肥瘦，由于自己心情悲凉，因而看见日光黯淡，景象凄惨。正因为情景交融，人物塑造与环境描写结合，所以能在短短的篇幅里塑造出一个有血有肉的人物形象，反映出当时战区人民的共同遭遇，对统治者的残暴、腐朽，进行了有力的鞭挞。

清郑东甫在《杜诗钞》里说这首《无家别》“刺不恤穷民也”。清浦起龙在《读杜心解》里说：“‘何以为蒸黎？’可作六篇（指“三吏”“三别”）总结。反其言以相质，直可云：‘何以为民上？’”——意思是：把百姓逼到没法做百姓的境地，又怎样做百姓的主子呢？看起来，这两位封建时代的杜诗研究者对《无家别》的思想意义的理解，倒是值得参考的。

（霍松林）

佳人

原文

绝代有佳人，幽居在空谷。
自云良家子，零落依草木。
关中昔丧乱，兄弟遭杀戮。
官高何足论，不得收骨肉。
世情恶衰歇，万事随转烛。
夫婿轻薄儿，新人美如玉。
合昏尚知时，鸳鸯不独宿。
但见新人笑，那闻旧人哭。
在山泉水清，出山泉水浊。
侍婢卖珠回，牵萝补茅屋。
摘花不插发，采柏动盈掬。
天寒翠袖薄，日暮倚修竹。

鉴赏

诗的主人公是一个战乱时被遗弃的女子。在中国古典文学的人物画廊中，这是一个独特而鲜明的女性形象。

诗一开头，便引出这位幽居空谷的绝代佳人，接着以“自云”领起，由佳人诉说自己的身世遭遇。她说自己出身于高门府第，但生不逢时，赶上了社会动乱；兄弟虽官居高位，但惨死于乱军之中，连尸骨也无法收葬。在这人情世态随着权势转移而冷暖炎凉的社会里，命运对于不幸者格外冷酷。由于娘家人亡势去，轻薄的夫婿无情地抛弃了她，在她的痛哭声中与新人寻欢作乐去了。社会的、家庭的、个人的灾难纷至沓来，统统降临到这个弱女子头上。女主人公的长篇独白，边叙述，边议论，倾诉个人的不幸，慨叹世情的冷酷，言辞之中充溢着悲愤不平。尤其是“合昏尚知时，鸳鸯不独宿”的比喻，“但见新人笑，那闻旧人哭”的对照，使人想见她声泪俱下的痛苦神情。

但是，女主人公没有被不幸压倒，没有向命运屈服，她吞下生活的苦果，独向深山而与草木为邻了。诗的最后六句，着力描写深谷幽居的凄凉景况。茅屋需补，翠袖称薄，卖珠饰以度日，采柏子而为食，见得佳人生活的清贫困窘；首不加饰，发不插花，天寒日暮之际，倚修竹而临风，表现她形容憔悴和内心的寂寞、哀怨。无论从物质、从精神来说，佳人的境遇都是苦不堪言的。幸而尚有一个勤快的侍婢，出则变卖旧物，归则补屋采食，与主人相依为命，否则，那将是何等孤苦难耐啊！

诗人在用赋的手法描写佳人孤苦生活的同时，也借助比兴赞美了她高洁自持的品格。固然，“牵萝补茅屋”——那简陋而清幽的环境，“摘花不插发”——那爱美而不为容的情趣，已经展示出佳人纯洁朴素的心灵；但“采柏动盈掬”和“日暮倚修竹”的描写，却更将佳人形象与“竹”“柏”这些崇高品质的象征联系起来，从而暗示读者：你看这位时乖命蹇的女子，不是很像那经寒不凋的翠柏和挺拔劲节的绿竹吗？同样，“在山泉水清，出山泉水浊”两句也是象征女主人公的高洁情操的。出山水浊是在山水清的陪衬，核心在于一个“清”字。诗人是要用山中泉水之清比喻空谷佳人的品格之清，与“倚竹”“采柏”是出于同一机杼的。

命运是悲惨的，情操是高洁的，这是佳人形象的两个侧面。诗人刻画人物的这两个侧面，在行文上采用了不同的人称。叙述佳人命运，是第一人称的倾诉，语气率直酣畅；赞美佳人品格，是第三人称的描状，笔调含蓄蕴藉。率直酣畅，所以感人肺腑，触发读者的共鸣；含蓄蕴藉，所以耐人寻味，给读者留下想象的余地。两者互相配合，使得女主人公的形象既充满悲剧色彩又富于崇高感。

关于这首诗的作意，清人黄生认为："偶有此人，有此事，适切放臣之感，故作此诗。"(《杜诗说》)诗作于乾元二年(759)秋季，那是安史之乱发生后的第五年。早些时候，诗人不得已辞掉华州司功参军职务，为生计所驱使，挈妇将雏，翻过陇山，来到边远的秦州。杜甫对大唐朝廷，竭忠尽力，丹心耿耿，竟落到弃官漂泊的窘境。但他在关山难越、衣食无着的情况下，也始终不忘国家民族的命运。这样的不平遭际，这样的高风亮节，同这首诗的女主人公是很有些相像的。"同是天涯沦落人，相逢何必曾相识。"(白居易《琵琶行》)杜甫的《佳人》，应该看作是一篇客观反映与主观寄托相结合的佳作。

（赵庆培）

梦李白二首

原文

死别已吞声，生别常恻恻。
江南瘴疠地，逐客无消息。
故人入我梦，明我长相忆。
君今在罗网，何以有羽翼？
恐非平生魂，路远不可测。
魂来枫林青，魂返关塞黑。
落月满屋梁，犹疑照颜色。
水深波浪阔，无使蛟龙得！

浮云终日行，游子久不至。
三夜频梦君，情亲见君意。
告归常局促，苦道来不易：
江湖多风波，舟楫恐失坠。
出门搔白首，若负平生志。
冠盖满京华，斯人独憔悴！
孰云网恢恢？将老身反累！
千秋万岁名，寂寞身后事。

鉴赏

乾元元年(758)李白流放夜郎(治所在今贵州正安西北)，二年春行至巫山遇赦，回到江陵(今湖北荆州市)。杜甫远在北方，只闻李白流放，不知已被赦还，忧思拳拳，久而成梦。

这两首记梦诗，分别按梦前、梦中、梦后叙写，依清人仇兆鳌说，两篇都以四、六、六行分层，所谓“一头两脚体”。(见《杜少陵集详注》卷七。本篇文字亦依仇本。)上篇写初次梦见李白时的心理，表现对故人吉凶生死的关切；下篇写梦中所见李白的形象，抒写对故人悲惨遭遇的同情。

“死别已吞声，生别常恻恻。”诗要写梦，先言别；未言别，先说死，以死别衬托生别，极写李白流放绝域、久无音讯在诗人心中造成的苦痛。开头便如阴风骤起，吹来一片弥漫全诗的悲怆气氛。

“故人入我梦，明我长相忆。”不说梦见故人，而说故人入梦；而故人所以入梦，又是有感于诗人的长久思念，写出李白幻影在梦中倏忽而现的情景，也表现了诗人乍见故人的喜悦和欣慰。但这欣喜只不过一刹那，转念之间便觉不对了：“君今在罗网，何以有羽翼？”你既累系于江南瘴疠之乡，怎么就能插翅飞出罗网，千里迢迢来到我身边呢？联想世间关于李白下落的种种不祥的传闻，诗人不禁暗暗思忖：莫非他真的死了？眼前的他是生魂还是死魂？路远难测啊！乍见而喜，转念而疑，继而生出深深的忧虑和恐惧，诗人对自己梦幻心理的刻画，是十分细腻逼真的。

“魂来枫林青，魂返关塞黑。”梦归魂去，诗人依然思量不已：故人魂魄，星夜从江南而来，又星夜自秦州而返，来时要飞越南方青郁郁的千里枫林，归去要渡过秦陇黑沉沉的万丈关塞，多么遥远，多么艰辛，而且是孤零零的一个。“落月满屋梁，犹疑照颜色。”在满屋明晃晃的月光里面，诗人忽又觉得李白那憔悴的容颜依稀尚在，凝神细辨，才知是一种朦胧的错觉。想到故人魂魄一路归去，夜又深，路又远，江湖之间，风涛险恶，诗人内心祝告着、叮咛着：“水深波浪阔，无使蛟龙得。”这惊骇可怖的景象，正好是李白险恶处境的象征；这惴惴不安的祈祷，体现着诗人对故人命运的殷忧。这里，用了两处有关屈原的典故。“魂来枫林青”，出自《楚辞·招魂》：“湛湛江水兮上有枫，目极千里兮伤春心，魂兮归来哀江南！”旧说系宋玉为招屈原之魂而作。“蛟龙”一语见于梁吴均《续齐谐记》：东汉初年，有人在长沙见到一个自称屈原的人，听他说：“吾尝见祭甚盛，然为蛟龙所苦。”通过用典将李白与屈原联系起来，不但突出了李白命运的悲剧色彩，而且表示着杜甫对李白的称许和崇敬。

上篇所写是诗人初次梦见李白的情景，此后数夜，又连续出现类似的梦境，于是诗人又有下篇的咏叹。

“浮云终日行，游子久不至。”见浮云而念游子，是诗家比兴常例，李白也有“浮云游子意，落日故人情”（《送友人》）的诗句。天上浮云终日飘去飘来，天涯故人却久望不至；所幸李白一往情深，魂魄频频前来探访，使诗人得以聊释愁怀。“三夜频梦君，情亲见君意”，与上篇“故人入我梦，明我长相忆”互相照应，体现着两人形离神合、肝胆相照的情谊。其实，我见君意也好，君明我忆也好，都是诗人推己及人，抒写自己对故人的一片衷情。

“告归”以下六句选取梦中魂返前的片刻，描述李白的幻影：每当分手的时候，李白总是匆促不安地苦苦诉说：“来一趟好不容易啊，江湖上风波迭起，我真怕会沉船呢！”看他走出门去用手搔着头上白发的背影，分明是在为自己壮志不遂而怅恨。“告归常局促，苦道来不易”写神态；“江湖多风波，舟楫恐失坠”是独白；“出门搔白首，若负平生志”，通过动作、外貌揭示心理。寥寥三十字，从各个侧面刻画李白形象，其形可见，其声可闻，其情可感，枯槁惨淡之状，如在目前。“江湖”二句，意同上篇“水深波浪阔，无使蛟龙得”，双关着李白魂魄来去的艰险和他现实处境的恶劣；“出门”二句则抒发了诗人“惺惺惜惺惺”的感慨。

梦中李白的幻影，给诗人的触动太强太深了，每次醒来，总是愈思愈愤懑，愈想愈不平，终于发为如下的浩叹：“冠盖满京华，斯人独憔悴！孰云网恢恢？将老身反累！”高冠华盖的权贵充斥长安，惟独这样一个了不起的人物，献身无路，困顿不堪，临近晚年更被囚系放逐，连自由也失掉了，还有什么"天网恢恢"之可言！生前遭遇如此，纵使身后名垂万古，人已寂寞无知，夫复何用！"千秋万岁名，寂寞身后事。"在这沉重的嗟叹之中，寄托着对李白的崇高评价和深厚同情，也包含着诗人自己的无限心事。所以，清人浦起龙说："次章纯是迁谪之慨。为我耶？为彼耶？同声一哭！"（《读杜心解》）

《梦李白二首》，上篇以"死别"发端，下篇以"身后"作结，形成一个首尾完整的结构；两篇之间，又处处关联呼应，"逐客无消息"与"游子久不至"，"明我长相忆"与"情亲见君意"，"君今在罗网"与"孰云网恢恢"，"水深波浪阔，无使蛟龙得"与"江湖多风波，舟楫恐失坠"等等，都是维系其间的纽带。但两首诗的内容和意境却颇不相同：从写"梦"来说，上篇初梦，下篇频梦；上篇写疑幻疑真的心理，下篇写清晰真切的形象。从李白来说，上篇写对他当前处境的关注，下篇写对他生平遭际的同情；上篇的忧惧之情专为李白而发，下篇的不平之气兼含着诗人自身的感慨。总之，两首记梦诗是分工而又合作，相关而不雷同，全为至诚至真之文字。

（赵庆培）

秦州杂诗（其七）

原文

莽莽万重山，孤城山谷间。
无风云出塞，不夜月临关。
属国归何晚？楼兰斩未还。
烟尘一长望，衰飒正摧颜。

鉴赏

唐肃宗乾元二年（759）秋天，杜甫抛弃华州司功参军的职务，开始了“因人作远游”的艰苦历程。他从长安出发，首先到了秦州（治今甘肃天水）。在秦州期间，他先后用五律形式写了二十首歌咏当地山川风物，抒写伤时感乱之情和个人身世遭遇之悲的诗篇，统题为《秦州杂诗》。本篇是第七首。

“莽莽万重山，孤城山谷间。”首联大处落墨，概写秦州险要的地理形势。秦州城坐落在陇东山地的渭河上游河谷中，北面和东面，是高峻绵延的六盘山和它的支脉陇山，南面和西面，有嶓冢山和鸟鼠山，四周山岭重叠，群峰环绕，是当时边防上的重镇。“莽莽”二字，写出了山岭的绵延长大和雄奇莽苍的气势，“万重”则描绘出它的复沓和深广。在“莽莽万重山”的狭窄山谷间矗立着的一座“孤城”，由于四周环境的衬托，越发显出了它那独扼咽喉要道的险要地位。同是写高山孤城，王之涣的《凉州词》“黄河远上白云间，一片孤城万仞山”，雄浑阔大中带有闲远的意态；而“莽莽万重山，孤城山谷间”，则隐约透露出一种严峻紧张的气氛。清沈德潜说：“起手壁立万仞。”（《唐诗别裁集》）这个评语不仅道出了这首诗发端雄峻的特点，也表达了这两句诗所给予人的感受。

“无风云出塞，不夜月临关。”首联托出雄浑莽苍的全景，次联缩小范围，专从“孤城”着笔。云动必因风，这是常识；但有时地面无风，高空则风动云移，从地面上的人看来，就有云无风而动的感觉。“不夜”，就是未入夜。上弦月升起得很早，天还没有黑就高悬天上，所以有不夜而月已照临的直接感受。云无风而动，月不夜而临，一属于错觉，一属于特定时间的景象，孤立地写它们，几乎没有任何意义。但一旦将它们和“关”“塞”联结在一起，便立即构成奇警的艺术境界，表达出特有的时代感和诗人的独特感受。在唐代全盛时期，秦州虽处交通要道，却不属边防前线。安史乱起，吐蕃乘机夺取陇右、河西之地，地处陇东的秦州才成为边防军事重镇。生活在这样一个充满战争烽火气息的边城中，即使是本来平常的景物，也往往敏感到其中仿佛蕴含着不平常的气息。在系心边防形势的诗人感觉中，孤城的云，似乎离边塞特别近，即使无风，也转瞬间就飘出了边境；孤城的月，也好像特别关注防关戍守，还未入夜就早早照临着险要的雄关。两句赋中有兴，景中含情，不但警切地表现了边城特有的紧张警戒气氛，而且表达了诗人对边防形势的深切关注，正如清人浦起龙《读杜心解》所评的那样："三、四警绝。一片忧边心事，随风飘去，随月照着矣。"

三、四两句在景物描写中已经寓含边愁，因而五、六两句便自然引出对边事的直接描写："属国归何晚？楼兰斩未还。"汉代苏武出使匈奴，被扣留十九年，归国后，任典属国。第五句的"属国"即"典属国"之省，这里指唐朝使节。大约这时唐朝有出使吐蕃的使臣迟留未归，故说"属国归何晚"。第六句反用傅介子斩楼兰王首还阙事，说吐蕃侵扰的威胁未能解除。两句用典，同赋一事，而用语错综，故不觉复沓，反增感怆。苏武归国，傅介子斩楼兰，都发生在汉王朝强盛的时代，他们后面有强大的国家实力作后盾，故能取得外交与军事上的胜利。而现在的唐王朝，已经从繁荣昌盛的顶峰上跌落下来，急剧趋于衰落，像苏武、傅介子那样的故事已经不可能重演了。同样是用这两个典故，在盛唐时代，是"单车欲问边，属国过居延"（王维《使至塞上》）的高唱，是"黄沙百战穿金甲，不破楼兰终不还"（王昌龄《从军行》）的豪语，而现在，却只能是"属国归何晚？楼兰斩未还"的深沉慨叹了。对比之下，不难体味出这一联中所寓含的今昔盛衰之感和诗人对于国家衰弱局势的深切忧虑。

"烟尘一长望，衰飒正摧颜。"遥望关塞以外，仿佛到处战尘弥漫，烽烟滚滚，整个西北边地的局势，正十分令人忧虑。目接衰飒的边地景象，联想起唐王朝的衰飒趋势，不禁使自己疾首蹙额，怅恨不已。"烟尘""衰飒"均从五、六句生出。"一""正"两字，开合相应，显示出这种衰飒的局势正在继续发展，而自己为国事忧伤的心情也正未有尽期。全诗在雄奇阔大的境界中寓含着时代的悲凉，表现为一种悲壮的艺术美。

（刘学锴）

天末怀李白

原文

凉风起天末，君子意如何？
鸿雁几时到，江湖秋水多。
文章憎命达，魑魅喜人过。
应共冤魂语，投诗赠汨罗。

鉴赏

这首诗为诗人客居秦州（治所在今甘肃天水）时所作。时李白坐永王璘事长流夜郎（治所在今贵州正安西北），途中遇赦还至湖南，杜甫因赋诗怀念他。

首句以秋风起兴，给全诗笼罩一片悲愁。时值凉风乍起，景物萧疏，怅望云天，此意如何？只此两句，已觉人海苍茫，世路凶险，无限悲凉，凭空而起。次句不言自己心境，却反问远人："君子意如何？"看似不经意的寒暄，而于许多话不知应从何说起时，用这不经意语，反表现出最关切的心情。这是返璞归真的高度概括，言浅情深，意象悠远。以杜甫论，自身沦落，本不足虑，而才如远人，罹此凶险，定知其意之难平，远过于自己，含有"与君同命，而君更苦"之意。此无边揣想之辞，更见诗人想念之殷。代人着想，"怀"之深也。

挚友遇赦，急盼音讯，故问"鸿雁几时到"；潇湘洞庭，风波险阻，因虑"江湖秋水多"。清李慈铭曰："楚天为结恨之乡，秋水实怀人之物。"悠悠远隔，望消息而不可得；茫茫江湖，惟寄语以祈珍摄。然而鸿雁不到，江湖多险，觉一种苍茫惆怅之感，袭人心灵。

对友人深沉的怀念，进而发为对其身世的同情。"文章憎命达"，意谓文才出众者总是命途多舛，语极悲愤，有"怅望千秋一洒泪"之痛；"魑魅喜人过"，隐喻李白长流夜郎，是遭人诬陷。此二句议论中带情韵，用比中含哲理，意味深长，有极为感人的艺术力量，是传诵千古的名句。近人高步瀛引邵长蘅评："一憎一喜，遂令文人无置身地。"（《唐宋诗举要》）这二句诗道出了自古以来才智之士的共同命运，是对无数历史事实的高度总结。

此时李白流寓江湘，杜甫很自然地想到被谗放逐、自沉汨罗的爱国诗人屈原。李白的遭遇和这位千载冤魂，在身世遭遇上有某些相同点，所以诗人飞驰想象，遥想李白会向屈原的冤魂倾诉内心的愤懑："应共冤魂语，投诗赠汨罗"。这一联虽系想象之词，但因诗人对屈原万分景仰，觉得他自沉殉国，虽死犹存。李白是亟思平定安史叛乱，一清中原，结果获罪远谪，虽遇赦而还，满腔的怨愤，自然会对前贤因秋风而寄意。这样，"应共冤魂语"一句，就很生动真实地表现了李白的内心活动。最后一句"投诗赠汨罗"，用一"赠"字，是想象屈原永存，他和李白千载同冤，斗酒诗百篇的李白，一定作诗相赠以寄情。这一"赠"字之妙，正如清黄生所说："不曰吊而曰赠，说得冤魂活现。"（《杜诗说》）

这首因秋风感兴而怀念友人的抒情诗，感情十分强烈，但不是奔腾浩荡、一泻千里地表达出来，感情的潮水千回百转，萦绕心际。吟诵全诗，如展读友人书信，充满殷切的思念、细微的关注和发自心灵深处的感情，反复咏叹，低回婉转，沉郁深微，实为古代抒情名作。

（孙艺秋　王启兴）

月夜忆舍弟

原文

戍鼓断人行，边秋一雁声。
露从今夜白，月是故乡明。
有弟皆分散，无家问死生。
寄书长不达，况乃未休兵。

鉴赏

这首诗是乾元二年(759)秋杜甫在秦州(治所在今甘肃天水)所作。这年九月，史思明从范阳引兵南下，攻陷汴州，西进洛阳，山东、河南都处于战乱之中。当时，杜甫的几个弟弟正分散在这一带，由于战事阻隔，音信不通，引起他强烈的忧虑和思念。《月夜忆舍弟》即是他当时思想感情的真实记录。在古典诗歌中，思亲怀友是常见的题材，这类作品要力避平庸，不落俗套，单凭作者生活体验是不够的，还必须在表现手法上匠心独运。杜甫正是在对这类常见题材的处理中，显出了他的大家本色。

诗一起即突兀不平。题目是“月夜”，作者却不从月夜写起，而是首先描绘了一幅边塞秋天的图景："戍鼓断人行，边秋一雁声。"路断行人，写出所见；戍鼓雁声，写出所闻。耳目所及皆是一片凄凉景象。沉重单调的更鼓和天边孤雁的叫声不仅没有带来一丝活气，反而使本来就荒凉不堪的边塞显得更加冷落沉寂。"断人行"点明社会环境，说明战事频仍、激烈，道路为之阻隔。两句诗渲染了浓重悲凉的气氛，这就是"月夜"的背景。

颔联点题。"露从今夜白"，既写景，也点明节候。那是在白露的夜晚，清露盈盈，令人顿生寒意。"月是故乡明"，也是写景，却与上句略有不同。作者所写的不完全是客观实景，而是融入了自己的主观感情。明明是普天之下共一轮明月，本无差别，偏要说故乡的月亮最明；明明是自己的心理幻觉，偏要说得那么肯定，不容置疑。然而，这种以幻作真的手法却并不使人觉得于情理不合，这是因为它极深刻地表现了作者微妙的心理，突出了对故乡的感怀。这两句在炼句上也很见工力，它要说的不过是"今夜露白""故乡月明"，只是将词序这么一换，语气便分外矫健有力。所以宋王得臣说："子美善于用事及常语，多离析或倒句，则语健而体峻，意亦深稳。如'露从今夜白，月是故乡明'是也。"(《麈史》)从这里也可以看出杜甫化平板为神奇的本领。

以上四句信手挥写，若不经意，看似与忆弟无关，其实不然。不仅望月怀乡写出"忆"，就是闻戍鼓，听雁声，见寒露，也无不使作者感物伤怀，引出思念之情。实乃字字忆弟，句句有情。

诗由望月转入抒情，过渡十分自然。月光常会引人遐想，更容易勾起思乡之念。诗人今遭逢离乱，又在这清冷的月夜，自然更是别有一番滋味在心头。在他的绵绵愁思中夹杂着生离死别的焦虑不安，语气也分外沉痛。"有弟皆分散，无家问死生"，上句说弟兄离散，天各一方；下句说家已不存，生死难卜，写得伤心折肠，令人不忍卒读。这两句诗也概括了安史之乱中人民饱经忧患丧乱的普遍遭遇。

“寄书长不达，况乃未休兵”，紧承五、六两句进一步抒发内心的忧虑之情。亲人们四处流散，平时寄书尚且常常不达，更何况战事频仍，生死茫茫当更难逆料。含蓄蕴藉，一结无限深情。读了这首诗，我们便不难明白杜甫为什么能够写出“烽火连三月，家书抵万金”(《春望》)那样凝练警策的诗句来。深刻的生活体验是艺术创作最深厚的源泉。

全诗层次井然，首尾照应，承转圆熟，结构严谨。“未休兵”则“断人行”，望月则“忆舍弟”，“无家”则“寄书不达”，人“分散”则“死生”不明，一句一转，一气呵成。

在安史之乱中，杜甫颠沛流离，备尝艰辛，既怀家愁，又忧国难，真是感慨万端。稍一触动，千头万绪便一齐从笔底流出，所以把常见的怀乡思亲的题材写得如此凄楚哀感，沉郁顿挫。

（张明非）

乾元中寓居同谷县作歌七首（其七）

原文

男儿生不成名身已老，
三年饥走荒山道。
长安卿相多少年，
富贵应须致身早。
山中儒生旧相识，
但话宿昔伤怀抱。
呜呼七歌兮悄终曲，
仰视皇天白日速。

鉴赏

乾元二年（759），杜甫四十八岁。七月，他自华州（今陕西渭南市华州区）弃官流寓秦州（今甘肃天水），十月，转赴同谷（今甘肃成县），在那里住了约一个月。这是他生活最为困窘的时期。一家人因饥饿病倒床上，只能挖掘土芋来充肠。在饥寒交迫的日子里，诗人以七古体裁，写了《同谷七歌》，描绘流离颠沛的生涯，抒发老病穷愁的感喟，大有“长歌当哭”的意味。此为第七首，是组诗中最精彩的篇章。

此诗开头使用了九字句：“男儿生不成名身已老”。浓缩《离骚》“老冉冉其将至兮，恐修名之不立”意，抒发了身世感慨。杜甫素有匡世报国之抱负，却始终未得施展。如今年将半百，名未成，身已老，而且转徙流离，几乎“饿死填沟壑”，怎不叫他悲愤填膺！六年后杜甫在严武幕府，曾再次发出这种叹穷嗟老的感慨：“男儿生无所成头皓白，牙齿欲落真可惜。”（《莫相疑行》）其意是相仿的。

次句“三年饥走荒山道”，把“三年”二字缀于句端，进一步突现了诗人近几年的苦难历程。“三年”，指至德二载（757）至乾元二年。杜甫因上疏营救房琯触怒肃宗而遭贬斥，为饥饿驱迫，在“荒山道”上尝够了艰辛困苦。

三、四句，诗人追叙了困居长安时的感受，全诗陡然出现高潮。十二年前，杜甫西入长安，然而进取无门，度过了惨淡的十年。他接触过各种类型的达官贵人，发现长安城中凭借父兄余荫，随手取得卿相的，以少年为多：“长安卿相多少年。”这不能不使诗人发出愤激之词：“富贵应须致身早。”“致身早”，似是劝人的口吻，却深蕴着对出现“少年”“卿相”这种腐败政治的愤慨。这和他早年所写的“纨袴不饿死，儒冠多误身”（《奉赠韦左丞丈二十二韵》），显然同属愤激之言。

五、六句又回到现实，映现出诗人和“山中儒生”对话的镜头：“山中儒生旧相识，但话宿昔伤怀抱。”诗人身处异常窘困的境地，当然感叹自己不幸的遭遇，因而和友人谈起的都是些令人很不愉快的往事。忧国忧民的“怀抱”无法实现，自然引起无限伤感。

第七句“呜呼七歌兮悄终曲”，诗人默默地收起笔，停止了他那悲愤激越的吟唱，然而思绪的巨潮如何一下子收住？“仰视皇天白日速”，搁笔望天，只见白日在飞速地奔跑。这时，一种迟暮之感，一种凄凉沉郁、哀壮激烈之情，在诗人心底涌起，不能自已。

《乾元中寓居同谷县作歌七首》在形式上学习汉张衡《四愁

诗》、蔡琰《胡笳十八拍》，采用了定格联章的写法，在内容上较多地汲取了鲍照《拟行路难》的艺术经验，然而又“神明变化，不袭形貌”(清沈德潜《唐诗别裁集》)，自创一体，深为后人所赞许。此诗作为组诗的末篇，集中地抒发了诗人身世飘零之感。艺术上，长短句错综使用，悲伤愤激的情感，犹如潮水般冲击着读者的心弦。

(陶道恕)

成都府

原文

翳翳桑榆日，照我征衣裳。
我行山川异，忽在天一方。
但逢新人民，未卜见故乡。
大江东流去，游子日月长。
曾城填华屋，季冬树木苍。
喧然名都会，吹箫间笙簧。
信美无与适，侧身望川梁。
鸟雀夜各归，中原杳茫茫。
初月出不高，众星尚争光。
自古有羁旅，我何苦哀伤。

鉴赏

这首五言古诗，是杜甫由同谷（今甘肃成县）赴西川途中所写的十二首纪行组诗的末篇。肃宗乾元二年（759）十二月一日，诗人举家从同谷出发，艰苦跋涉，终于在年底到达成都。此诗真实地刻画了他初到成都时喜忧交并的感情，风格古朴浑成，有汉魏遗风。全诗并没有什么惊人之语，奇险之笔，只是将自己的所见所闻，所感所想，迤逦写出，明白如话，然而却蕴含了深沉的情思，耐人咀嚼。

抒情的深婉含蓄是本诗最大的特色。初读此诗，以为只是一般的纪行写景；吟咏再三，则可感到平和外表下激荡着的感情波澜。这里有着喜和忧两种感情的掺和交融，内心微妙的变化，曲折尽致。杜甫举家远徙，历尽艰辛，为的是寻找一块栖身之地；如今来到富庶繁华的成都，“我行山川异，忽在天一方”，眼前展开一个新天地，给了他新的生活希望，欣慰之感，自不待言。“但逢新人民，未卜见故乡”，快慰之情刚生，马上又想到了梦魂萦绕的故乡，何时再见，未可预卜，但见大江东去，自己只能做长年漂泊的游子了。下面接写成都市廛的繁华、气候的温和，又转悲为喜。但成都虽美，终非故土，鸟雀天黑犹各自归巢，而茫茫中原，关山阻隔，自己何日才能回去呢？诗人又陷入了痛苦之中。当时中原州郡尚陷于安史叛军之手，一句“中原杳茫茫”，包含着多少忧国伤时之情！诗人遥望星空，愁思怅惘，最后只能以自宽之词作结。可以看到，全诗写喜，并不欣喜若狂；诉悲，也不泣血迸空，在舒缓和平的字里行间，寓含着一股喜忧交错的复杂的感情潜流。

作为纪行诗，本诗用“赋”来铺陈其事，而“赋”中又往往兼有比兴，因而形成了曲折回旋，深婉含蓄的风格。诗一上来就直道出眼前之景：夕阳西下，暮色朦胧，诗人风尘仆仆地在岁暮黄昏中来到成都，渲染出一种苍茫的气氛。它既是赋，又兼比兴。桑榆之日难道不正是诗人垂暮飘零的写照吗？同时它也兴起了深沉的羁旅之情。下面写“大江东流去，游子日月长”，“鸟雀夜各归，中原杳茫茫”，都是赋中兼兴。最后写“初月出不高，众星尚争光”，暗寓中兴草创、寇乱未平的忧思。诗人妙用比兴手法，笔下的自然景物都隐含深挚的感情。全诗一一闪过山川、城郭、原野、星空这些空间景物，同时也使人觉察到由薄暮至黄昏至星出月升的时光流逝。这种时空的交织使意境呈现出立体的美，烘托出感情上多层次的变化，达到情与景的自然交融。

明胡应麟论东汉末年时的《古诗十九首》说：“蓄神奇于温厚，

寓感怆于和平；意愈浅愈深，词愈近愈远；篇不可句摘，句不可字求。”(《诗薮》)杜甫此篇正继承了《古诗》的这一风格。而在思想感情上，它又突破了《古诗》多写失意漂泊之士苦闷忧伤的小天地，运用喜忧交错的笔法，写出了关怀祖国和人民命运的诗人丰富复杂的内心世界。其高处正在于此。

（黄宝华）

蜀相

原文

丞相祠堂何处寻，
锦官城外柏森森。
映阶碧草自春色，
隔叶黄鹂空好音。
三顾频烦天下计，
两朝开济老臣心。
出师未捷身先死，
长使英雄泪满襟。

鉴赏

题曰“蜀相”，而不曰“诸葛祠”，可知老杜此诗意在人而不在祠。然而诗又分明自祠写起。何也？盖人物千古，莫可亲承；庙貌数楹，临风结想。因武侯祠庙而思蜀相，亦理之必然。但在学诗者，虚实宾主之间，诗笔文情之妙，人则祠乎？祠岂人耶？看他如何着墨，于此玩索，宜有会心。

开头一句，以问引起。祠堂何处？锦官城外，数里之遥，远远望去，早见翠柏成林，好一片葱葱郁郁，气象不凡——那就是诸葛武侯祠所在了。这首一联，开门见山，洒洒落落，而两句又一问一答，自开自合。

接下去，老杜便写到映阶草碧，隔叶禽鸣。

有人说：“那首联是起，

此颔联是承，章法井然。”不错。又有人说：“从城外森森，到阶前碧色，迤迤逦逦，自远望而及近观，由寻途遂至入庙，笔路最清。”也不错。——不过，倘若仅仅如此，谁个不能？老杜又在何处呢？

有人说：既然你说诗人意在人而不在祠，那他为何八句中为碧草黄鹂、映阶隔叶就费去了两句？此岂不是正写祠堂之景？可知意不在祠的说法不确。

又有人说：杜意在人在祠，无须多论，只是律诗幅短，最要精整，他在此题下，竟然设此二句，既无必要，也不精彩；至少是写“走”了，岂不是老杜的一处败笔？

我说：哪里，哪里。莫拿八股时文的眼光去衡量杜子美。要是句句“切题”，或是写成“不啻一篇孔明传”，谅他又有何难。如今他并不如彼。道理定然有在。

须看他，上句一个“自”字，下句一个“空”字。此二字适为拗格，即“自”本应平声，今故作仄；“空”本应仄声，今故作平。彼此互易，声调上有一种变换美。吾辈学诗之人，断不能于此等处失去心眼。

且说老杜风尘澒洞，流落西南，在锦城定居之后，大约头一件事就是走谒武侯祠庙。“丞相祠堂何处寻？”从写法说，是开门见山，更不纡曲；从心情说，祠堂何处，向往久矣！当日这位老诗人，怀着一腔崇仰钦慕之情，问路寻途，奔到了祠堂之地——他既到之后，一不观赏殿宇巍巍，二不瞻仰塑像凛凛，他“首先”注意的却是阶前的碧草，叶外的黄鹂！这是什么情理？

要知道，老杜此行，不是“旅游”，入祠以后，殿宇之巍巍，塑像之凛凛，他和普通人一样，自然也是看过了的。不过到他写诗之时（不一定即是初谒祠堂的当时），他感情上要写的绝不是这些形迹的外观。他要写的是内心的感受。写景云云，已是活句死参；更何况他本未真写祠堂之景？

换言之，他正是看完了殿宇之巍巍，塑像之凛凛，使得他百感中来，万端交集，然后才越发觉察到满院萋萋碧草，寂寞之心难言；才越发感受到数声呖呖黄鹂，荒凉之境无限。

在这里，你才看到一位老诗人，独自一个，满怀心事，徘徊瞻眺于武侯祠庙之间。

没有这一联两句，诗人何往？诗心安在？只因有了这一联两句，才读得出下面的腹联所说的"三顾频烦"（即屡屡、几次，不是频频烦请），"两朝开济"（启沃匡助），一方面是知人善任，终始不渝；一方面是鞠躬尽瘁，死而后已；一方面付托之重，一方面图报之诚：这一切，老杜不知想过了几千百回，只是到面对着古庙荒庭，这才写出了诸葛亮的心境，字字千钧之重。莫说古人只讲一个"士为知己者死"，难道诗人所理解的天下之计，果真是指"刘氏子孙万世皇基"不成？老臣之心，岂不也怀着华夏河山，苍生水火？一生志业，六出祁山，五丈原头，秋风瑟瑟，大星遽陨，百姓失声……想到此间，那阶前林下徘徊的诗人老杜，不禁汍澜被面，老泪纵横了。

庭草自春，何关人事；新莺空啭，祗益伤情。老杜一片诗心，全在此处凝结，如何却说他是"败笔"？就是"过渡"云云（意思是说，杜诗此处颔联所以如此写，不过是为自然无迹地过渡到下一联正文），我看也还是只知正笔是文的错觉。

有人问：长使英雄泪满襟袖的英雄，所指何人？答曰：是指千古的仁人志士，为国为民，大智大勇者是，莫作"跃马横枪""拿刀动斧"之类的简单解释。老杜一生，许身稷契，志在匡国，亦英雄之人也。说此句实包诗人自身而言，方得其实。

然而，老杜又绝不是单指个人。心念武侯，高山仰止，也正是寄希望于当世的良相之材。他之所怀者大，所感者深，以是之故，天下后世，凡读他此篇的，无不流涕，岂偶然哉！

（周汝昌）

戏题王宰画山水图歌

原文

十日画一水，五日画一石。
能事不受相促迫，王宰始肯留真迹。
壮哉昆仑方壶图，挂君高堂之素壁。
巴陵[①]洞庭日本东[②]，赤岸[③]水与银河通，中有云气随飞龙。
舟人渔子入浦溆，山木尽亚洪涛风。
尤工远势古莫比，咫尺应须论万里。
焉得并州快剪刀[④]，剪取吴淞半江水。

〔注〕

① 巴陵：郡名。唐天宝、至德年间改岳州为巴陵郡，治所在今湖南岳阳市，地处洞庭湖东。
② 日本东：指日本东面的海。
③ 赤岸：地名，一说在今江苏南京六合区东。汉枚乘《七发》："凌赤岸，篲扶桑。"李善注："以赤岸在广陵，而文势似在远方，非广陵也。"这里并非实指，而是泛指江海的岸。
④ 并州：地名。唐开元中为太原府，州治在今山西太原市，以产剪刀著称，有所谓"并州剪"。

鉴赏

杜甫定居成都期间，认识四川著名山水画家王宰，应邀约于上元元年（760）作这首题画诗。王的原作没有传世，然而由于杜甫熟悉王宰的人品及其作品，通过他的神来之笔，仿佛为后人再现了这幅气势恢宏的山水图，诗情画意，无不令人赏心悦目。

首四句先不谈画，极力赞扬王宰严肃认真、一丝不苟的创作态度。他不愿受时间的催迫，仓猝从事，十日五日才画一水一石。只在经过长时间的酝酿后，胸有成竹，意兴所到，才从容不迫地挥毫写画，留下真实的笔迹于人间。这真是大家风度，笔墨自然高超。然后诗人进而描写挂在高堂白壁上的昆仑方壶图。昆仑，传说中西方神山。方壶，神话中东海仙山。这里泛指高山，并非实指。极西的昆仑和极东的方壶对举，山岭峰峦，巍峨高耸，由西至东，高低起伏，连绵不断，纵横错综，蔚为壮观。画面空间非常辽远广阔，构图宏伟，气韵生动，给人以雄奇壮美的感受。“壮哉”一词，表达了诗人观画时的美感体会和由衷的赞叹。此图显然不是某一山岳的实地写生，而是祖国崇山峻岭在艺术上集中的典型概括，带有中国山水画想象丰富、构图巧妙的特色。

中间五句，杜甫从仄声韵转押平声东、钟韵，用昂扬铿锵的音调描摹画面上的奇伟水势，与巍巍群山相间，笔墨酣畅淋漓。“巴陵洞庭日本东”句中连举三个地名，一气呵成，表现图中江水从洞庭湖的西部起，一直流向日本东部海面，源远流长，一泻千里，波澜壮阔。诗里的地名也不是实指而是泛指，是艺术上的夸张和典型概括。“赤岸水与银河通”和“黄河远上白云间”（王之涣《出塞》）有异曲同工之妙，江岸水势浩瀚渺远，连接天际，水天一色，仿佛与银河相通。这里形容水势的壮美，与上面描绘山势的雄奇相呼应，山水一体，相得益彰。“中有云气随飞龙”句，语意出《庄子·逍遥游》：“姑射山有神人，乘云气，御飞龙，而游乎四海之外。”古书也有“云从龙”的说法。这里指画面上云气迷漫飘忽，云层团团飞动。诗人化虚为实，以云气烘托风势的猛烈，使不易捉摸的风力得以形象地体现出来，笔势自然活泼。在狂风激流中，渔人正急急驾舟驶向岸边躲避，山上树木被掀起洪涛巨浪的暴风吹得低垂俯偃。“山木尽亚洪涛风”，亚，通“压”，俯偃低垂；着一“亚”字，便把大风的威力表现得活灵活现。诗人着意渲染风猛、浪高、水急，使整个画面神韵飞动。

这样巨大的艺术魅力是怎样产生的呢？诗人进一步评论王宰无与伦比的绘画技巧：“尤工远势古莫比，咫尺应须论万里。”远势，指绘画中的平远、深远、高远的构图背景。诗人高度评价王宰山水图在经营位置、构图布局及透视比例等方面旷古未有的技法，在尺幅画面上绘出了万里江山景象。“咫尺应须论万里”，此论亦可看作诗人以极为精练的诗歌语言概括了我国山水画的表现特点，富有美学意义。诗人深为这幅山水图的艺术魅力所吸引：“焉得并州快剪刀，剪取吴淞半江水。”诗人极赞画的逼真，惊叹道：不知从哪里弄来锋利的剪刀，把吴淞江水也剪来了！结尾两句用典，语意相关。相传昔索靖观赏顾恺之画，倾倒欲绝，不禁赞叹：“恨不带并州快剪刀来，剪松江半幅练纹归去。”（见明王嗣奭《杜臆》注引邵宝之说）杜甫在这里以索靖自比，以王宰画和顾恺之画相提并论，用以赞扬昆仑方壶图的巨大艺术感染力，写得含蓄简练，精绝无比。

这首歌行体诗，写得生动活泼，挥洒自如。诗情画意融为一体，也不知何者是诗，何者为画，可谓天衣无缝。清方薰在《山静居画论》中说："读老杜入峡诸诗，奇思百出，便是吴生王宰蜀中山水图，自来题画诗亦惟此老使笔如画。"可见杜甫题画诗历来为人称道，影响很大。

（何国治）

南邻

原文

锦里先生乌角巾，
园收芋栗未全贫。
惯看宾客儿童喜，
得食阶除鸟雀驯。
秋水才深四五尺，
野航恰受两三人。
白沙翠竹江村暮，
相送柴门月色新。

鉴赏

距离成都浣花草堂不远，有位锦里先生，杜甫称之为“南邻”。在一个秋天的傍晚，杜甫从他家走出，路上，也许是回家以后，写了这首《南邻》诗。说它是诗吧，却又是画；是用两幅画面组成的一首诗。

前半篇展现出来的是一幅山庄访隐图。

到人家作客，这家人家给予杜甫的印象是怎样的呢？诗人首先看到的，主人是位头戴“乌角巾”的山人；进门是个园子，园里种了不少的芋头；栗子也都熟了。说“未全贫”，则这家境况并不富裕。可是从山人和全家的愉快表情中，可以知道他是个安贫乐道之士，很满足于这种朴素的田园生活。说起山人，人们总会联想到隐士的许多怪脾气，但这位山人却不是这样。进了庭院，儿童笑语相迎。原来这家时常有人来往，连孩子们都很好客。阶除上啄食的鸟雀，看人来也不惊飞，因为平时并没有人去惊扰、伤害它们。这气氛是多么和谐、宁静！三、四两句是具体的画图，是一幅形神兼备的绝妙的写意画，连主人耿介而不孤僻，诚恳而又热情的性格都给画出来了。

随着时间的推进，下半篇又换了另一幅江村送别图。“白沙”“翠竹”，明净无尘，在新月掩映下，意境显得特别清幽。这就是这家人家的外景。由于是“江村”，所以河港纵横，“柴门”外便是一条小河。明王嗣奭《杜臆》曰：“‘野航’乃乡村过渡小船，所谓‘一苇杭之’者，故‘恰受两三人’。”杜甫在主人的“相送”下登上了这“野航”；来时，他也是从这儿摆渡的。

从“惯看宾客儿童喜”到“相送柴门月色新”，不难想象，主人是殷勤接待，客人是竟日淹留。中间“具鸡黍”“话桑麻”这类事情，都略而不写。这是诗人的剪裁，也是画家的选景。

（马茂元）

狂夫

原文

万里桥西一草堂，
百花潭水即沧浪。
风含翠篠娟娟净，
雨裛红蕖冉冉香。
厚禄故人书断绝，
恒饥稚子色凄凉。
欲填沟壑惟疏放，
自笑狂夫老更狂。

鉴赏

这首七律作于杜甫客居成都时。诗题为“狂夫”，当以写人为主，诗却先从居住环境写来。

成都南门外有座小石桥，相传为诸葛亮送费祎处，名“万里桥”。过桥向东，就来到“百花潭”（即浣花溪），这一带地处水乡，景致幽美。当年杜甫就在这里营建草堂。饱经丧乱之后有了一个安身立命之地，他的心情舒展乃至旷放了。首联“即沧浪”三字，暗寓《孟子》“沧浪之水清兮，可以濯我缨”句意，逗起下文疏狂之意。“即”字表示出知足的意味，“岂其食鱼，必河之鲂”，有此清潭，又何必“沧浪”呢。“万里桥”与“百花潭”，“草堂”与“沧浪”，略相映带，似对非对，有形式天成之美；而一联之中涵四专名，由于它们展现极有次第，使读者目接一路风光，而境中又略有表意（“即沧浪”），便令人不觉痕迹。“万里”“百花”这类字面，使诗篇一开头就不落寒俭之态，为下文写“狂”预作铺垫。

这是一个斜风细雨天气，光景别饶情趣：翠竹轻摇，带着水光的枝枝叶叶，明净悦目；细雨出落得荷花格外娇艳，而微风吹送，清香可闻。颔联结撰极为精心，写微风细雨全从境界见出。“含”“裛”两个动词运用极细腻生动。“含”比通常写微风的“拂”字感情色彩更浓，有小心爱护意味，则风之微不言而喻。“裛”通“浥”，比洗、洒一类字更轻柔，有“润物细无声”的意味，则雨之细也不言而喻。两句分咏风雨，而第三句风中有雨，这从“净”字可以体味（雨后翠篆如洗，方“净”）；第四句雨中有风，这从“香”字可以会心（没有微风，是嗅不到细香的）。这也就是通常使诗句更为凝练精警的“互文”之妙了。两句中各有三个形容词：“翠”、“娟娟”（美好貌）、“净”；“红”、“冉冉”（渐进貌，这里指香一阵一阵地飘来）、“香”，却安置妥帖，无堆砌之感；而“冉冉”“娟娟”的叠词，又平添音韵之美。要之，此联意蕴丰富，形式精工，充分体现作者的“晚节渐于诗律细”。

前四句写草堂及浣花溪的美丽景色，令人陶然。然而与此并不那么和谐的是诗人现实的生活处境。初到成都时，他曾靠故人严武接济，分赠禄米，而一旦这故人音书断绝，他一家子免不了挨饿。“厚禄故人书断绝”即写此事，这就导致“恒饥稚子色凄凉”。“饥而日恒，亏及幼子，至形于颜色，则全家可知”（萧涤非《杜甫诗选》），这是举一反三、举重该轻的手法。颈联句法是“上二下五”，“厚禄”“恒饥”前置句首显著地位，从声律要求说是为了粘对，从诗意看，则强调“恒饥”的贫困处境，使接下去“欲填沟壑”

的夸张说法不致有失实之感。

“填沟壑”，即倒毙路旁无人收葬，意犹饿死。这是何等严酷的生活现实啊。要在凡夫俗子，早从精神上被摧垮了。然而杜甫却不如此，他是“欲填沟壑惟疏放”，饱经患难，从没有被生活的磨难压倒，始终用一种倔强的态度来对待生活打击，这就是所谓“疏放”。诗人的这种人生态度，不但没有随同岁月流逝而衰退，反而越来越增强了。你看，在几乎快饿死的境况下，他还兴致勃勃地在那里赞美“翠篠”“红蕖”，美丽的自然风光哩！“自笑狂夫老更狂。”联系眼前的迷醉与现实的处境，诗人都不禁哑然“自笑”了：你是怎样一个越来越狂放的老头儿啊！

在杜诗中，原不乏歌咏优美自然风光的佳作，也不乏抒写潦倒穷愁中开愁遣闷的名篇。而《狂夫》值得玩味之处，在于它将两种看似无法调合的情景成功地调合起来，形成一个完整的意境。一面是“风含翠篠”“雨裛红蕖”的赏心悦目之景，一面是“凄凉”“恒饥”“欲填沟壑”的可悲可叹之事，全都由“狂夫”这一形象而统一起来。没有前半部分优美景致的描写，不足以表现“狂夫”的贫困不能移的精神；没有后半部分潦倒生计的描述，“狂夫”就会失其所以为“狂夫”。两种成分，真是缺一不可。因而，这种处理在艺术上是服从内容需要的，是十分成功的。

（周啸天）

江村

原文

清江一曲抱村流，
长夏江村事事幽。
自去自来梁上燕，
相亲相近水中鸥。
老妻画纸为棋局，
稚子敲针作钓钩。
但有故人供禄米，
微躯此外更何求？

鉴赏

这首诗写于唐肃宗上元元年(760)。在几个月之前，诗人经过四年的流亡生活，从同州(治今陕西大荔县)经由绵州(治今四川绵阳市东)，来到了这不曾遭到战乱骚扰，暂时还保持安静的西南富庶之乡——成都郊外浣花溪畔。他依靠亲友故旧的资助而辛苦经营的草堂已经初具规模；饱经离乡背井的苦楚，备尝颠沛流离的艰虞的诗人，终于获得了一个暂时安居的栖身之所。时值初夏，浣花溪畔，江流曲折，水木清华，一派恬静幽雅的田园景象。诗人拈来《江村》诗题，放笔咏怀，愉悦之情是可以想见的。

本诗首联第二句“事事幽”三字，是全诗关紧的话，提挈一篇旨意。中间四句，紧紧贴住"事事幽",一路叙下。梁间燕子,时来时去,自由而自在;江上白鸥,忽远忽近,相伴而相随。从诗人眼里看来,燕子也罢,鸥鸟也罢,都有一种忘机不疑、乐群适性的意趣。物情如此幽静,人事的幽趣尤其使诗人惬心快意:老妻画纸为棋局的痴情憨态,望而可亲;稚子敲针作钓钩的天真无邪,弥觉可爱。棋局最宜消夏,清江正好垂钓,村居乐事,件件如意。经历长期离乱之后,重新获得家室儿女之乐,诗人怎么不感到欣喜和满足呢?结句"但有故人供禄米,微躯此外更何求",虽然表面上是喜幸之词,而骨子里正包藏着不少悲苦之情。曰"但有",就不能保证必有;曰"更何求",正说明已有所求。杜甫确实没有忘记,自己眼前优游闲适的生活,是建筑在"故人供禄米"的基础之上的。这是一个十分敏感的压痛点。一旦分禄赐米发生了问题,一切就都谈不到了。所以,我们无妨说,这结末两句,与其说是幸词,倒毋宁说是苦情。艰窭贫困、依人为活的一代诗宗,在暂得栖息,甫能安居的同时,便吐露这样悲酸的话语,实在是对封建统治阶级摧残人才的强烈控诉。

中联四句,从物态人情方面,写足了江村幽事,然后,在结句上,用"此外更何求"一句,关合"事事幽",收足了一篇主题,最为简净,最为稳当。

《江村》一诗,在艺术处理上,也有独特之处。

一是复字不犯复。此诗首联的两句中,"江"字、"村"字皆两见。照一般做律诗的规矩,颔、颈两联同一联中忌有复字,首尾两联散行的句子,要求虽不那么严格,但也应该尽可能避复字。现在用一对复字,就有一种轻快俊逸的感觉,并不觉得是犯复了。这情况,很像律句中的拗救,拗句就要用拗句来救正,复字也要用复字来弥补。况且,第二句又安下了另外两个叠字“事事”,这样一来,头两句诗在读起来的时候,就完全没有枝撑之感了。

二是全诗前后啮合,照应紧凑。“梁上燕”属“村”,“水中鸥”属“江”;“棋局”正顶“长夏”,“钓钩”又暗寓“清江”。颔联“自去自来梁上燕,相亲相近水中鸥”,两“自”字,两“相”字,当句自对;“去”“来”与“亲”“近”又上下句为对。自对而又互对,读起来轻快流荡。颈联的“画”字、“敲”字,字皆现成。且两句皆用朴直的语气,最能表达夫妻投老,相敬弥笃,稚子痴顽,不隔贤愚的意境。

三是结句,忽转凄婉,很有杜甫咏怀诗的特色。杜甫有两句诗自道其做诗的甘苦,说是“愁极本凭诗遣兴,诗成吟咏转凄凉”(《至后》)。此诗本是写闲适心境,但他写着写着,最后结末的地方,也不免吐露落寞不欢之情,使人有怅怅之感。杜甫很多登临即兴感怀的诗篇,几乎都是如此。前人谓杜诗“沉郁”,其契机恐怕就在此处。

(韩小默)

野老

原文

野老篱边江岸回，
柴门不正逐江开。
渔人网集澄潭下，
贾客船随返照来。
长路关心悲剑阁，
片云何意傍琴台？
王师未报收东郡，
城阙秋生画角哀。

鉴赏

此诗写于上元元年(760)，这时杜甫刚在成都西郊的草堂定居下来。经过长年颠沛流离之后，总算得到了一个憩息之处，这使他聊感欣慰。然而国家残破、生民涂炭的现实，却时时在撞击他的心灵，使他无法宁静。这首诗就揭示了他内心这种微妙深刻的感情波动。

诗的前四句写草堂之景，笔触悠闲疏淡，诗句好像信手拈来似的。开头“野老”二字，是杜甫自称。江岸回曲，竹篱茅舍，此时诗人正在草堂前的江边漫步观赏。“柴门”一句妙在写得毫不费力。这个柴门好像是随意安上去的，既然江流在这里拐了个弯，就迎江安个门吧，方位不正也无所谓，一切任其自然。而那边澄碧的百花潭中，渔民们正在欢快地下网捕鱼呢。“澄潭”指百花潭，是草堂南面的水域。也许因为江流回曲，适于泊舟，那一艘艘商船也映着晚霞，纷纷在此靠岸了。这四句，是诗人野望之景，出语那么纯真自然，犹如勾画了一幅素淡恬静的江村闲居图。整个画面充满了村野之趣，传达了此时此刻诗人的闲适心情。然而杜甫并不是一个超然物外的隐士，久望之下，竟又生出另一番情思来了。

“长路”承上“贾客船”而来，接得极自然。杜甫有诗云：“门泊东吴万里船”（《绝句四首》），大概就指这些“贾客船”。正是这些“万里船”，扰乱了他平静的心境，令人想起那漫漫长途。这“长路”首先把他的思绪引向大江南北，那里有他日夜思念的弟妹，他常想顺江东下。由此又想到另一条“长路”：北上长安，东下洛阳，重返故里。然而剑门失守，不仅归路断绝，而且整个局势是那样紧张危急，使人忧念日深。在这迷惘痛苦之中，他仰头见到白云，不禁发出一声痴问：“片云何意傍琴台？”琴台是成都的一个名胜，相传为司马相如和卓文君当垆卖酒的地方，此代指成都。“片云”用以自喻，意思是：自己浮云般的漂泊之身，为何留滞蜀中呢？首先当然是战乱未平，兵戈阻绝。但又是谁把他赶出朝廷，剥夺了他为国效力的机会呢？这一句借云抒情，深婉含蓄。云傍琴台，本是自然现象，无须怪问。因而这一问好似没头没脑，也无法回答，其实正表达了诗人流寓剑外、报国无门的痛苦，以及找不到出路的迷乱心情。

尾联二句，传出了诗人哀愁伤感的心情。诗人感叹去年洛阳再次失陷后，至今尚未光复，而西北方面吐蕃又在虎视眈眈。蜀中也隐伏着战乱的危机，听那从萧瑟秋风中的成都城头传来的画角声，多么凄切悲凉！全诗以此作结，余味无穷。

诗的前四句所写之景，恰如近代王国维所说的“无我之境”。“无我之境，以物观物，故不知何者为我，何者为物。”(《人间词话》)这就是说，诗人以宁静的心境去观照外物，“自我”好像融入客观世界，这时写出的意境即是“无我之境”。本诗前四句诗人心境淡泊闲静，完全陶醉于优美的江边晚景中，达到了物我两忘的境界。诗的后四句转入抒情后，仍未脱离写景，但这时又进入了“有我之境”：“有我之境，以我观物，故物皆著我之色彩。”(《人间词话》)这里的景物，无论是云彩还是城阙，是秋色还是角音，都浸染了诗人哀伤的感情色彩。两种境界，互相映衬，产生了强烈的艺术感染力。当诗的上半部展现出那幅江村图时，人们以为诗人是忘情于自然了；读到下面，才感受到他深沉的忧国忧民之心。原来他的闲适放达，是在报国无门的困境中的一种自我解脱。这种出于无奈的超脱，反过来加深了痛苦心情的表达，在平静水面下奔涌着的痛苦的潜流，是一种更为深沉的哀痛。

(黄宝华)

恨别

原文

洛城一别四千里，
胡骑长驱五六年。
草木变衰行剑外，
兵戈阻绝老江边。
思家步月清宵立，
忆弟看云白日眠。
闻道河阳近乘胜，
司徒急为破幽燕。

鉴赏

这是杜甫上元元年(760)在成都写的一首七言律诗。作品抒发了诗人流落他乡的感慨和对故园、骨肉的怀念，表达了他希望早日平定叛乱的爱国思想，情真语挚，沉郁顿挫，扣人心弦。

首联领起“恨别”，点明思家、忧国的题旨。“四千里”，恨离家之远；“五六年”，伤战乱之久。个人的困苦经历，国家的艰难遭遇，都在这些数量词中体现出来。诗人于乾元二年(759)春别了故乡洛阳，返华州司功参军任所，不久弃官客秦州，寓同谷，至成都，辗转四千里。诗人写此诗时，距天宝十四载(755)十一月安史之乱爆发已五六个年头。在这几年中，叛军铁蹄蹂躏中原各地，生灵涂炭，血流成河。这是诗人深为忧虑的事。

颔联两句描述诗人流落蜀中的情况。“草木变衰”，语出宋玉《九辩》“萧瑟兮草木摇落而变衰”。这里是指草木的盛衰变易，承上句的“五六年”，暗示入蜀已有多年，同时也与下一句的“老”相呼应，暗比自己的飘零憔悴。诗人到成都，多亏亲友帮助，过着比较安定的草堂生活，但思乡恋亲之情是念念不忘的。由于“兵戈阻绝”，他不能重返故土，只好老于锦江之边了。“老江边”的“老”字，悲凉沉郁，寻味不尽。

颈联通过“宵立昼眠，忧而反常”（清仇兆鳌《杜少陵集详注》）的生活细节描写，曲折地表达了思家忆弟的深情。杜甫有四弟，名为颖、观、丰、占，其中颖、观、丰散在各地，只有占随杜甫入蜀。此二句中的“思家”“忆弟”为互文。月夜，思不能寐，忽步忽立；白昼，卧看行云，倦极而眠。诗人这种坐卧不宁的举动，正委婉曲折地表现了怀念亲人的无限情思，突出了题意的“恨别”。清沈德潜评论此联说：“若说如何思，如何忆，情事易尽。‘步月’‘看云’，有不言神伤之妙。”（《唐诗别裁集》）这就是说，它不是抽象言情，而是用具体生动的形象说话，让读者自己去体会形象中所蕴含的忧伤之情。手法含蓄巧妙，诗味隽永，富有情致。

尾联回应次句，抒写诗人听到唐军连战皆捷的喜讯，盼望尽快破幽燕、平叛乱的急切心情。上元元年三月，检校司徒李光弼破安太清于怀州城下；四月，又破史思明于河阳西渚。这就是诗中“乘胜”的史实。当时李光弼又急欲直捣叛军老巢幽燕，以打破相持局面。杜甫盼望国家复兴，自己亦可还乡，天下可喜可乐之事，孰有逾于此者乎？作品以充满希望之句作结，感情由悲凉转为欢快，显示诗人胸怀的开阔。

这首七律用简朴优美的语言叙事抒情，言近旨远，辞浅情深。诗人把个人的遭际和国家的命运结合起来写，每一句都蕴蓄着丰富的内涵，饱和着浓郁的诗情，值得反复吟味。

（傅思均）

和裴迪登蜀州东亭送客逢早梅相忆见寄

原文

东阁官梅动诗兴，
还如何逊在扬州。
此时对雪遥相忆，
送客逢春可自由？
幸不折来伤岁暮，
若为看去乱乡愁。
江边一树垂垂发，
朝夕催人自白头。

鉴赏

裴迪，关中（今陕西省）人，早年隐居终南山，与王维交谊很深，晚年入蜀作幕僚，与杜甫频有唱和。蜀州，治所在今四川省崇州市。裴迪寄了一首题为《登蜀州东亭送客逢早梅》的诗给杜甫，表示了对杜甫的怀念；杜甫深受感动，便写诗作答。

“东阁官梅动诗兴，还如何逊在扬州。”二句赞美裴迪咏早梅诗：你在蜀州东亭看到梅花凌冬盛开，诗兴勃发，写出了如此动人的诗篇，倒像当年何逊在扬州咏梅那般高雅。何逊是杜甫所服膺的南朝梁代的诗人，杜甫《解闷十二首》之七，有“颇学阴（铿）何（逊）苦用心”的诗句。这里把裴迪与何逊相比，是表示对裴迪和他来诗的推崇。

“此时对雪遥相忆，送客逢春可自由？”二句上承“动诗兴”，说在这样的时候，单是看到飞雪就会想起故人，思念不已，何况你去东亭送客，更何况又遭遇到那恼人的梅花，要你不想起我，不思念我，那怎么可能？这样遥领故人对自己的相忆，表达了对故人的深深谢忱和心心相印的情谊。“此时”，即肃宗上元元年（760）末、二年初，正是安史叛军气焰嚣张、大唐帝国万方多难之际，裴、杜二人又都来蜀中万里作客，“同是天涯沦落人”，相忆之情，弥足珍重。

“幸不折来伤岁暮，若为看去乱乡愁。”早梅开花在岁末春前，它能使人感到岁月无情，老之易至，又能催人加倍思乡，渴望与亲人团聚。大概裴诗有叹惜不能折梅相赠之意吧，诗人说：幸而你未折梅寄来勾起我岁暮的伤感，要不然，我面对折梅一定会乡愁缭乱、感慨万千的。诗人庆幸未蒙以梅相寄，恳切地告诉友人，不要以此而感到不安和抱歉。在我草堂门前的浣花溪上，也有一株梅树呢。“江边一树垂垂发，朝夕催人自白头。”这一树梅花啊，目前也在渐渐地开放，好像朝朝暮暮催人老去，催得我早已白发满头了。倘蒙您再把那里的梅花寄来，让它们一起来折磨我，我可怎么承受得了！催人白头的不是梅，而是愁——老去之愁，失意之愁，思乡之愁，忆友之愁，最重要的当然还是忧国忧民、伤时感世之愁，千愁百感，攒聚一身，此头安得不白？与梅花梅树又有什么相干！可怜这“江边一树”，也实在晦气，自家无端挨骂不算，还牵连得百里之外的东亭梅花，也被宣布为不受欢迎者。

本诗通篇都以早梅伤愁立意，前两联就着“忆”字感谢故人对自己的思念，后两联围绕“愁”字抒写诗人自己的情怀，构思重点在于抒情，不在咏物，但此诗历来被推为咏梅诗的上品，明代王世贞更有“古今咏梅第一”的说法(见清仇兆鳌《杜少陵集详注》卷九引)。原来,诗歌大抵以写情为第一要义,咏物诗也须物中见情,而且越真挚越深切越好,王世贞立论的出发点,应该也是一个“情”字。这首诗感情深挚,语言浅白,始终出以谈话的口吻,推心置腹,荡气回肠,“直而实曲,朴而实秀”(清人黄生《杜诗说》),在杜诗七律中,别具一种风格。

(赵庆培)

后游

原文

寺忆曾游处，桥怜再渡时。
江山如有待，花柳自无私。
野润烟光薄，沙暄日色迟。
客愁全为减，舍此复何之？

鉴赏

杜甫于上元二年（761）春曾一度到新津（今属四川），写了《游修觉寺》，第二次即写了这首《后游》。

此诗前四句回应往日之游而写今日之游，后四句写观景减愁之感。全篇景象鲜明，理趣盎然。

“寺忆曾游处，桥怜再渡时。”寺和桥都是曾游之地，再游时对桥和寺都更生爱怜之情。两句采取倒装句式，将宾词的“寺”和“桥”提到动词谓语“忆”与“怜”前，突出游览的处所，将对景物的深厚感情和盘托出，点出后游在感情上的深进。

“江山如有待，花柳自无私。”自从上次游览之后，美好的江山好像也在那儿“忆”着我，“等待”着我的再游；花也绽笑脸，柳也扭柔腰，无私地奉献着自己的一切，欢迎我再度登临。头两句写诗人对“寺”“桥”有情，这两句转入写此地山水草木也都对诗人有情，真可谓人有意，物有情。细味这两句诗，是很有含蕴的，它透露了诗人对世态炎凉的感慨。弦外之音是大自然是有情的、无私的，而人世间却是无情的、偏私的。正如清人薛雪说“花柳自无私”，“下一‘自’字，便觉其寄身离乱感时伤事之情，掬出纸上。”（《一瓢诗话》）

“野润烟光薄，沙暄日色迟。”在概叙了江山花柳之情后，又具体描绘晨景和晚景两幅画面，清早薄如轻纱的晨曦，滋润着大地，原野像浸透了酥油；傍晚滞留大地的余晖，迟迟不退，沙地闪闪发光。这两句表明了时间推移，诗人从早到暮在此，可见流连之久，又从侧面说明了景色之美。“润字从薄字看出，暄字从迟字看出，写景极细。”（清杨伦《杜诗镜诠》引张上若评）

“客愁全为减，舍此复何之？”全诗以感慨作结。看了如此美好的景色，在外作客的愁闷完全减消了，除了这儿还要往哪儿去呢？表面看来好像仍是赞美这儿风景绝佳，其实，这正是诗人心中有愁难解，强作豁达之语。杜甫流落西南山水间，中原未定，干戈不止，山河破碎，民生多艰，满腔愁愤，无由排解，只好终日徜徉于山水之间，所以愁减是以喜写悲，益增其哀。

这首诗写得表面豁达，实则沉郁，只是以顿挫委曲之态出之。正因为如此，感人更深。诗采用散文句式，而极为平顺自然。这一种创新，对后世尤其是宋代诗人的影响颇大。

（徐应佩　周溶泉）

客至

原文

舍南舍北皆春水，
但见群鸥日日来。
花径不曾缘客扫，
蓬门今始为君开。
盘飧市远无兼味，
樽酒家贫只旧醅。
肯与邻翁相对饮，
隔篱呼取尽余杯。

鉴赏

这是一首洋溢着浓郁生活气息的纪事诗，表现诗人诚朴的性格和喜客的心情。作者自注：“喜崔明府（‘明府’为唐人对县令的称呼）相过”，简要说明了题意。

一、二两句先从户外的景色着笔，点明客人来访的时间、地点和来访前夕作者的心境。“舍南舍北皆春水”，把绿水缭绕、春意荡漾的环境表现得十分秀丽可爱。这就是临江近水的成都草堂。“皆”字暗示出春江水势涨溢的情景，给人以江波浩渺、茫茫一片之感。群鸥，在古人笔下常常作水边隐士的伴侣。它们“日日”到来，点出环境清幽僻静，为作者的生活增添了隐逸的色彩。“但见”，含弦外之音：群鸥固然可爱，而不见其他的来访者，不是也过于单调么！作者就这样寓情于景，表现了他在闲逸的江村中的寂寞心情。这就为贯串全诗的喜客心情，巧妙地作了铺垫。

颔联把笔触转向庭院，引出“客至”。作者采用与客谈话的口吻，增强了宾主接谈的生活实感。上句说，长满花草的庭院小路，还没有因为迎客打扫过。下句说，一向紧闭的家门，今天才第一次为你崔明府打开。寂寞之中，佳客临门，一向闲适恬淡的主人不由得喜出望外。这两句，前后映衬，情韵深厚。前句不仅说客不常来，还有主人不轻易延客意；今日“君”来，益见两人交情之深厚，使后面的酣畅欢快有了着落。后句的“今始为”又使前句之意显得更为超脱，补足了首联两句。

以上虚写客至，下面转入实写待客。作者舍弃了其他情节，专拈出最能显示宾主情分的生活场景，重笔浓墨，着意描画。“盘飧市远无兼味，樽酒家贫只旧醅”，使我们仿佛看到作者延客就餐、频频劝饮的情景，听到作者抱歉酒菜欠丰盛的话语：远离街市买东西真不方便，菜肴很简单，买不起高贵的酒，只好用家酿的陈酒，请随便进用吧！家常话语听来十分亲切，我们很容易从中感受到主人竭诚尽意的盛情和力不从心的歉仄，也可以体会到主客之间真诚相待的深厚情谊。字里行间充满了款曲相通的融洽气氛。

“客至”之情到此似已写足，如果再从正面描写欢悦的场面，显然露而无味，然而诗人却巧妙地以“肯与邻翁相对饮，隔篱呼取尽余杯”作结，把席间的气氛推向更热烈的高潮。诗人高声呼喊着，请邻翁共饮作陪。这一细节描写，细腻逼真。可以想见，两位挚友真是越喝酒意越浓，越喝兴致越高，兴奋、欢快，气氛相当热烈。就写法而言，结尾两句真可谓峰回路转，别开境界。

杜甫《宾至》《有客》《过客相寻》等诗中，都写到待客吃饭，但表情达意各不相同。在《宾至》中，作者对来客敬而远之，写到吃饭，只用“百年粗粝腐儒餐”一笔带过；在《有客》和《过客相寻》中说，“自锄稀菜甲，小摘为情亲”，“挂壁移筐果，呼儿问煮鱼”，表现出待客亲切、礼貌，但又不够隆重、热烈，都只用一两句诗交代，而且没有提到饮酒。反转来再看《客至》中的待客描写，却不惜以半首诗的篇幅，具体展现了酒菜款待的场面，还出人料想地突出了邀邻助兴的细节，写得那样精彩细腻，语态传神，表现了诚挚、真率的友情。这首诗，把门前景，家常话，身边情，编织成富有情趣的生活场景，以它浓郁的生活气息和人情味，显出特点，吸引着后代的读者。

（范之麟）

绝句漫兴九首（其一）

原文

眼见客愁愁不醒，
无赖春色到江亭。
即遣花开深造次，
便教莺语太丁宁。

鉴赏

这组绝句写在杜甫寓居成都草堂的第二年，即代宗上元二年（761）。题作“漫兴”，有兴之所到随手写出之意。不求写尽，不求写全，也不是同一时成之。从九首诗的内容看，当为由春至夏相率写出，亦有次第可寻。

杜甫草堂周围的景色很秀丽，他在那儿的生活也比较安定。然而饱尝乱离之苦的诗人并没有忘记国难未除，故园难归；尽管眼前繁花簇簇，家国的愁思还时时萦绕在心头。明王嗣奭《杜臆》中云：“‘客愁’二字乃九首之纲。”这第一首正是围绕“客愁”来写诗人恼春的心绪。“眼见客愁愁不醒”，概括地说明眼下诗人正沉浸在客居愁思之中而不能自拔。“不醒”二字，刻画出这种沉醉迷惘的心理状态。然而春色却不晓人情，莽莽撞撞地闯进了诗人的眼帘。春光本来是令人惬意的，“桃花一簇开无主，可爱深红爱浅红？”（《江畔独步寻花七绝句》）但是在被客愁缠绕的诗人心目中，这突然来到江亭的春色却多么扰人心绪！你看它就在诗人的眼前匆急地催遣花开，又令莺啼频频，似乎故意来作弄家国愁思绵绵中的他乡游子。此时此地，如此的心绪，这般的花开莺啼，司春的女神真是“深造次”，她的殷勤未免过于轻率了。

杜甫善于用反衬的手法，在情与景的对立之中，深化他所要表达的思想感情，加强诗的艺术效果。这首诗里恼春烦春的情景，就与《春望》中“感时花溅泪，恨别鸟惊心”的意境相仿佛。只不过一在乱中，愁思激切；一在暂安，客居惆怅。虽然抒发的感情有程度上的不同，但都是用“乐景写哀”（清王夫之《姜斋诗话》）则哀感倍生的写法。所以诗中望江亭春色则顿觉其无赖，见花开春风则深感其造次，闻莺啼嫩柳则嫌其过于丁宁，这就加倍写出了诗人的烦恼忧愁。这种艺术表现手法，很符合生活中的实际。清仇兆鳌评此诗说：“人当适意时，春光亦若有情；人当失意时，春色亦成无赖。”（《杜诗详注》卷九）正是诗人充分描绘出当时的真情实感，因而能深深打动读者的心，引起共鸣。

（左成文）

绝句漫兴九首（其三）

原文

熟知茅斋绝低小，
江上燕子故来频。
衔泥点污琴书内，
更接飞虫打着人。

鉴赏

这首诗写频频飞入草堂书斋里的燕子扰人的情景。首句说茅斋的极度低矮狭窄。"熟知"，乃就燕子言。连江上的燕子都非常熟悉这茅斋的低小，大概是更宜于筑巢吧！所以第二句接着说"故来频"。燕子频频而来，自然要引起主人的烦恼。三、四两句就细致地描写了燕子在屋内的活动：筑巢衔泥点污了琴书不算，还要追捕飞虫甚至碰着了人。诗人以明白如话的口语，作了细腻生动的刻画，给人以亲切逼真的实感；而且透过实感，使人联想到这低小的茅斋，由于江燕的频频进扰，使主人也难以容身了。从而写出了草堂困居，诗人心境诸多烦扰的情态。明代王嗣奭《杜臆》就此诗云："远客孤居，一时遭遇，多有不可人意者。”这种不可人意，还是由客愁生发，借燕子引出禽鸟亦若欺人的感慨。

清王夫之在《姜斋诗话》中说：“情景名为二，而实不可离。神于诗者，妙合无垠。巧者则有情中景，景中情。”杜甫这首诗也是善于景中含情的一例。全诗俱从茅斋江燕着笔，三、四两句更是描写燕子动作的景语，就在这“点污琴书”“打着人”的精细描写中，包蕴着远客孤居的诸多烦扰和心绪不宁的神情，体物缘情，神物妙合。“不可人意”的心情，诗句中虽不著一字，却全都在景物描绘中表现出来了。全诗富有韵味，耐人咀嚼。

（左成文）

绝句漫兴九首（其七）

原文

糁径杨花铺白毡，
点溪荷叶叠青钱。
笋根雉子无人见，
沙上凫雏傍母眠。

鉴赏

这一首《漫兴》是写初夏的景色。前两句写景，后两句景中状物，而景物相间相融，各得其妙。

诗中展现了一幅美丽的初夏风景图：漫天飞舞的杨花撒落在小径上，好像铺上了一层白毡；而溪水中片片青绿的荷叶点染其间，又好像层叠在水面上的圆圆青钱。诗人掉转目光，忽然发现：那一只只幼雉隐伏在竹丛笋根旁边，真不易为人所见。那岸边沙滩上，小凫雏们亲昵地偎依在母凫身边安然入睡。首句中的“糁径”，是形容杨花纷散落于路面，词语精练而富有形象感。第二句中的“点”“叠”二字，把荷叶在溪水中的状态写得十分生动传神，使全句活了起来。后两句清浦起龙在《读杜心解》中说它“微寓萧寂怜儿之感”，我们从全诗看，“微寓萧寂”或许有之，“怜儿”之感，则未免过于深求。

这四句诗，一句一景，字面看似乎是各自独立的，一句诗一幅画面；而联系在一起，就构成了初夏郊野的自然景观。细致的观察描绘，透露出作者漫步林溪间时对初夏美妙自然景物的流连欣赏的心情，闲静之中，微寓客居异地的萧寂之感。这四句如截取七律中间二联，双双皆对，又能针脚细密，前后照应。起两句明写杨花、青荷，已寓林间溪边之意；后两句则摹写雉子、凫雏，但也俱在林中沙上。前后关照，互相映衬，于散漫中浑成一体。这首诗刻画细腻逼真，语言通俗生动，意境清新隽永，而又充满深挚淳厚的生活情趣。

（左成文）

春夜喜雨

原文

好雨知时节，当春乃发生。
随风潜入夜，润物细无声。
野径云俱黑，江船火独明。
晓看红湿处，花重锦官城。

鉴赏

这是描绘春夜雨景，表现喜悦心情的名作。

一开头就用一个“好”字赞美“雨”。在生活里，“好”常常被用来赞美那些做好事的人。如今用“好”赞美雨，已经会唤起关于做好事的人的联想。接下去，就把雨拟人化，说它“知时节”，懂得满足客观需要。不是吗？春天是万物萌芽生长的季节，正需要下雨，雨就下起来了。你看它多么“好”！

第二联，进一步表现雨的“好”。雨之所以“好”，就好在适时，好在“润物”。春天的雨，一般是伴随着和风细细地滋润万物的。然而也有例外。有时候，它会伴随着冷风，由雨变成雪。有时候，它会伴随着狂风，下得很凶暴。这样的雨尽管下在春天，但不是典型的春雨，只会损物而不会“润物”，自然不会使人“喜”，也不可能得到“好”评。所以，光有首联的“知时节”，还不足以完全表现雨的“好”。等到第二联写出了典型的春雨——伴随着和风的细雨，那个“好”字才落实了。

“随风潜入夜，润物细无声。”这仍然用的是拟人化手法。“潜入夜”和“细无声”相配合，不仅表明那雨是伴随和风而来的细雨，而且表明那雨有意“润物”，无意讨“好”。如果有意讨“好”，它就会在白天来，就会造一点声势，让人们看得见，听得清。惟其有意“润物”，无意讨“好”，它才选择了一个不妨碍人们工作和劳动的时间悄悄地来，在人们酣睡的夜晚无声地、细细地下。

雨这样“好”，就希望它下多下够，下个通宵。倘若只下一会儿，就云散天晴，那“润物”就很不彻底。诗人抓住这一点，写了第三联。在不太阴沉的夜间，小路比田野容易看得见，江面也比岸上容易辨得清。如今呢？放眼四望，“野径云俱黑，江船火独明”，只有船上的灯火是明的。此外，连江面也看不见，小路也辨不清，天空里全是黑沉沉的云，地上也像云一样黑。好呀！看起来，准会下到天亮。

尾联写的是想象中的情景。如此“好雨”下上一夜，万物就都得到润泽，发荣滋长起来了。万物之一的花，最能代表春色的花，也就带雨开放，红艳欲滴。等到明天清早去看看吧！整个锦官城（成都）杂花生树，一片“红湿”，一朵朵红艳艳、沉甸甸，汇成花的海洋。那么，田里的禾苗呢？山上的树林呢？一切的一切呢？

清浦起龙说：“写雨切夜易，切春难。”（《读杜心解》）这首《春夜喜雨》诗，不仅切夜、切春，而且写出了典型春雨也就是“好雨”的高尚品格，表现了诗人也是一切“好人”的高尚人格。

诗人盼望这样的“好雨”，喜爱这样的“好雨”。所以题目中的那个“喜”字在诗里虽然没有露面，但“‘喜’意都从罅缝里迸透”（浦起龙《读杜心解》）。诗人正在盼望春雨“润物”的时候，雨下起来了，于是一上来就满心欢喜地叫“好”。第二联所写，显然是听出来的。诗人倾耳细听，听出那雨在春夜里绵绵密密地下，只为“润物”，不求人知，自然“喜”得睡不着觉。由于那雨“润物细无声”，听不真切，生怕它停止了，所以出门去看。第三联所写，分明是看见的。看见雨意正浓，就情不自禁地想象天明以后春色满城的美景。其无限喜悦的心情，又表现得多么生动！

中唐诗人李约有一首《观祈雨》：“桑条无叶土生烟，箫管迎龙水庙前。朱门几处看歌舞，犹恐春阴咽管弦。”和那些朱门里看歌舞的人相比，杜甫对春雨“润物”的喜悦之情难道不是一种很崇高的感情吗？

（霍松林）

江亭

原文

坦腹江亭暖，长吟野望时。
水流心不竞，云在意俱迟。
寂寂春将晚，欣欣物自私。
江东犹苦战，回首一颦眉①。

〔注〕

① “江东犹苦战，回首一颦眉”，各本作“故林归未得，排闷强裁诗”，此据草堂本。

鉴赏

这首诗写于上元二年(761)，那时杜甫居于成都草堂，生活暂时比较安定，有时也到郊外走走。表面看上去，“坦腹江亭暖，长吟野望时”，和那些山林隐士的感情没有很大的不同；然而一读三、四两句，区别却是明显的。

从表面看，“水流心不竞”，是说江水如此滔滔，好像为了什么事情，争着向前奔跑；而我此时却心情平静，无意与流水相争。“云在意俱迟”，是说白云在天上移动，那种舒缓悠闲，与我此时的闲适心情全没两样。清仇兆鳌说它“有淡然物外、优游观化意”(《杜诗详注》)，是从这方面理解的，可惜只是一种表面的看法。

不妨拿王维的“流水如有意，暮禽相与还”(《归嵩山作》)来对比一下。王维是自己本来心中宁静，从静中看出了流水、暮禽都有如向自己表示欢迎、依恋之意；而杜甫这一联则从静中得出相反的感想。“水流心不竞”，本来心里是“竞”的，看了流水之后，才忽然觉得平日如此栖栖遑遑，毕竟无谓，心中陡然冒出“何须去竞”的一种念头来。“云在意俱迟”也一样，本来满腔抱负，要有所作为，而客观情势却处处和自己为难。在平时，本是极不愿意“迟迟”的，如今看见白云悠悠，于是也突然觉得一向的做法未免是自讨苦吃，应该同白云“俱迟”才对了。

王诗“流水如有意”，“有意”显出诗人的“无意”；杜诗“水流心不竞”，“不竞”泄露了诗人平日的“竞”。真是“正言若反”，在作者却是不自觉的。

下面第三联，更是进一步揭出诗人杜甫的本色。“寂寂春将晚”，带出心头的寂寞；“欣欣物自私”，透露了众荣独瘁的悲凉。这是一种融景入情的手法。晚春本来并不寂寞，诗人此时处境闲寂，移情入景，自然觉得景色也是寂寞无聊的了；眼前百草千花争奇斗艳，欣欣向荣，然而都与己无关，引不起自己心情的欣悦，所以就嗔怪春物的“自私”了。当然，这当中也不尽是个人遭逢上的感慨，但正好说明诗人此时心境并非是那样悠闲自在的。读到这里，回顾上联的“水流”“云在”，写的是一种什么样的思想感情，岂不是更加明白了吗！

杜甫写此诗时，安史之乱未平。李光弼于是年春间大败于邙山，河阳、怀州皆陷。作者虽然避乱在四川，暂时得以“坦腹江亭”，到底还是忘不了国家安危的，因此诗的最后，就不能不归结到“江东犹苦战，回首一颦眉”，又陷入满腹忧国忧民的愁绪中去了。杜甫这首诗表面上悠闲恬适，骨子里仍是一片焦灼苦闷。这正是杜甫不同于一般山水诗人的地方。

（刘逸生）

琴台

原文

茂陵多病后，尚爱卓文君。
酒肆人间世，琴台日暮云。
野花留宝靥，蔓草见罗裙。
归凤求凰意，寥寥不复闻。

鉴赏

此诗是杜甫晚年在成都凭吊汉代司马相如遗迹——琴台时所作。

"茂陵多病后，尚爱卓文君"，起首凌空而下，从相如与文君的晚年生活着墨，写他俩始终不渝的真挚爱情。司马相如晚年退居茂陵（古县名，治所在今陕西兴平市东北），这里以地名指代相如。这两句是说，司马相如虽已年老多病，而对文君仍然怀着热烈的爱，一如当初，丝毫没有衰减。短短二句，如清仇兆鳌说："病后犹爱，言钟情之至。"（《杜诗详注》）还有人评论说："言茂陵多病后，尚爱文君，其文采风流，固足以传闻后世矣。"（清沈寅、朱昆辑解《杜诗直解》）诗的起笔不同寻常，用相如、文君晚年的相爱弥深，暗点他们当年琴心相结的爱情的美好。

“酒肆人间世”一句，笔锋陡转，从相如、文君的晚年生活，回溯到他俩的年轻时代。司马相如因爱慕蜀地富人卓王孙孀居的女儿文君，在琴台上弹《凤求凰》的琴曲以通意，文君为琴音所动，夜奔相如。这事遭到卓王孙的竭力反对，不给他们任何嫁妆和财礼，但两人决不屈服。相如家徒四壁，生活困窘，夫妻俩便开了个酒店，以卖酒营生。“文君当垆，相如身自著犊鼻裈（即围裙，形如犊鼻），与庸保杂作，涤器于市中”（《史记·司马相如列传》）。一个文弱书生，一个富户千金，竟以“酒肆”来蔑视世俗礼法，在当时社会条件下，是要有很大的勇气的。诗人对此情不自禁地表示了赞赏。“琴台日暮云”句，则又回到诗人远眺之所见，景中有情，耐人寻味。我们可以想象，诗人默默徘徊于琴台之上，眺望暮霭碧云，心中自有多少追怀歆羡之情！“日暮云”用南朝梁江淹诗“日暮碧云合，佳人殊未来”（《休上人怨别》）语，感慨今日空见琴台，文君安在？引出下联对“野花”“蔓草”的联翩浮想。这一联，诗人有针对性地选择了“酒肆”“琴台”这两个富有代表性的事物，既体现了相如那种倜傥慢世的性格，又表现出他与文君爱情的执著。前四句诗，在大开大阖、陡起陡转的叙写中，从晚年回溯到年轻时代，从追怀古迹到心中思慕，纵横驰骋，而又紧相勾连，情景俱出，而又神思邈邈。

“野花留宝靥，蔓草见罗裙”两句，再现文君光彩照人的形象。相如的神采则伴随文君的出现而不写自见。两句是从“琴台日暮云”的抬头仰观而回到眼前之景：看到琴台旁一丛丛美丽的野花，使作者联想到它仿佛是文君当年脸颊上的笑靥；一丛丛嫩绿的蔓草，仿佛是文君昔日所着的碧罗裙。这一联是写由眼前景引起的，出现在诗人眼中的幻象。这种联想，既有真实感，又富有浪漫气息，宛似文君满面花般笑靥，身着碧草色罗裙已经飘然悄临。五代前蜀牛希济《生查子》词中的“记得绿罗裙，处处怜芳草”，当受此诗启发。

结句“归凤求凰意，寥寥不复闻”，明快有力地点出全诗主题。这两句是说，相如、文君反抗世俗礼法，追求美好生活的精神，后来几乎是无人继起了。诗人在凭吊琴台时，其思想感情也是和相如的《琴歌》紧紧相连的。《琴歌》中唱道：“凤兮凤兮归故乡，遨游四海求其凰。……颉颉颃颃兮共翱翔。”正因为诗人深深地了解相如与文君，才能发出这种千古知音的慨叹。这里，一则是说琴声已不可再得而闻；一则是说后世知音之少。因此，《琴歌》中所含之意，在诗人眼中绝不是一般后世轻薄之士慕羡风流，而是“颉颉颃颃兮共翱翔”的那种值得千古传诵的真情至爱。

（施绍文）

水槛遣心二首（其一）

原文

去郭轩楹敞[1]，无村眺望赊[2]。

澄江平少岸，幽树晚多花。

细雨鱼儿出，微风燕子斜。

城中十万户，此地两三家。

〔注〕

① 轩：长廊。楹：柱子。
② 赊：远。

鉴赏

杜甫定居成都草堂后，经过他的一番经营，草堂园亩扩展了，树木栽多了。水亭旁，还添了专供垂钓、眺望的水槛。诗人经过了长期颠沛流离的生活以后，现在得到了安身的处所，面对着绮丽的风光，情不自禁地写下了一些歌咏自然景物的小诗。

《水槛遣心二首》，大约作于公元761年。此为第一首，写出了诗人离开尘嚣的闲适心情。首联先写草堂的环境：这儿离城郭很远，庭园开阔宽敞，旁无村落，因而诗人能够极目远眺。中间四句紧接着写眺望到的景色。“澄江平少岸”，诗人凭槛远望，碧澄清澈的江水，浩浩荡荡，似乎和江岸齐平了。这是写远景。“幽树晚多花”则写近景。草堂四周郁郁葱葱的树木，在春日的黄昏里，盛开着姹紫嫣红的花朵，散发出迷人的清香。五、六两句刻画细腻，描写极为生动：“细雨鱼儿出，微风燕子斜。”你看，鱼儿在毛毛细雨中摇曳着身躯，喷吐着水泡儿，欢欣地游到水面来了。燕子呢，轻柔的躯体，在微风的吹拂下，倾斜着掠过水蒙蒙的天空……这是历来为人传诵的名句。宋叶梦得《石林诗话》云：“诗语忌过巧。然缘情体物，自有天然之妙，如老杜‘细雨鱼儿出，微风燕子斜’，此十字，殆无一字虚设。细雨着水面为沤（水泡），鱼常上浮而淰（原意为鱼惊骇之状，此处解作鱼在欢欣地跳跃）。若大雨，则伏而不出矣。燕体轻弱，风猛则不胜，惟微风乃受以为势，故又有‘轻燕受风斜’之句。”惟其雨细，鱼儿才欢腾地游到上面；如果雨猛浪翻，鱼儿就潜入水底了。惟其风微，燕子才轻捷地掠过天空；如果风大雨急，燕子就会禁受不住了。诗人遣词用意精微至此，为人叹服。“出”，写出了鱼的欢欣，极其自然；“斜”，写出了燕子的轻盈，逼肖生动。诗人细致地描绘了微风细雨中鱼和燕子的动态，其意在托物寄兴。从这二句诗中，我们不是可以感到诗人热爱春天的喜悦心情吗？这就是所谓“缘情体物”之工。

尾联呼应起首两句。以“城中十万户”与“此地两三家”对比，更显得这儿非常闲适幽静。全诗八句都是对仗，而且描写中，远近交错，精细自然，“自有天然工巧而不见其刻画之痕”。它句句写景，句句有“遣心”之意。黄宾虹先生曾经说过：“山水画乃写自然之性，亦写吾人之心。”（《黄宾虹画语录》）高明的绘画如此，感人的诗歌更是如此。此诗描绘的是草堂环境，然而字里行间含蕴的，却是诗人优游闲适的心情和对大自然春天的热爱。

（宋　廓）

送韩十四江东觐省[1]

原文

兵戈不见老莱衣[2]，叹息人间万事非。

我已无家寻弟妹，君今何处访庭闱？

黄牛峡静滩声转[3]，白马江[4]寒树影稀。

此别应须各努力，故乡犹恐未同归。

〔注〕

① 韩十四：名不详，十四是指他的排行。觐省：看望父母，探亲。

② 老莱衣：传说春秋时代楚国有隐士老莱子，七十岁还常常穿上彩衣，模仿儿童，欢娱他的双亲。

③ 黄牛峡：长江峡名，在今湖北宜昌西。峡下有黄牛滩。

④ 白马江：在蜀州（治所在今四川崇州市）东北十里处。

鉴赏

这首七律，写于唐肃宗上元二年（761）深秋，其时杜甫在成都。当时安史之乱尚未平定，史朝义逆势正炽。江东（长江下游）一带虽未遭受兵祸，但九月间江淮大饥，再加上统治者严加盘剥，于是暴动四起，饿殍塞途。此诗是诗人在成都附近的蜀州白马江畔送韩十四去江东探亲时写的，在深沉的别情中流露出蒿目时艰、忧心国难的浩茫心事。

诗发端即自不凡，苍劲中蕴有一股郁抑之气。诗人感叹古代老莱子彩衣娱亲这样的美谈，在干戈遍地的今天，已经很难找到。这就从侧面扣住题意“觐省”，并且点示出背景。第二句，诗的脉络继续沿着深沉的感慨向前发展，突破“不见老莱衣”这种天伦之情的范围，而着眼于整个时代。安史之乱使社会遭到极大破坏，开元盛世一去不复返了。诗人深感人间万事都已颠倒，到处是动乱、破坏和灾难，不由发出了声声叹息。“万事非”三字，包容着多么巨大的世上沧桑，概括了多少辛酸的人间悲剧，表现出诗人何等深厚的忧国忧民的思想感情。

三、四两句，紧承“万事非”而来，进一步点明题意。送友人探亲，不由勾起诗人对自己骨肉同胞的怀念。在动乱中，诗人与弟妹长期离散，生死未卜，岂非有家等于“无家”！这也正是“万事非”中的一例。相形之下，韩十四似乎幸运得多了。可是韩十四与父母分手年久，现在江东一带又不太平，“访庭闱”恐怕也还有一番周折。所以诗人用了一个摇曳生姿的探问句，表示对韩十四此行的关切，感情十分真挚。同时透露出际此乱世，韩十四的前途也不免有渺茫之感。这一联是前后相生的流水对，从自己的“无家寻弟妹”，引出对方的“何处访庭闱”，宾主分明，寄慨遥深，有一气流贯之妙。

韩十四终于走了。五、六两句，描写分手时诗人的遐想和怅惘。诗人伫立白马江头，目送着韩十四登船解缆，扬帆远去，逐渐消失在水光山影之间了，他还在凝想入神。韩十四走的主要是长江水路，宜昌西面的黄牛峡是必经之地。这时诗人的耳际似乎响起了峡下黄牛滩的流水声。水声回响不绝，韩十四乘坐的船也就越走越远，诗人的离情别绪，也被曲曲弯弯牵引得没完没了。一个“静”字，越发突出了滩声汩汩，如在目前。所谓以静衬动，写得实在传神。等到把离思从幻觉中拉回来，才发现自己依然站在二人分袂之地。只是江上的暮霭渐浓，一阵阵寒风吹来，砭人肌骨。稀疏的树影在水边掩映摇晃，秋意更深了。一种孤独感蓦然向诗人袭来。此二句一纵一收，堪称大家手笔。别绪随船而去，道出绵绵情意；突然收回，景象更觉怅然。此情此景，简直催人泪下。

尾联更是余音袅袅，耐人咀嚼。出句是说，分手不宜过多伤感，我们应各自努力，珍重前程。“此别”，总括前面离别的情景；“各”字，又双绾行者、留者，也起到收束全诗的作用。对句意为，虽说如此，只怕不能实现同返故乡的愿望。韩十四与杜甫可能是同乡，诗人盼望有一天能和他在故乡重逢。但是，世事茫茫难卜，这年头谁能说得准呢？诗就在这样欲尽不尽的诚挚情意中结束。“犹恐”二字，用得很好，隐隐露出诗人对未来的担忧，与“叹息人间万事非”前后呼应，倍觉意味深长。

这是一首送别诗，但不落专写凄凄戚戚之情的窠臼。诗人笔力苍劲，伸缩自如，包容国难民忧，个人遭际，离情别绪深沉委婉，可谓送别诗中的上乘之作。

（徐竹心）

茅屋为秋风所破歌

原文

八月秋高风怒号，卷我屋上三重茅。
茅飞渡江洒江郊，高者挂罥[①]长林梢，下者飘转沉塘坳。
南村群童欺我老无力，忍能对面为盗贼。
公然抱茅入竹去，唇焦口燥呼不得，归来倚杖自叹息。
俄顷风定云墨色，秋天漠漠向昏黑。
布衾多年冷似铁，骄儿恶卧踏里裂。
床头屋漏无干处，雨脚如麻未断绝。
自经丧乱少睡眠，长夜沾湿何由彻！
安得广厦千万间，大庇天下寒士俱欢颜，风雨不动安如山！
呜呼！何时眼前突兀见此屋，吾庐独破受冻死亦足！

〔注〕

① 罥(juàn)：挂结。

鉴赏

乾元三年(760)的春天，杜甫求亲告友，在成都浣花溪边盖起了一座茅屋，总算有了一个栖身之所。不料到了八月，大风破屋，大雨又接踵而至。诗人长夜难眠，感慨万千，写下了这篇脍炙人口的诗篇。诗写的是自己的数间茅屋，表现的却是忧国忧民的情感。

这首诗可分为四节。第一节五句，句句押韵，"号""茅""郊""梢""坳"五个开口呼的平声韵脚传来阵阵风声。"八月秋高风怒号，卷我屋上三重茅。"起势迅猛。"风怒号"三字，音响宏大，读之如闻秋风咆哮。一个"怒"字，把秋风拟人化，从而使下一句不仅富有动作性，而且富有浓烈的感情色彩。诗人好容易盖了这座茅屋，刚刚定居下来，秋风却故意同他作对似的，怒吼而来，卷起层层茅草，怎能不使诗人万分焦急？"茅飞渡江洒江郊"的"飞"字紧承上句的"卷"字，"卷"起的茅草没有落在屋旁，却随风"飞"走，"飞"过江去，然后分散地、雨点似地"洒"在"江郊"："高者挂罥长林梢"——很难弄下来；"下者飘转沉塘坳"——也很难收回来。"卷""飞""渡""洒""挂罥""飘转"，一个接一个的动态不仅组成一幅幅鲜明的图画，而且紧紧地牵动诗人的视线，拨动诗人的心弦。诗人的高明之处在于他并没有抽象地抒情达意，而是寓情意于客观描写之中。我们读这几句诗，分明看见一个衣衫单薄、破旧的干瘦老人拄着拐杖，立在屋外，眼巴巴地望着怒吼的秋风把他屋上的茅草一层又一层地卷了起来，吹过江去，稀里哗啦地洒在江郊的各处；而他对大风破屋的焦灼和怨愤之情，也不能不激起我们心灵上的共鸣。

第二节五句。这是前一节的发展，也是对前一节的补充。前节写“洒江郊”的茅草无法收回。是不是还有落在平地上可以收回的呢？有的，然而却被“南村群童”抱跑了！“欺我老无力”五字宜着眼。如果诗人不是“老无力”，而是年当壮健有气力，自然不会受这样的欺侮。“忍能对面为盗贼”，意谓竟然忍心在我的眼前做盗贼！这不过是表现了诗人因“老无力”而受欺侮的愤懑心情而已，绝不是真的给“群童”加上“盗贼”的罪名，要告到官府里去办罪。所以，“唇焦口燥呼不得”，也就无可奈何了。用诗人《又呈吴郎》一诗中的话说，这正是“不为困穷宁有此”！诗人如果不是十分困穷，就不会对大风刮走茅草那么心急如焚；“群童”如果不是十分困穷，也不会冒着狂风抱那些并不值钱的茅草。这一切，都是结尾的伏线。“安得广厦千万间，大庇天下寒士俱欢颜”的崇高愿望，正是从“四海困穷”的现实基础上产生出来的。

“归来倚杖自叹息”总收一、二两节。诗人大约是一听到北风狂叫，就担心盖得不够结实的茅屋发生危险，因而就拄杖出门，直到风吹屋破，茅草无法收回，这才无可奈何地走回家中。“倚杖”，当然又与“老无力”照应。“自叹息”中的“自”字，下得很沉痛！诗人如此不幸的遭遇只有自己叹息，未引起别人的同情和帮助，则世风的浇薄，就意在言外了，因而他“叹息”的内容，也就十分深广！当他自己风吹屋破，无处安身，得不到别人的同情和帮助的时候，分明联想到类似处境的无数穷人。

第三节八句，写屋破又遭连夜雨的苦况。“俄顷风定云墨色，秋天漠漠向昏黑”两句，用饱蘸浓墨的大笔渲染出暗淡愁惨的氛围，从而烘托出诗人暗淡愁惨的心境，而密集的雨点即将从漠漠的秋空洒向地面，已在预料之中。“布衾多年冷似铁，骄儿恶卧踏里裂”两句，没有穷困生活体验的作者是写不出来的。值得注意的是这不仅是写布被又旧又破，而是为下文写屋破漏雨蓄势。成都的八月，天气并不“冷”，正由于“床头屋漏无干处，雨脚如麻未断绝”，所以才感到冷。“自经丧乱少睡眠，长夜沾湿何由彻”两句，一纵一收。一纵，从眼前的处境扩展到安史之乱以来的种种痛苦经历，从风雨飘摇中的茅屋扩展到战乱频仍、残破不堪的国家；一收，又回到“长夜沾湿”的现实。忧国忧民，加上“长夜沾湿”，怎能入睡呢?“何由彻”和前面的“未断绝”照应，表现了诗人既盼雨停，又盼天亮的迫切心情。而这种心情，又是屋破漏雨、布衾似铁的艰苦处境激发出来的。于是由个人的艰苦处境联想到其他人的类似处境，水到渠成，自然而然地过渡到全诗的结尾。

“安得广厦千万间，大庇天下寒士俱欢颜，风雨不动安如山”，前后用七字句，中间用九字句，句句蝉联而下，而表现阔大境界和愉快情感的词儿如“广厦”“千万间”“大庇”“天下”“欢颜”“安如山”等等，又声音洪亮，从而构成了铿锵有力的节奏和奔腾前进的气势，恰切地表现了诗人从“床头屋漏无干处”“长夜沾湿何由彻”的痛苦生活体验中迸发出来的奔放的激情和火热的希望。这种奔放的激情和火热的希望，咏歌之不足，故嗟叹之：“呜呼！何时眼前突兀见此屋，吾庐独破受冻死亦足！”诗人的博大胸襟和崇高理想，至此表现得淋漓尽致。

俄国别林斯基曾说：“任何一个诗人也不能由于他自己和靠

描写他自己而显得伟大，不论是描写他本身的痛苦，或者描写他本身的幸福。任何伟大诗人之所以伟大，是因为他们的痛苦和幸福的根子深深地伸进了社会和历史的土壤里，因为他是社会、时代、人类的器官和代表。”杜甫在这首诗里描写了他本身的痛苦，但当我们读完最后一节的时候，就知道他不是孤立地、单纯地描写他本身的痛苦，而是通过描写他本身的痛苦来表现“天下寒士”的痛苦，来表现社会的苦难、时代的苦难。如果说读到“归来倚杖自叹息”的时候，对他“叹息”的内容还理解不深的话，那么读到“呜呼！何时眼前突兀见此屋，吾庐独破受冻死亦足”，总该看出他并不是仅仅因为自身的不幸遭遇而哀叹、而失眠、而大声疾呼吧！在狂风猛雨无情袭击的秋夜，诗人脑海里翻腾的不仅是“吾庐独破”，而且是“天下寒士”的茅屋俱破……杜甫这种炽热的忧国忧民的情感和迫切要求变革黑暗现实的崇高理想，千百年来一直激动读者的心灵，并产生过积极的作用。

（霍松林）

赠花卿

原文

锦城丝管日纷纷，
半入江风半入云。
此曲只应天上有，
人间能得几回闻。

鉴赏

这首绝句，字面上明白如话，但对它的主旨，历来注家颇多异议。有人认为它只是赞美乐曲，并无弦外之音；而明杨慎《升庵诗话》却说："花卿在蜀颇僭用天子礼乐，子美作此讥之，而意在言外，最得诗人之旨。"清沈德潜《说诗晬语》也说："诗贵牵意，有言在此而意在彼者，杜少陵刺花敬定之僭窃，则想新曲于天上。"杨、沈之说是较为可取的。

在中国封建社会里，礼仪制度极为严格，即使音乐，亦有异常分明的等级界限。据《旧唐书》载，唐朝建立后，高祖李渊即命太常少卿祖孝孙考订大唐雅乐，"皇帝临轩，奏太和；王公出入，奏舒和；皇太子轩悬出入，奏承和"。这些条分缕析的乐制都是当朝的成规定法，稍有违背，即是紊乱纲常，大逆不道。

花卿，名敬定，是成都尹崔光远的部将，曾因平叛立过功。但他居功自傲，骄恣不法，放纵士卒大掠东蜀；又目无朝廷，僭用天子音乐。杜甫赠诗予以委婉的讽刺。

耐人寻味的是，作者并没有对花卿明言指摘，而是采取了一语双关的巧妙手法。字面上看，这俨然是一首十分出色的乐曲赞美诗。你看：

"锦城丝管日纷纷"，锦城，即成都；丝管，指弦乐器和管乐器；纷纷，本意是既多而乱的样子，通常是用来形容那些看得见、摸得着的具体事物的，这里却用来比状看不见、摸不着的抽象的乐曲，这就从人的听觉和视觉的通感上，化无形为有形，极其准确、形象地描绘出弦管那种轻悠、柔靡，杂错而又和谐的音乐效果。"半入江风半入云"也是采用同样的写法：那悠扬动听的乐曲，从花卿家的宴席上飞出，随风荡漾在锦江上，冉冉飘入蓝天白云间。这两句诗，使我们真切地感受到了乐曲的那种"行云流水"般的美妙。两个"半"字空灵活脱，给全诗增添了不少的情趣。

乐曲如此之美，作者禁不住慨叹说："此曲只应天上有，人间能得几回闻。"天上的仙乐，人间当然难得一闻，难得闻而竟闻，愈见其妙得出奇了。

全诗四句，前两句对乐曲作具体形象的描绘，是实写；后两句以天上的仙乐相夸，是遐想。因实而虚，虚实相生，将乐曲的美妙赞誉到了极度。

然而这仅仅是字面上的意思，其弦外之音是意味深长的。这可以从"天上"和"人间"两词看出端倪。"天上"者，天子所居皇宫也；"人间"者，皇宫之外也。这是封建社会极常用的双关语。说乐曲属于“天上”，且加“只应”一词限定。既然是“只应天上有”，那么，“人间”当然就不应“得闻”。不应“得闻”而竟然“得闻”，不仅“几回闻”，而且“日纷纷”，于是乎，作者的讽刺之旨就从这种矛盾的对立中，既含蓄婉转又确切有力地显现出来了。

宋人张天觉曾论诗文的讽刺云：“讽刺则不可怒张，怒张则筋骨露矣。”（宋魏庆之《诗人玉屑》卷九引）杜甫这首诗柔中有刚，绵里藏针，寓讽于谀，意在言外，忠言而不逆耳，可谓作得恰到好处。正如清杨伦所评：“似谀似讽，所谓言之者无罪，闻之者足戒也。此等绝句，何减龙标（王昌龄）、供奉（李白）。”（《杜诗镜铨》）

（崔　闽）

不见

原文

不见李生久，佯狂真可哀！
世人皆欲杀，吾意独怜才。
敏捷诗千首，飘零酒一杯。
匡山读书处，头白好归来。

鉴赏

这首诗写于客居成都的初期，或许杜甫此时辗转得悉李白已在流放夜郎（治所在今贵州正安西北）途中获释，遂有感而作。诗用质朴的语言，表现了对挚友的深情。

开头一句，突兀陡起，好像蓄积于内心的感情一下子迸发出来了。“不见”二字置于句首，表达了渴望见到李白的强烈愿望，又把“久”字放到句末，强调思念时间之长。杜甫和李白自天宝四载（745）在兖州（治所在今山东济宁市兖州区）分手，已有整整十五年没有见面了。

紧接着第二句，诗人便流露出对李白怀才不遇，因而疏狂自放的哀怜和同情。古代一些不满现实的人也往往佯狂避世，像春秋时的接舆。李白即自命“我本楚狂人”(《庐山谣寄卢侍御虚舟》),并常常吟诗纵酒,笑傲公侯,以狂放不羁的态度来抒发欲济世而不得的悲愤心情。一个有着远大抱负的人却不得不“佯狂”,这实在是一个大悲剧。“佯狂”虽能蒙蔽世人,然而杜甫却深深地理解和体谅李白的苦衷。“真可”两字修饰“哀”,生动地传达出诗人无限叹惋和同情的心事。

这种感情在颔联中得到进一步展现。这两句用了一个反对,产生了强烈对比的艺术效果。“世人”指统治集团中的人,永王璘一案,李白被牵连,这些人就叫嚷要将“乱臣贼子”李白处以极刑。这里“皆欲杀”和“独怜才”,突出表现了杜甫与“世人”态度的对立。“怜”承上“哀”而来,“怜才”不仅是指文学才能,也包含着对李白政治上蒙冤的同情。杜甫另有《寄李十二白二十韵》一诗,以苏武、黄公比李白,力言他不是叛臣,又用贾谊、孔子之典来写他政治抱负不能实现的悲剧。而这种悲剧也同样存在于杜甫的身上,他因疏救房琯而被逐出朝廷,不也是“世人”的不公吗?“怜才”也是怜己。共同的遭遇使两位挚友的心更加紧密地连在一起了,这就是杜甫深切哀怜的根本原因。

颈联宕开一笔,两句诗是对李白一生的绝妙概括,勾勒出一个诗酒飘零的浪漫诗人的形象。杜甫想象李白在漂泊中以酒相伴,酒或许能浇其块垒,慰其忧愁。这一联仍然意在写李白的不幸,更深一层地抒发了怀念挚友的绵绵情思。

深情的怀念最后化为热切的呼唤:“匡山读书处,头白好归来。”诗意承上“飘零”而来,杜甫为李白的命运担忧,希望他叶落归根,终老故里。声声呼唤,表达了对老友的深长情意。“匡山”,指绵州彰明(在今四川北部)之大匡山,李白少时读书于此。这时杜甫客居成都，因而希望李白回归蜀中正是情理中事。就章法言，开头慨叹“不见”，结尾渴望相见，首尾呼应，全诗浑然一体。

这首诗在艺术上的最大特色是直抒胸臆，不假藻饰。律诗往往借景抒情，或情景结合，明胡应麟说：“作诗不过情景二端。如五言律体，前起后结，中四句，二言景，二言情，此通例也。”（《诗薮》）杜甫往往打破这种传统写法，“通篇一字不粘带景物，而雄峭沉著，句律天然”（同上）。这首诗就是用的倾诉心曲的写法，不装点景物，感情深厚，同样产生巨大的艺术感染力。采用这种写法必然要吸收口语、散文的成分入诗，首先是剥落华藻，语言质朴自然，如本诗语言看似平常，却写出了对友人的一往情深；其次是通过散文化使精工整饬的律体变得灵活多姿，便于传情达意，如本诗用虚字转折诗意，使对偶不切等。这种律诗改变了传统的妃青俪白、四平八稳的老调，增强了律诗的表现力。

（黄宝华）

江畔独步寻花七绝句（其六）

原文

黄四娘[1]家花满蹊，千朵万朵压枝低。

留连戏蝶时时舞，自在娇莺恰恰啼。

〔注〕

① “娘”或“娘子”是唐代习惯上对妇女的美称。

鉴赏

上元元年(760)杜甫卜居成都西郭草堂，在饱经离乱之后，开始有了安身的处所，诗人为此感到欣慰。春暖花开的时节，他独自沿江畔散步，情随景生，一连成诗七首。此为组诗之六。

首句点明寻花的地点，是在“黄四娘家”的小路上。此句以人名入诗，生活情趣较浓，颇有民歌味。次句“千朵万朵”，是上句“满”字的具体化。“压枝低”，描绘繁花沉甸甸地把枝条都压弯了，景色宛如历历在目。“压”“低”二字用得十分准确、生动。第三句写花枝上彩蝶蹁跹，因恋花而“留连”不去，暗示出花的芬芳鲜妍。花可爱，蝶的舞姿亦可爱，不免使漫步的人也“留连”起来。但他也许并未停步，而是继续前行，因为风光无限，美景尚多。“时时”，则不是偶尔一见。有这二字，就把春意闹的情趣渲染出来。正在赏心悦目之际，恰巧传来一串黄莺动听的歌声，将沉醉花丛的诗人唤醒。这就是末句的意境。“娇”字写出莺声轻软的特点。“自在”，不仅是娇莺姿态的客观写照，也传出它给人心理上的愉快轻松的感觉。诗在莺歌“恰恰”声中结束，饶有余韵。读这首绝句，仿佛自己也走在千年前成都郊外那条通往“黄四娘家”的路上，和诗人一同享受那春光给予视听的无穷美感。

此诗写的是赏景，这类题材，盛唐绝句中屡见不鲜。但像此诗这样刻画十分细微，色彩异常秾丽的，则不多见。如“故人家在桃花岸，直到门前溪水流”（常建《三日寻李九庄》），“昨夜风开露井桃，未央前殿月轮高”（王昌龄《春宫曲》），这些景都显得“清丽”；而杜甫在“花满蹊”后，再加“千朵万朵”，更添蝶舞莺歌，景色就秾丽了。这种写法，可谓前无古人。

其次，盛唐人很讲究诗句声调的和谐。他们的绝句往往能被诸管弦，因而很讲协律。杜甫的绝句不为歌唱而作，纯属诵诗，因而常常出现拗句。如此诗“千朵万朵压枝低”句，按律第二字当平而用仄。但这种“拗”绝不是对音律的任意破坏，“千朵万朵”的复叠，便具有一种口语美。而“千朵”的“朵”与上句相同位置的“四”字，虽同属仄声，但彼此有上、去声之别，声调上仍具有变化。诗人也并非不重视诗歌的音乐美。这表现在三、四两句双声词、象声词与叠字的运用。“留连”“自在”均为双声词，如贯珠相连，音调宛啭。“恰恰”为象声词，形容娇莺的叫声，给人一种身临其境的听觉形象。“时时”“恰恰”为叠字，既使上下两句形成对仗，使语意更强，更生动，更能表达诗人迷恋在花、蝶之中，忽又被莺声唤醒的刹那间的快意。这两句除却“舞”“莺”二字，均为舌齿音。这一连串舌齿音的运用造成一种喁喁自语的语感，惟妙惟肖地状出看花人为美景陶醉、惊喜不已的感受。声音的效用极有助于心情的表达。

在句法上，盛唐诗句多天然浑成，杜甫则与之异趣。比如“对结”（后联骈偶）乃初唐绝句格调，盛唐绝句已少见，因为这种结尾很难做到神完气足。杜甫却因难见巧，如此诗后联既对仗工稳，又饶有余韵，使人感到用得恰到好处：在赏心悦目之际，听到莺歌“恰恰”，不是更使人陶然神往么？此外，这两句按习惯文法应作：戏蝶留连时时舞，娇莺自在恰恰啼。把“留连”“自在”提到句首，既是出于音韵上的需要，同时又在语意上强调了它们，使含义更易为人体味出来，句法也显得新颖多变。

（周啸天）

堂成

原文

背郭堂成荫白茅，缘江路熟俯青郊。
桤林[①]碍日吟风叶，笼竹和烟滴露梢。
暂止飞乌将数子，频来语燕定新巢。
旁人错比扬雄宅，懒惰无心作《解嘲》。

〔注〕

① 桤(qī)林：桤木林。桤，桤木，一种落叶乔木。

鉴赏

杜甫于唐肃宗乾元二年(759)年底来到成都，在百花潭北、万里桥边营建一所草堂。经过两三个月时间，到第二年春末，草堂落成了。这诗便是那时所作。

诗以《堂成》为题，写的主要是草堂景物和定居草堂的心情。堂用白茅盖成，背向城郭，邻近锦江，坐落在沿江大路的高地上。从草堂可以俯瞰郊野青葱的景色。诗的开头两句，从环境背景勾勒出草堂的方位。中间四句写草堂本身之景，通过自然景色的描写，把自己历尽兵燹之后新居初定时的生活和心情，细致而生动地表现了出来。

“桤林碍日”“笼竹和烟”，写出草堂的清幽。它隐在丛林修篁深处，透不进强烈的阳光，好像有一层漠漠轻烟笼罩着。“吟风叶”，“滴露梢”，是“叶吟风”，“梢滴露”的倒文。说“吟”，说“滴”，则声响极微。连这微细的声响都能察觉出，可见诗人生活得多么地宁静；他领略、欣赏这草堂景物，心情和草堂景物完全融合在一起。因此，在他的眼里，乌飞燕语，各有深情。“暂止飞乌将数子，频来乳燕定新巢”，南宋罗大经《鹤林玉露》说这两句“盖因乌飞燕语而类己之携雏卜居，其乐与之相似。此比也，亦兴也”。诗人正是以自己的欢欣，来体会禽鸟的动态的。在这之前，他像那“绕树三匝，无枝可栖”（三国曹操《短歌行》）的乌鹊一样，带着孩子们奔波于关陇之间，后来才飘流到这里。草堂营成，不但一家人有了个安身之处，连禽鸟也都各得其所。那么，翔集的飞乌，营巢的燕子，不正是与自己同其喜悦，莫逆于心吗？在写景状物的诗句中往往寓有比兴之意，这是杜诗的特点之一。然而杜甫之卜居草堂，毕竟不同于陶渊明之归隐田园，杜甫为了避乱才来到成都。他初来成都时，就怀着“信美无与适，侧身望川梁。鸟雀各夜归，中原杳茫茫”（《成都府》）的羁旅之思；直到后来，他还是说：“此身那老蜀，不死会归秦。”因而草堂的营建，对他只不过是颠沛流离的辛苦途程中息肩之地，而终非投老之乡。从这个意义来说，尽管新居初定，景物怡人，而在宁静喜悦的心情中，总不免有彷徨忧伤之感。“以我观物，故物皆着我之色彩。”（近代王国维《人间词话》）这种复杂而微妙的矛盾心理状态，通过“暂止飞乌”的“暂”字微微地透露了出来。

尾联“旁人错比扬雄宅，懒惰无心作《解嘲》”，有两层意涵。汉扬雄宅又名草玄堂，故址在成都少城西南角，和杜甫的浣花草堂有着地理上的联系。杜甫在浣花草堂吟诗作赋，幽静而落寞的生活，有些和晋左思《咏史》诗里说的“寂寂扬子宅，门无卿相舆”

的情况相类似。扬雄曾闭门著书，写他那模拟《周易》的《太玄》，草玄堂因而得名。当杜甫初到成都，寓居浣花溪寺时，高适寄给他的诗说："传道招提客，诗书自讨论。……草《玄》今已毕，此后更何言？"（《赠杜二拾遗》）就拿他和扬雄草《玄》相比。可是他的答复却是："草《玄》吾岂敢，赋或似相如。"（《酬高使君相赠》）这诗说草堂不能比拟扬雄宅，也是表示自己并没有像扬雄那样，写《太玄》之类的鸿篇巨制。这意思是可以从上述答高适诗里得到印证的。此其一。扬雄在《解嘲》里，高自标榜，说自己闭门草《玄》，阐明圣贤之道，无意于富贵功名。实际上，他之所以写这篇《解嘲》，正是发泄宦途不得意的愤懑之情。而杜甫只不过把这草堂作为避乱偷生之所，和草玄堂里的扬雄心情是不同的，因而也就懒于发那《解嘲》式的牢骚了。这是第二层意思。

诗从草堂营成说起；中间写景，用"语燕新巢"作为过脉；最后由物到人，仍然回到草堂，点出身世感慨。"背郭堂成"的"堂"，和"错比扬雄宅"的"宅"遥相呼应。关合之妙，不见痕迹。

（马茂元）

戏为六绝句

原文

庾信文章老更成，凌云健笔意纵横。
今人嗤点流传赋，不觉前贤畏后生。

王杨卢骆当时体，轻薄为文哂未休。
尔曹身与名俱灭，不废江河万古流。

纵使“卢王操翰墨，劣于汉魏近风骚”；
龙文虎脊皆君驭，历块过都见尔曹[①]。

才力应难跨数公，凡今谁是出群雄。
或看翡翠兰苕上[②]，未掣鲸鱼碧海中。

不薄今人爱古人，清词丽句必为邻。
窃攀屈宋宜方驾，恐与齐梁作后尘。

未及前贤更勿疑，递相祖述复先谁？
别裁伪体亲风雅，转益多师是汝师。

〔注〕

① 龙文虎脊：龙文、虎脊，都是毛色斑驳的骏马，用以比喻瑰丽的词采。历块过都：语本汉王褒《圣主得贤臣颂》："过都越国，蹶如历块。"吕延济注："言过都国，急如行一小块之间。"这里略变其意，是说历田野，过城市，指长距离的奔驰。（"块"，可作土地解。《庄子·齐物论》："大块噫气，其名为风。"）"见尔曹"，意谓相形之下，就能见出高低。

② 晋郭璞《游仙诗》："翡翠戏兰苕，容色更相鲜。""或看翡翠兰苕上"，语即本此。

鉴赏

清人李重华在《贞一斋诗话》里有段评论杜甫绝句诗的话：

> 七绝乃唐人乐章，工者最多。……李白、王昌龄后，当以刘梦得为最。缘落笔朦胧缥缈，其来无端，其去无际故也。杜老七绝欲与诸家分道扬镳，故尔别开异径。独其情怀，最得诗人雅趣。

他说杜甫"别开异径"，在盛唐七绝中走出一条新路子，这是熟读杜甫绝句的人都能感觉到的。除了极少数篇章如《赠花卿》《江南逢李龟年》等外，他的七绝确是与众不同。

首先，从内容方面扩展了绝句的领域。一切题材，感时议政，谈艺论文，记述身边琐事，凡能表现于其他诗体的，他同样用来写入绝句小诗。

其次，与之相联系的，这类绝句诗在艺术上，它不是朦胧缥缈，以韵致见长之作，也缺乏被诸管弦的唱叹之音。它所独开的胜境，乃在于触机成趣，妙绪纷披，读之情味盎然，有如围炉闲话，剪烛论心；无论感喟歔欷，或者嬉笑怒骂，都能给人以亲切、真率、恳挚之感，使人如见其人，如闻其声。朴质而雅健的独特风格，是耐人咀嚼不尽的。

《戏为六绝句》就是杜甫这类绝句诗标本之一。

以诗论诗，最常见的形式是论诗绝句。它，每首可谈一个问题；把许多首连缀成组诗，又可见出完整的艺术见解。在我国诗歌理论遗产中，有不少著名的论诗绝句，而最早出现、最有影响的则是杜甫的《戏为六绝句》。

《戏为六绝句》作于上元二年(761)，前三首评论作家，后三首揭示论诗宗旨。其精神前后贯通，互相联系，是一个不可分割的整体。

《戏为六绝句》第一首论庾信。杜甫在《春日忆李白》里曾说，"清新庾开府"。此诗中指出庾信后期文章(兼指诗、赋)，风格更加成熟："庾信文章老更成，凌云健笔意纵横。"健笔凌云，纵横开阖，不仅以"清新"见长。唐代的"今人"，指手画脚，嗤笑指点庾信，适足以说明他们的无知。因而"前贤畏后生"，也只是讽刺的反话罢了。

第二、三首论初唐四杰。初唐诗文，尚未完全摆脱六朝藻绘余习。第二首中，"轻薄为文"，是时人讥哂"四杰"之辞。史炳《杜诗琐证》解此诗云："言四子文体，自是当时风尚，乃嗤其轻薄者至今未休。曾不知尔曹身名俱灭，而四子之文不废，如江河万古长流。"

第三首，"纵使"是杜甫的口气，"卢王操翰墨，劣于汉魏近风骚”则是时人哂笑四杰的话（诗中“卢王”，即概指四杰）。杜甫引用了他们的话而加以驳斥，所以后两句才有这样的转折。意谓即便如此，但四杰能以纵横的才气，驾驭“龙文虎脊”般瑰丽的文辞，他们的作品是经得起时间考验的。

这三首诗的用意很明显：第一首说，观人必观其全，不能只看到一个方面，而忽视了另一方面。第二首说，评价作家，不能脱离其时代的条件。第三首指出，作家的成就虽有大小高下之分，但各有特色，互不相掩。我们应该恰如其分地给以评价，要善于从不同的角度向前人学习。

这些观点，无疑是正确的。但这三首诗的意义，远不止这些。

魏、晋六朝是我国文学由质朴趋向华彩的转变阶段。丽辞与声律，在这一时期得到急剧的发展，诗人们对诗歌形式及其语言技巧的探求，取得了很大的成绩。而这，则为唐代诗歌的全面繁荣创造了条件。然而从另一方面看来，六朝文学又有重形式、轻内容的不良倾向，特别到了齐、梁宫体出现之后，诗风就更淫靡萎弱了。

因此，唐代诗论家对六朝文学的接受与批判，是个极为艰巨而复杂的课题。

当齐、梁余风还统治着初唐诗坛的时候，陈子昂首先提出复古的主张，李白继起，完成了廓清摧陷之功。“务华去实”的风气扭转了，而一些胸无定见、以耳代目的“后生”“尔曹”之辈却又走向“好古遗近”的另一极端，他们寻声逐影，竟要全盘否定六朝文学，并把攻击的目标指向庾信和初唐四杰。

庾信总结了六朝文学的成就，特别是他那句式整齐、音律谐和的诗歌以及用诗的语言写的抒情小赋，对唐代的律诗、乐府歌行和骈体文，都起有直接的先导作用。在唐人的心目中，他是最有代表性的近代作家，因而是非毁誉也就容易集中到他的身上。至于初唐四杰，虽不满于以“绮错婉媚为本”的“上官体”，但他们主要的贡献，则是在于对六朝艺术技巧的继承和发展，今体诗体制的建立和巩固。而这，也就成了“好古遗近”者所谓“劣于汉魏近风骚”的攻击的口实。

如何评价庾信和四杰，是当时诗坛上论争的焦点所在。杜甫抓住了这一焦点，在《戏为六绝句》的后三首里正面说了自己的看法。

“不薄今人爱古人”中的“今人”，指的是庾信、四杰等近代作家。杜甫之所以爱古而不薄今，是从“清词丽句必为邻”出发的。“为邻”，即引为同调之意。在杜甫看来，诗歌是语言的艺术，“清词丽句”不可废而不讲。更何况庾信、四杰除了“清词丽句”而外，尚有“凌云健笔”“龙文虎脊”的一面，因此他主张兼收并蓄：力崇古调，兼取新声，古、今体诗并行不废。“不薄今人爱古人，清词丽句必为邻”，当从这个意义上去理解。

但是，仅仅学习六朝，一味追求“翡翠戏兰苕，容色更相鲜”（晋郭璞《游仙诗》）一类的“清词丽句”，虽也能赏心悦目，但风格毕竟柔媚而浅薄；要想超越前人，必须恢宏气度，纵其才力之所至，才能掣鲸鱼于碧海；于严整体格之中，见气韵飞动之妙；不为篇幅所窘，不被声律所限，从容于法度之中，而神明于规矩之外。要想达到这种艺术境界，杜甫认为只有“窃攀屈宋”。因为《楚辞》的惊采绝艳，是千古诗人的不祧之祖；由六朝而上追屈、宋，才能如南朝梁刘勰所说“酌奇而不失其真，玩华而不坠其实，则顾盼可以驱辞力，咳唾可以穷文致”（《文心雕龙·辨骚》），不至于沿流失源，堕入齐、梁轻浮侧艳的后尘了。

杜甫对六朝文学既要继承，也要批判的思想，集中表现在“别裁伪体”“转益多师”上。

《戏为六绝句》的最后一首，前人说法不一。这里的“前贤”，系泛指前代有成就的作家（包括庾信、四杰）。“递相祖述”，意谓因袭成风。“递相祖述”是“未及前贤”的根本原因。“伪体”之伪，症结在于以模拟代替创造。真伪相混，则伪可乱真，所以要加以“别裁”。创造和因袭，是杜甫区别真、伪的分界线。只有充分发挥创造力，才能直抒襟抱，自写性情，写出真的文学作品。庾信之“健笔凌云”，四杰之“江河万古”，乃在于此。反之，拾人牙慧，傍人门户，必然是没有生命力的。堆砌词藻，步齐、梁之后尘，固然是伪体；而高谈汉、魏的优孟衣冠，又何尝不是伪体？在杜甫的心目中，只有真、伪的区别，并无古、今的成见。

“别裁伪体”和“转益多师”是一个问题的两面。“别裁伪体”，强调创造；“转益多师”，重在继承。两者的关系是辩证的。“转益多师是汝师”即无所不师而无定师。这话有好几层意思：无所不师，故能兼取众长；无定师，不囿于一家，虽有所继承、借鉴，但并不妨碍自己的创造性。此其一。只有在“别裁伪体”区别真伪的前提下，才能确定“师”谁，“师”什么，才能真正做到“转益多师”。此其二。要做到无所不师而无定师，就必须善于从不同的角度学习别人的成就，在吸取的同时，也就有所扬弃。此其三。在既批判又继承的基础上，进行创造，熔古今于一炉而自铸伟辞，这就是杜甫“转益多师”“别裁伪体”的精神所在。

《戏为六绝句》虽主要谈艺术方面的问题，但和杜甫总的创作精神是分不开的。诗中“窃攀屈宋”“亲风雅”则是其创作的指导思想和论诗的宗旨。

这六首小诗，实质上是杜甫诗歌创作实践经验的总结，诗论的总纲；它所涉及的是关系到唐诗发展中一系列的重大理论问题。在这类小诗里发这样的大议论，是前所未有的。诗人即事见义，如地涌泉，寓严正笔意于轻松幽默之中，娓娓而谈，庄谐杂出。清李重华说杜甫七绝“别开异径”（《贞一斋诗说》），正在于此。明乎此，这诗之所以标为《戏为六绝句》，也就不烦辞费了。

（马茂元）

奉济驿重送严公四韵

原文

远送从此别，青山空复情。
几时杯重把？昨夜月同行。
列郡讴歌惜，三朝出入荣。
江村独归处，寂寞养残生。

鉴赏

奉济驿，在成都东北的绵阳市。严公，即严武，曾两度为剑南节度使。宝应元年(762)四月，肃宗死，代宗即位；六月，召严武入朝，杜甫送别赠诗。因前已写过《送严侍郎到绵州同登杜使君江楼宴》，故称“重送”。律诗双句押韵，八句诗四个韵脚，故称“四韵”。

严武有文才武略，品性与杜甫相投。镇蜀期间，亲到草堂探视杜甫，并在经济上给予接济；彼此赠诗，相互敬重，结下了深厚的友谊。

诗一开头，点明“远送”，可见意深而情长。诗人送了一程又一程，送了一站又一站，一直送到了二百里外的奉济驿，真有说不尽的知心话。“青山空复情”一句，饶有深意。宋苏轼《南乡子·送述古》说："谁似临平山上塔，亭亭，迎客西来送客行。"山也当是这样。青峰伫立，也似含情送客；途程几转，那山仍若恋恋不舍，目送行人。然而送君千里，也终须一别了。借山言人，情致婉曲，表现了诗人那种不忍相别而又不得不别的无可奈何之情。

伤别之余，自然想到"昨夜"相送的情景：皎洁的月亮下，自己曾和严公"同行"，月下同饮共醉，行吟叙情的情景历历在目；而今一别，后会难期，感情的闸门再也关不住了，于是诗人发问道："几时杯重把？""杯重把"，把诗人憧憬中重逢的情景，具体形象地表现出来了。这里用问句，是问自己，也是问友人。社会动荡，生死未卜，能否再会还是个未知数。诗人此时此刻极端复杂的感情，凝聚在一个寻常的问语中。

诗人想到，像严武这样知遇至深的官员恐怕将来也难得遇到，于是离愁之中又添一层凄楚。关于严武，诗人没有正面颂其政绩，而说"列郡讴歌惜，三朝出入荣"，说他于玄、肃、代三朝出守外郡或入处朝廷，都荣居高位。离任时东西两川属邑的人们讴歌他，表达依依不舍之情。言简意赅，雍雅得体。

最后两句抒写诗人自己送别后的心境。"江村独归处，寂寞养残生。""江村"指成都西郊的浣花溪边。"独"字见离别之后的孤单无依；"残"字含风烛余年的悲凉凄切；"寂寞"则道出知遇远去的冷落和惆怅。两句充分体现了诗人对严武的真诚感激和深挚友谊，依恋惜别之情溢于言表。

这首诗语言质朴含情，章法谨严有度，平直中有奇致，浅易中见沉郁，情真意挚，凄楚感人。

（傅经顺）

闻官军收河南河北

原文

剑外忽传收蓟北，初闻涕泪满衣裳。
却看妻子愁何在，漫卷诗书喜欲狂。
白首[①]放歌须纵酒，青春作伴好还乡。
即从巴峡穿巫峡，便下襄阳向洛阳。

〔注〕

① 白首：一作“白日”。如果作“白日”，就与下句中的“青春”显得重复，故作“白首”较好。

鉴赏

这首诗，作于唐代宗广德元年(763)春天，作者五十二岁。宝应元年(762)冬季，唐军在洛阳附近的横水打了一个大胜仗，收复了洛阳和郑(今河南郑州)、汴(今河南开封)等州，叛军头领薛嵩、张忠志等纷纷投降。第二年，即广德元年正月，史思明的儿子史朝义兵败自缢，其部将田承嗣、李怀仙等相继投降。正流寓梓州(治所在今四川三台)，过着漂泊生活的杜甫听到这个消息，以饱含激情的笔墨，写下了这篇脍炙人口的名作。

杜甫于此诗下自注：“余田园在东京。”诗的主题是抒写忽闻叛乱已平的捷报，急于奔回老家的喜悦。“剑外忽传收蓟北”，起势迅猛，恰切地表现了捷报的突然。“剑外”乃诗人所在之地；“蓟北”乃安史叛军的老巢，在今河北东北部一带。诗人多年漂泊“剑外”，艰苦备尝，想回故乡而不可能，就由于“蓟北”未收，安史之乱未平。如今“忽传收蓟北”，真如春雷乍响，山洪突发，惊喜的洪流，一下子冲开了郁积已久的情感闸门，喷薄而出，涛翻浪涌。“初闻涕泪满衣裳”，就是这惊喜的情感洪流涌起的第一个浪头。

“初闻”紧承“忽传”。“忽传”表现捷报来得太突然，“涕泪满衣裳”则以形传神，表现突然传来的捷报在“初闻”的一刹那所激发的感情波涛，这是喜极而悲、悲喜交集的逼真表现。“蓟北”已收，战乱将息，乾坤疮痍、黎元疾苦，都将得到疗救，个人颠沛流离、感时恨别的苦日子，总算熬过来了，怎能不喜！然而痛定思痛，回想八年来的重重苦难是怎样熬过来的，又不禁悲从中来，无法压抑。可是，这一场浩劫，终于像噩梦一般过去了，自己可以返回故乡了，人们将开始新的生活了，于是又转悲为喜，喜不自胜。这“初闻”捷报之时的心理变化、复杂感情，如果用散文的写法，必需很多笔墨，而诗人只用“涕泪满衣裳”五个字作形象的描绘，就足以概括这一切。

第二联以转作承，落脚于“喜欲狂”，这是惊喜的情感洪流涌起的更高洪峰。“却看妻子”“漫卷诗书”，这是两个连续性的动作，带有一定的因果关系。当自己悲喜交集，“涕泪满衣裳”之时，自然想到多年来同受苦难的妻子儿女。“却看”就是“回头看”。“回头看”这个动作极富意蕴，诗人似乎想向家人说些什么，但又不知从何说起。其实，无需说什么了，多年笼罩全家的愁云不知跑到哪儿去了，亲人们都不再是愁眉苦脸，而是笑逐颜开，喜气洋洋。亲人的喜反转来增加了自己的喜，再也无心伏案了，随手卷起诗书，大家同享胜利的欢乐。

“白首放歌须纵酒，青春作伴好还乡”一联，就“喜欲狂”作进一步抒写。“白首”，点出人已到了老年。老年人难得“放歌”，也不宜“纵酒”；如今既要“放歌”，还须“纵酒”，正是“喜欲狂”的具体表现。这句写“狂”态，下句则写“狂”想。“青春”指春季。春天已经来临，在鸟语花香中与妻子儿女们“作伴”，正好“还乡”。想到这里，又怎能不“喜欲狂”！

尾联写“青春作伴好还乡”的狂想鼓翼而飞，身在梓州，而弹指之间，心已回到故乡。惊喜的感情洪流于洪峰迭起之后卷起连天高潮，全诗也至此结束。这一联，包含四个地名。“巴峡”与“巫峡”，“襄阳”与“洛阳”，既各自对偶（句内对），又前后对偶，形成工整的地名对；而用“即从”“便下”绾合，两句紧连，一气贯注，又是活泼流走的流水对。再加上“穿”“向”的动态与两“峡”、两“阳”的重复，文势、音调，迅急有如闪电，准确地表现了想象的飞驰。试想，“巴峡”“巫峡”“襄阳”“洛阳”，这四个地方之间都有多么漫长的距离，而一用“即从”“穿”“便下”“向”贯串起来，就出现了“即从巴峡穿巫峡，便下襄阳向洛阳”疾速飞驰的画面，一个接一个地从眼前一闪而过。这里需要指出的是：诗人既展示想象，又描绘实境。从“巴峡”到“巫峡”，峡险而窄，舟行如梭，所以用“穿”；出“巫峡”到“襄阳”，顺流急驶，所以用“下”；从“襄阳”到“洛阳”，已换陆路，所以用“向”，用字高度准确。

这首诗，除第一句叙事点题外，其余各句，都是抒发忽闻胜利消息之后的惊喜之情。万斛泉源，出自胸臆，奔涌直泻。清仇兆鳌在《杜少陵集详注》中引明王嗣奭的话说：“此诗句句有喜跃意，一气流注，而曲折尽情，绝无妆点，愈朴愈真，他人决不能道。”后代诗论家都极为推崇此诗，赞其为老杜“生平第一首快诗也”（清浦起龙《读杜心解》）。

（霍松林）

送路六侍御入朝

原文

童稚情亲四十年，中间消息两茫然。
更为后会知何地？忽漫相逢是别筵！
不分①桃花红似锦，生憎②柳絮白于棉。
剑南春色还无赖，触忤愁人到酒边。

〔注〕

① 不分：犹言不满，嫌恶的意思。“分”，一作“忿”。
② 生憎：犹言偏憎、最憎。

鉴赏

这诗作于唐代宗广德元年(763)春。前一年，杜甫因徐知道在成都叛变，避乱流寓梓州(治所在今四川三台)。这年正月，唐军收复幽燕，史朝义自缢身死。延续八年之久的安史之乱虽然告一段落，但是已经激化了的各类社会矛盾并没有得到解决，动乱不宁的时局并未因此而真正平息。曾经因胜利而一度在杜甫心底燃起的欢快的火花，“青春作伴好还乡”(《闻官军收河南河北》)的畅想，很快就破灭了。当时，杜甫有一些朋友由梓州回长安，他作诗送行，说道：“飘零为客久，衰老羡君还。”(《涪江泛舟送韦班归京》)“帝乡愁绪外，春色泪痕边。”(《泛舟送魏十八仓曹还京因寄岑中允参、范郎中季明》)自伤留滞,情见乎词。这诗也是借聚散离合之情,写迟暮飘零的身世之感的。

关于路六侍御的生平,详不可考,从诗的开头一句看,知是杜甫儿时旧友。作此诗时,杜甫五十一岁,四十年前,他们都在十岁左右,正是竹马童年。诗人用“童稚情亲四十年”完满地表现出童年伙伴那种特有的亲切的感情。“四十年”,在这里不仅点明分别的时间,更主要的是表明童年时代的友情,并不随着四十年漫长岁月的迁流而归于淡忘。正因为如此,下句说,“中间消息两茫然”。在兵戈满地,流离转徙的动乱年代里,朋友间失去联系,想知道他的消息而又无从问讯,故有“茫然”之感。而这种心情,彼此间是相同的,故曰“两茫然”。一别四十年,时间是这样地久,哪还能想到现在的重新会合?所以说“忽漫相逢”。他乡遇故知,本来是值得高兴的事;然而同样没有想到,久别重逢,乍逢又别;当故交叙旧之日,即离筵饯别之时。“忽漫相逢是别筵”,在“相逢”和“别筵”之间着一“是”字,使会合的欢娱,立即转化为别离的愁思。笔力千钧,直透纸背。

从过去到现在,聚散离合是这样地迷离莫测;从现在悬想将来,又将如何呢?诗人把感慨集中地写在“更为后会知何地”这句话里。这是全诗的主脑。它包含有下列两重意思:

路六侍御这次离开梓州,回到长安去做官,显然勾起了杜甫满腹心事。他设想,倘若今后和路再度会见,这地点又将在哪里?自己能不能够也被召还朝?回答是不可知的。从自身蹭蹬坎坷的生活历程,从这次和路的聚散离合,他懂得了乱世人生,有如飘蓬泛梗,一切都无从说起。这是就空间而言的。从时间方面来说,过去的分别,一别就是四十年;别时彼此都在童年,如今俱入老境。人生几何?“更为后会”,实际上是不大可能的。诗人没有直说后会无期,而是造作诘问语,以咏叹出之,以见向往之切、感慨之深。

前四句写送别之情,由过去到现在,再由现在想到未来,它本身有个时间的层次。这里值得注意的是:诗从“童稚情亲”依次写来,写到四十年来,“中间消息两茫然”,不接着写现在的相逢和送别,而突然插入“更为后会知何地”。乍读时,恍如天外奇峰,劈空飞来,有点摸不着头脑。但仔细体味,则“更为后会”,就已逆摄了下文的“忽漫相逢”。因为没有现在的“忽漫相逢”,是不可能想到将来的“更为后会”的。这句对上句来说,是突接。由于这样的突接,故能掀起波澜,把感伤离乱的情怀,表现得沉郁苍凉,百端交集。就下文来说,这是在一联之内的逆挽,也就是颠倒其次序,用上句带动下句。由于这样的逆挽,故能化板滞为飞动,使得全诗神完气足,精彩四溢。如果没有诗人思想情感上的深度和广度以及他在诗歌艺术上湛深的造诣,也是不可能达到这种境界的。

诗的后四句写景,另起了一个头,颈联和颔联似乎了不相涉。其实,这景物描写,全是从上文的“别筵”生发出来的。尾联结句“触忤愁人到酒边”的“酒”,正是“别筵”饯别之酒;“酒边”的“剑南春色”,亦即“别筵”的眼前风光。“桃花红似锦”,“柳絮白于棉”,这风光是明艳的,而诗偏说是“不分”,“生憎”,恼怒春色“无赖”,是因为它“触忤”了“愁人”;而它之所以“触忤愁人”,则是由于后会无期,离怀难遣,对景伤情的缘故。读了尾联,回过头来一看,则这“不分”和“生憎”,恰恰成为绾合上半篇和下半篇的纽带,把情景融为不可分割的完美的诗的整体。全诗句句提得起,处处打得通，一气运转，跌宕昭彰；而其语言措注，脉落贯输，则又丝丝入扣，于宏大中见精细。律诗写到这样，可说是工而能化，优入圣域了。

（马茂元）

将赴荆南寄别李剑州

原文

使君高义驱今古，寥落三年坐剑州。
但见文翁能化俗，焉知李广未封侯？
路经滟滪[①]双蓬鬓，天入沧浪一钓舟。
戎马相逢更何日？春风回首仲宣楼。

〔注〕

① 滟滪（yàn yù）：即滟滪滩，在重庆奉节县东五公里瞿塘峡口，旧时是长江三峡的著名险滩。

鉴赏

此诗作于公元763年。从诗看，知李剑州当时任剑州刺史，是位有才能而未被朝廷重用的地方官。前一年，杜甫到过那里，和他有交往。这年，杜甫曾经准备离蜀东行，写了这诗寄给他。

律诗受到声律和对仗的束缚，容易流于板滞平衍，萎弱拖沓，正如清刘熙载所说："声谐语俪，往往易工而难化。"（《艺概·诗概》）而这首七律写得纵横排奡，转掉自如，句句提得起，处处打得通，而在拿掷飞腾之中，又能见出精细的脉络。

诗的前半篇写李，热情地歌颂了他"能化俗"的政绩，为他的"未封侯"而鸣不平。诗从"高义"和"寥落"生发出这两层意思，使人对他那沉沦州郡的坎坷遭遇,更深为惋惜。“文翁”和“李广”,用的是两个典故。文翁政绩流传蜀中,用以比拟李之官剑州刺史;未封侯的李广,则和李同姓。典故用得非常贴切,然而也仅仅贴切而已。可是在“文翁能化俗”的上面加上个“但见”,在“李广未封侯”的上面加上个“焉知”,“但见”和“焉知”,一呼一应,一开一阖,运之以动荡之笔,精神顿出,有如画龙点睛,立即破壁飞去。不仅如此,在历史上,李广对自己屡立战功而未得封侯,是时刻耿耿于怀,终身引为恨事的。这里却推开来,说“焉知李广未封侯”,这就改造了旧典,注入了新义,提高了诗的思想性。从这里,可以看出杜甫是怎样把七言歌行中纵横挥斥的笔意,创造性地运用、融化于律体之中。在杜甫歌行里像“但觉高歌有鬼神,焉知饿死填沟壑”(《醉时歌》)之类的句子,和这不正是波澜莫二吗?

下半篇叙身世之感,离别之情,境界更大,感慨更深。诗人完全从空际着笔,写的是意想中的自己“将赴荆南”的情景。

“路经滟滪”,见瞿塘风涛之险恶;“天入沧浪”,见江汉烟波之浩渺。这是他赴荆南途中所经之地。在这里,诗人并未诉说其迟暮飘零之感,而是以“一钓舟”和“沧浪”,“双蓬鬓”和“滟滪”相对照,构成鲜明的形象,展示出一幅扁舟出峡图。倘若说,这是诗中之画,那么借用杜甫自己的另外两句诗“亲朋无一字,老病有孤舟”(《登岳阳楼》)来说明画意,是颇为确切的了。

到了荆南以后又将怎样呢?尾联用“仲宣楼”轻轻点出。诗人清楚地意识到自己所处的时代和命运,即使到了那里,也还是和当年避难荆州的王粲一样,仍然作客依人,托身无所。而在此时,回望蜀中,怀念故人,想到兵戈阻隔,相见无期,那就会更加四顾苍茫,百端交集了。

全诗由李写到自己，再由自己的离别之情，一笔兜回到李，脉络贯通，而起结转折，关合无痕。杜甫这类的诗，往往劈空而来，一起既挺拔而又沉重，有笼罩全篇的气势。写到第四句，似乎要说的话都已说完，可是到了五、六两句，忽然又转换一个新的意思，开出一个新的境界，喷薄出更为汹涌、更为壮阔的波澜。然而它又不是一泻无余；收束处，总是荡漾萦回，和篇首遥相照映，显得气固神完，而情韵不匮，耐人寻味。

作为杜甫七律风格的基本特征，是他能在尺幅之中，运之以磅礴飞动的气势；而这磅礴飞动的气势，又是和精密平整的诗律水乳交融地结合在一起的，所以“工而能化”，“中律而不为律缚”。从这诗，便可窥见其一斑。

（马茂元）

别房太尉墓

原文

他乡复行役，驻马别孤坟。
近泪无干土，低空有断云。
对棋陪谢傅，把剑觅徐君。
惟见林花落，莺啼送客闻。

鉴赏

房太尉即房琯，玄宗幸蜀时拜相，为人比较正直。至德二载(757)，为肃宗所贬。杜甫曾毅然上疏力谏，结果得罪肃宗，几遭刑戮。房琯罢相后，于宝应二年(763)拜特进、刑部尚书，在路遇疾，卒于阆州(治今四川阆中)，死后赠太尉。(见《旧唐书·房琯传》)二年后杜甫经过阆州，特来看看老友的坟。

“他乡复行役，驻马别孤坟。”——既在他乡，复值行役之中，公事在身，行色匆匆。尽管如此，诗人还是驻马暂留，来到孤坟前，向亡友致哀。先前堂堂宰相之墓，如今已是茕茕“孤坟”，则房琯的晚岁坎坷，身后凄凉可想。

“近泪无干土，低空有断云。”——“无干土”的缘由是“近泪”。诗人在坟前洒下许多伤悼之泪，以至于身旁周围的土都湿润了。诗人哭墓之哀，似乎使天上的云也不忍离去。天低云断，空气里都带着愁惨凝滞之感，使人倍觉寂寥哀伤。

“对棋陪谢傅，把剑觅徐君。”——谢傅指谢安。《晋书·谢安传》说：谢玄等破苻坚，有檄书至，安方对客围棋，了无喜色。诗人以谢安的镇定自若、儒雅风流来比喻房琯是很高妙的，足见其对房琯的推崇备至。下句则用了另一典故。西汉刘向《说苑》载：吴季札聘晋过徐，心知徐君爱其宝剑，及还，徐君已殁，解剑系其冢树而去。诗人以延陵季子自比，表示对亡友的深情厚谊，虽死不忘。这又照应前两联，道出为何痛悼的原因。诗篇布局严谨，前后关联十分紧密。

“惟见林花落，莺啼送客闻。”——“惟”字贯两句，意思是，只看见林花纷纷落下，只听见莺啼送客之声。这两句收尾，显得余韵悠扬不尽。诗人着意刻画出一个幽静肃穆之极的氛围，引人联想：林花飘落似珠泪纷纷，啼莺送客，亦似哀乐阵阵。此时此地，惟见此景，惟闻此声，格外衬托出孤零零的坟地与孤零零的吊客的悲哀。

此诗极不易写。因房琯不是一般的人，所以句句要得体；杜甫与房琯又非一般之交，又句句要有情谊。而此诗写得既雍容典雅，又一往情深，十分切合题旨。

诗人表达的感情十分深沉而含蓄，这是因为房琯的问题，事干政局，已经为此吃了苦头的杜甫，自有难言之苦。但诗中那阴郁的氛围，那深沉的哀痛，还是使人感到：这不单是悼念亡友而已，更多的是诗人内心对国事的殷忧和叹息。对此，只要仔细揣摩，是不难体味到的。

（徐永端）

将赴成都草堂途中有作先寄严郑公五首（其四）

原文

常苦沙崩损药栏，
也从江槛落风湍。
新松恨不高千尺，
恶竹应须斩万竿！
生理只凭黄阁老，
衰颜欲付紫金丹。
三年奔走空皮骨，
信有人间行路难。

鉴赏

因徐知道据成都叛乱，杜甫曾一度离开成都草堂，避难于梓州（治今四川三台）、阆州（治今四川阆中）等地。广德二年（764）正月，杜甫携家由梓州赴阆州，准备出陕谋生。二月，闻严武再为成都尹兼剑南节度使，同时，严武也来信相邀，诗人于是决定重返成都。于阆州还成都途中作诗五首，此为其中第四首。诗题中的“严郑公”，即严武，广德元年严武被封为郑国公。

首四句是设想回成都后整理草堂之事，但却给人以启迪世事的联想：“常苦沙崩损药栏，也从江槛落风湍。”大意是说：自离草堂，常常焦虑沙岸崩塌，损坏药栏，现在恐怕连同江槛一起落到湍急的水流中去了。这虽是遥想离成都之后，草堂环境的自然遭遇，但它不也是对风风雨雨的社会现状的焦虑吗？“新松恨不高千尺，恶竹应须斩万竿！”想当年，诗人离开草堂时，自己亲手培植的四株小松，当时才“大抵三尺强”（《四松》）。诗人是很喜爱它，恨不得它迅速长成千尺高树；那到处侵蔓的恶竹，有万竿亦须芟除！诗人喜爱新松是因它俊秀挺拔，不随时态而变；诗人痛恨恶竹，是因恶竹随乱而生。玩味这两句，其句外意全在“恨不”“应须”四字上。清杨伦在《杜诗镜铨》旁注中说此二句“兼寓扶善疾恶意”，这是颇有见地的。乱世之岁，匡时济世之才难为世用，而各种丑恶势力竞相作充分表演，诗人怎能不感慨万分！这二句，深深交织着诗人对世事的爱憎。正因为它所表现的感情十分鲜明、强烈而又分寸恰当，所以时过千年，至今人们仍用以表达对于客观事物的爱憎之情。

诗的后四句落到“赠严郑公”的题意上。“生理只凭黄阁老，衰颜欲付紫金丹。”生理，即生计。黄阁老，指严武。唐代中书、门下省的官员称“阁老”，严武以黄门侍郎镇成都，故称。金丹，烧炼的丹药。这两句说，自己的生计全凭严武照顾，衰老的身体也可托付给益寿延年的丹药了。这里意在强调生活有了依靠，疗养有了条件，显示了诗人对朋友的真诚信赖和欢乐之情。最后两句忽又从瞻望未来转到回顾过去，似有痛定思痛意：“三年奔走空皮骨，信有人间行路难。”诗人自宝应元年(762)七月与严武分别，至广德二年(764)返草堂，前后三年。这三年，兵祸不断，避乱他乡，飘泊不定，人瘦得只剩皮包骨头了。过去常读古乐府诗《行路难》，今身经其事，方知世路艰辛，人生坎坷，真是“行路难”啊！“行路难”三字，语意双关。一个“信”字，包含着诗人历经艰难困苦后的无限感慨。

全诗描写了诗人重返草堂的欢乐和对美好生活的憧憬。真情真语，情致圆足，辞采稳称，兴寄微婉。欢欣和感慨相融，瞻望与回顾同叙，更显出了此诗思想情感的深厚。

（傅经顺）

登楼

原文

花近高楼伤客心，
万方多难此登临。
锦江春色来天地，
玉垒浮云变古今。
北极朝廷终不改，
西山寇盗莫相侵。
可怜后主还祠庙，
日暮聊为梁甫吟。

鉴赏

这首诗写于成都，时在代宗广德二年(764)春，诗人客蜀已是第五个年头。上年正月，官军收复河南河北，安史之乱平定；十月便有吐蕃陷长安、立傀儡、改年号，代宗奔陕州事；随后郭子仪复京师，乘舆反正；年底吐蕃又破松、维、保等州（在今四川北部），继而再陷剑南、西山诸州。诗中“西山寇盗”即指吐蕃；“万方多难”也以吐蕃入侵为最烈，同时，也指宦官专权、藩镇割据、朝廷内外交困、灾患重重的日益衰败景象。

首联提挈全篇，“万方多难”，是全诗写景抒情的出发点。当此万方多难之际，流离他乡的诗人愁思满腹，登上此楼，虽是繁花触目，却叫人更加黯然心伤。花伤客心，以乐景写哀情，和“感时花溅泪”（《春望》）一样，同是反衬手法。在行文上，先写见花伤心的反常现象，再说是由于万方多难的缘故，因果倒装，起势突兀；“登临”二字，则以高屋建瓴之势，领起下面的种种观感。

颔联描述山河壮观，“锦江”“玉垒”是登楼所见。锦江，源出都江堰市，自郫县流经成都入岷江；玉垒，山名，在今茂县。凭楼远望，锦江流水挟着蓬勃的春色，奔来天地之间；古今世势风云变幻，正像玉垒山上的浮云飘忽起灭。上句向空间开拓视野，下句就时间驰骋遐思，天高地迥，古往今来，形成一个阔大悠远、囊括宇宙的境界，饱含着对祖国山河的赞美和对民族历史的追怀；而且，登高临远，视通八方，独向西北前线游目骋怀，也透露诗人忧国忧民的无限心事。

颈联议论天下大势。“朝廷”“寇盗”，是登楼所想。北极，星名，居北天正中，这里象征大唐政权。上句“终不改”，反承第四句的“变古今”，是从去岁吐蕃陷京、代宗旋即复辟一事而来，明言大唐帝国气运久远；下句“寇盗”“相侵”，申说第二句的“万方多难”，针对吐蕃的觊觎寄语相告：莫再徒劳无益地前来侵扰！词严义正，浩气凛然，于如焚的焦虑之中透着坚定的信念。

尾联咏怀古迹，讽喻当朝昏君，寄托个人怀抱。后主，指蜀汉刘禅，宠信宦官，终于亡国；先主庙在成都锦官门外，西有武侯祠，东有后主祠；《梁甫吟》是诸葛亮遇刘备前喜欢诵读的乐府诗篇，用来比喻这首《登楼》，含有对诸葛武侯的仰慕之意。伫立楼头，徘徊沉吟，忽忽日已西落，在苍茫的暮色中，城南先主庙、后主祠依稀可见。想到后主刘禅，诗人不禁喟然而叹：可怜那亡国昏君，竟也配和诸葛武侯一样，专居祠庙，歆享后人香火！这是以刘禅喻代宗李豫。李豫重用宦官程元振、鱼朝恩，造成国事维艰、吐蕃入侵的局面，同刘禅信任黄皓而亡国极其相似。所不同者，当今只有刘后主那样的昏君，却没有诸葛亮那样的贤相！而诗人自己，空怀济世之心，苦无献身之路，万里他乡，危楼落日，忧端难掇，聊吟诗以自遣，如斯而已！

全诗即景抒怀，写山川联系着古往今来社会的变化，谈人事又借助自然界的景物，互相渗透，互相包容；融自然景象、国家灾难、个人情思为一体，语壮境阔，寄慨遥深，体现着诗人沉郁顿挫的艺术风格。

这首七律，格律严谨。中间两联，对仗工稳，颈联为流水对，读来有一种飞动流走的快感。在语言上，特别工于各句（末句例外）第五字的锤炼。首句的“伤”，为全诗点染一种悲怆气氛，而且突如其来，造成强烈的悬念。次句的“此”，兼有此时、此地、此人、此行等多重含义，也包含着只能如此而已的感慨。三句的“来”，烘托锦江春色逐人、气势浩大，令人有荡胸扑面的感受。四句的“变”，浮云如白云变苍狗，世事如沧海变桑田，一字双关，引人作联翩无穷的想象。五句的“终”，是“终于”，是“始终”，也是“终久”；有庆幸，有祝愿，也有信心，从而使六句的“莫”字充满令寇盗闻而却步的威力。七句的“还”，是不当如此而居然如此的语气，表示对古今误国昏君的极大轻蔑。只有末句，炼字的重点放在第三字上，“聊”是不甘如此却只能如此的意思，抒写诗人无可奈何的伤感，与第二句的“此”字遥相呼应。

更值得注意的，是首句的“近”字和末句的“暮”字，这两个字在诗的构思方面起着突出的作用。全诗写登楼观感，俯仰瞻眺，山川古迹，都是从空间着眼；“日暮”，点明诗人徜徉时间已久。这样就兼顾了空间和时间，增强了意境的立体感。单就空间而论，无论西北的锦江、玉垒，或者城南的后主祠庙，都是远处的景物；开端的“花近高楼”却近在咫尺之间。远景近景互相配合，便使诗的境界阔大雄浑而无豁落空洞的遗憾。

历代诗家对于此诗评价极高。清人浦起龙评谓：“声宏势阔，自然杰作。”（《读杜心解》卷四）清沈德潜更为推崇说：“气象雄伟，笼盖宇宙，此杜诗之最上者。”（《唐诗别裁集》卷十三）

（赵庆培）

绝句二首（其一）

原文

迟日江山丽，春风花草香。
泥融飞燕子，沙暖睡鸳鸯。

鉴赏

清代的诗论家陶虞开在《说杜》一书中指出，杜集中有不少“以诗为画”的作品。这一首写于成都草堂的五言绝句，就是极富诗情画意的佳作。

诗一开始，就从大处着墨，描绘出在初春灿烂阳光的照耀下，浣花溪一带明净绚丽的春景，用笔简洁而色彩浓艳。“迟日”即春日，语出《诗经·豳风·七月》“春日迟迟”。这里用以突出初春的阳光，以统摄全篇。同时用一“丽”字点染“江山”，表现了春日阳光普照，四野青绿，溪水映日的秀丽景色。这虽是粗笔勾画，笔底却是春光骀荡。

第二句诗人进一步以和煦的春风，初放的百花，如茵的芳草，浓郁的芳香来展现明媚的大好春光。因为诗人把春风、花草及其散发的馨香有机地组织在一起，所以读者通过联想，可以有惠风和畅、百花竞放、风送花香的感受，收到如临其境的艺术效果。

在明丽阔远的图景之上，三、四两句转向具体而生动的初春景物描绘。

第三句诗人选择初春最常见，也是最具有特征性的动态景物来勾画。春暖花开，泥融土湿，秋去春归的燕子，正繁忙地飞来飞去，衔泥筑巢。这生动的描写，使画面更加充满勃勃生机，春意盎然，还有一种动态美。杜甫对燕子的观察十分细致，“泥融”紧扣首句，因春回大地，阳光普照才“泥融”；紫燕新归，衔泥做巢而不停地飞翔，显出一番春意闹的情状。

第四句是勾勒静态景物。春日冲融，日丽沙暖，鸳鸯也要享受这春天的温暖，在溪边的沙洲上静睡不动。这也和首句紧相照应，因为“迟日”才沙暖，沙暖才引来成双成对的鸳鸯出水，沐浴在灿烂的阳光中，是那样悠然自适。从景物的描写来看，和第三句动态的飞燕相对照，动静相间，相映成趣。这两句以工笔细描衔泥飞燕、静睡鸳鸯，与一、二两句粗笔勾画阔远明丽的景物相配合，使整个画面和谐统一，构成一幅色彩鲜明，生意勃发，具有美感的初春景物图。就诗中所含蕴的思想感情而言，反映了诗人经过“一岁四行役”，“三年饥走荒山道”的奔波流离之后，暂时定居草堂的安适心情，也是诗人对初春时节自然界一派生机、欣欣向荣的欢悦情怀的表露。

这首五言绝句，意境明丽悠远，格调清新。全诗对仗工整，但又自然流畅，毫不雕琢；描摹景物清丽工致，浑然无迹，是杜集中别具风神的篇章。

（王启兴）

绝句二首（其二）

原文

江碧鸟逾白，山青花欲燃。
今春看又过，何日是归年？

鉴赏

此诗为杜甫入蜀后所作，抒发了羁旅异乡的感慨。

“江碧鸟逾白，山青花欲燃”，这是一幅镶嵌在镜框里的风景画，濡饱墨于纸面，施浓彩于图中，有令人目迷神夺的魅力。你看，漫江碧波荡漾，显露出白翎的水鸟，掠翅江面，好一派怡人的风光！满山青翠欲滴，遍布的朵朵鲜花红艳无比，简直就像燃烧着一团旺火，多么绮靡，多么灿烂！以江碧衬鸟翎的白，碧白相映生辉；以山青衬花葩的红，青红互为竞丽。一个“逾”字，将水鸟借江水的碧色衬底而愈显其翎毛之白，写得深中画埋；而一个“欲”字，则在拟人化中赋花朵以动态，摇曳多姿。两句诗状江、山、花、鸟四景，并分别敷碧绿、青葱、火红、洁白四色，景象清新，令人赏心悦目。

可是，诗人的旨意却不在此，紧接下去，笔路陡转，慨而叹之——

今春看又过，何日是归年？

句中“看又过”三字直点写诗时节。春末夏初景色不可谓不美，然而可惜岁月荏苒，归期遥遥，非但引不起游玩的兴致，却反而勾起了漂泊的感伤。

此诗的艺术特点是以乐景写哀情，惟其极言春光融洽，才能对照出诗人归心殷切。它并没有让思归的感伤从景象中直接透露出来，而是以客观景物与主观感受的不同来反衬诗人乡思之深厚，别具韵致。

（周溶泉　徐应佩）

绝句四首（其三）

原文

两个黄鹂鸣翠柳，
一行白鹭上青天。
窗含西岭千秋雪，
门泊东吴万里船。

鉴赏

公元762年，成都尹严武入朝，蜀中发生动乱，杜甫一度避往梓州（治今四川三台），翌年安史之乱平定，再过一年，严武还镇成都。杜甫得知这位故人的消息，也跟着回到成都草堂。这时他的心情特别好，面对这生气勃勃的景象，情不自禁，写下了这一组即景小诗。兴到笔随，事先既未拟题，诗成后也不打算拟题，干脆以“绝句”为题。

诗的上联是一组对仗句。草堂周围多柳，新绿的柳枝上有成对黄鹂在欢唱，一派愉悦景象，有声有色，构成了新鲜而优美的意境。“翠柳”是春天物候，诗约作于三四月间。“两个黄鹂鸣翠柳”，鸟儿成双成对，呈现一片生机，具有喜庆的意味。次句写蓝天上的白鹭在自由飞翔。这种长腿鸟飞起来姿态优美，自然成行。晴空万里，一碧如洗，白鹭在“青天”映衬下，色彩极其鲜明。两句中一连用了“黄”“翠”“白”“青”四种鲜明的颜色，织成一幅绚丽的图景；首句还有声音的描写，传达出无比欢快的感情。

诗的下联也由对仗句构成。上句写凭窗远眺西山雪岭。岭上积雪终年不化，所以积聚了“千秋雪”。而雪山在天气不好时见不到，只有空气清澄的晴日，它才清晰可见。用一“含”字，此景仿佛是嵌在窗框中的一幅图画，近在目前。观赏到如此难得见到的美景，诗人心情的舒畅不言而喻。下句再写向门外一瞥，可以见到停泊在江岸边的船只。江船本是常见的。但“万里船”三字却意味深长。因为它们来自“东吴”。当人们想到这些船只行将开行，沿岷江，穿三峡，直达长江下游时，就会觉得很不平常。因为多年战乱，水陆交通为兵戈阻绝，船只是不能畅行万里的。而战乱平定，交通恢复，才看到来自东吴的船只，诗人也可“青春作伴好还乡”了，怎不叫人喜上心头呢?“万里船”与“千秋雪”相对，一言空间之广，一言时间之久。诗人身在草堂，思接千载，视通万里，胸次何等开阔!

全诗看起来是一句一景，是四幅独立的图景。而一以贯之，使其构成一个统一意境的，正是诗人的内在情感。一开始表现出草堂的春色，诗人的情绪是陶然的，而随着视线的游移、景物的转换，江船的出现，便触动了他的乡情。四句景语就完整表现了诗人这种复杂细致的内心思想活动。

（周啸天）

丹青引赠曹将军霸[①]

原文

将军魏武之子孙，于今为庶为清门。
英雄割据虽已矣，文采风流今尚存。
学书初学卫夫人，但恨无过王右军。
丹青不知老将至，富贵于我如浮云。
开元之中常引见，承恩数上南薰殿。
凌烟功臣少颜色，将军下笔开生面。
良相头上进贤冠，猛将腰间大羽箭。
褒公鄂公毛发动，英姿飒爽来酣战。
先帝御马玉花骢，画工如山貌不同。
是日牵来赤墀下，迥立阊阖生长风。
诏谓将军拂绢素，意匠惨淡经营中。
斯须九重真龙出，一洗万古凡马空。
玉花却在御榻上，榻上庭前屹相向。
至尊含笑催赐金，圉人太仆皆惆怅。
弟子韩幹早入室，亦能画马穷殊相。
幹惟画肉不画骨，忍使骅骝气凋丧。

将军画善盖有神，必逢佳士亦写真。
即今飘泊干戈际，屡貌寻常行路人。
途穷反遭俗眼白，世上未有如公贫。
但看古来盛名下，终日坎壈缠其身。

〔注〕

① 丹青：绘画。引：唐代乐曲的一种，也是一种诗体的名称，相当于长篇歌行。曹霸：唐张彦远《历代名画记》："曹霸，魏曹髦之后。髦画称于后代。霸在开元中已得名。天宝末，每诏写御马及功臣。官至左武卫将军。"

鉴赏

曹霸是盛唐著名画马大师，安史之乱后，潦倒漂泊。唐代宗广德二年(764)，杜甫和他在成都相识，十分同情他的遭遇，写下这首《丹青引》。

诗起笔洗练，苍凉。先说曹霸是魏武帝曹操之后，如今削籍，沦为寻常百姓。据清仇兆鳌《杜诗详注》："明皇末年(756)，霸得罪，削籍为庶人。"然后宕开一笔，颂扬曹霸祖先。曹操称雄中原的业绩虽成往史，但其诗歌的艺术造诣高超，辞采美妙，流风余韵，至今犹存。开头四句，抑扬起伏，跌宕多姿，大气包举，统摄全篇。清诗人王士禛十分赞赏，称为"工于发端"(《渔洋诗话》卷中)。

接着写曹霸在书画上的师承渊源，进取精神，刻苦态度和高尚情操。曹霸最初学东晋卫夫人的书法，写得一手好字，只恨不能超过王羲之。他一生沉浸在绘画艺术之中而不知老之将至，情操高尚，不慕荣利，把功名富贵看得如天上浮云一般淡薄。诗人笔姿灵活，“学书”二句只是陪笔，故意一放；“丹青”二句点题，才是正意所在，写得主次分明，抑扬顿挫，错落有致。

“开元”以下八句，转入主题，高度赞扬曹霸在人物画上的辉煌成就。开元年间，曹霸应诏去见唐玄宗，有幸屡次登上南薰殿。凌烟阁上的功臣像，因年久褪色，曹霸奉命重绘。他以生花妙笔画得栩栩如生。文臣头戴朝冠，武将腰插大竿长箭。褒国公段志玄、鄂国公尉迟敬德，毛发飞动，神采奕奕，仿佛呼之欲出，要奔赴沙场鏖战一番似的。曹霸的肖像画，形神兼备，气韵生动，表现了高超的技艺。

诗人一层层写来，在这里，画人仍是衬笔，画马才是重点所在。“先帝”以下八句，诗人细腻地描写了画玉花骢的过程。

唐玄宗的御马玉花骢，众多画师都描摹过，各各不同，无一肖似逼真。有一天，玉花骢牵至阊阖宫的赤色台阶前，扬首卓立，神气轩昂。玄宗即命曹霸展开白绢当场写生。作画前曹霸先巧妙运思，然后淋漓尽致地落笔挥洒，须臾之间，一气呵成。那画马神奇雄骏，好像从宫门腾跃而出的飞龙， 切凡马在此马前都不免相形失色。诗人先用“生长风”形容真马的雄骏神气，作为画马的有力陪衬；再用众画工的凡马来烘托画师的“真龙”，着意描摹曹霸画马的神妙。这一段文字倾注了热烈赞美之情，笔墨酣畅，精彩之极。“玉花”以下八句，诗人进而形容画马的艺术魅力。

榻上放着画马玉花骢，乍一看，似和殿前真马两两相对，昂首屹立。诗人把画马与真马合写，实在高妙，不着一“肖”字，却极为生动地写出了画马的逼真传神，令人真假莫辨。玄宗看到画马神态轩昂，十分高兴，含笑催促侍从，赶快赐金奖赏。掌管朝廷车马的官员和养马人都不胜感慨，怅然若失。杜甫以玄宗、太仆和圉人的不同反应渲染出曹霸画技的高妙超群。随后又用他的弟子、也以画马有名的韩幹来作反衬。

诗人用前后对比的手法，以浓墨彩笔铺叙曹霸过去在宫廷作画的盛况；最后八句，又以苍凉的笔调描写曹霸如今流入民间的落泊境况。“将军善画盖有神”句，总收上文，点明曹霸画艺的精湛绝伦。他不轻易为人画像。可是，在战乱的动荡岁月里，一代画马宗师，流落漂泊，竟不得不靠卖画为生，甚至屡屡为寻常过路行人画像了。曹霸走投无路，遭到流俗的轻视，生活如此穷苦，世上没有比他更贫困的了。画家的辛酸境遇和杜甫的坎坷蹭蹬又何其相似！诗人内心不禁引起共鸣，感慨万分：自古负有盛名、成就杰出的艺术家，往往时运不济，困顿缠身，郁郁不得志！诗的结句，推开一层讲，以此宽解曹霸，同时也聊以自慰，饱含对封建社会世态炎凉的愤慨。

这首诗在章法上错综绝妙，诗中宾主分明，对比强烈。如学书与学画，画人与画马，真马与画马，凡马与“真龙”，画工与曹霸，韩幹与曹霸，昔日之盛与今日之衰等等。前者为宾，是绿叶；后者为主，是红花。绿叶扶红花，烘托映衬，红花见得更为突出而鲜明。在诗情发展上，抑扬起伏，波澜层出。前四句写曹霸的身世，包含两层抑场，摇曳多姿。“至尊含笑催赐金”句，将全诗推向高潮，一起后紧跟着一跌，与末段“途穷反遭俗眼白”，又形成尖锐的对比。诗的结构，一抑一扬地波浪式展开，最后以抑的沉郁调子结束，显得错综变化而又多样统一。在结构上，前后呼应，首尾相连。诗的开头“于今为庶为清门”与结尾“世上未有如公贫”，一脉贯通，构成一种悲慨的主调与苍凉的气氛。中间三段，写曹霸画人画马的盛况，与首段“文采风流今尚存”句相照应。

杜甫以《丹青引》为题，热情地为画家立传，以诗摹写画意，评画论画，诗画结合，富有浓郁的诗情画意。诗人把深邃的现实主义画论和诗传体的特写熔为一炉，具有独特的美学意义，在中国唐代美术史和绘画批评史上也有一定的认识价值。这在唐诗的发展上未尝不是一种新贡献。

（何国治）

宿府

原文

清秋幕府井梧寒，
独宿江城蜡炬残。
永夜角声悲自语，
中天月色好谁看？
风尘荏苒音书绝，
关塞萧条行路难。
已忍伶俜十年事，
强移栖息一枝安。

鉴赏

代宗广德二年(764)六月，新任成都尹兼剑南节度使严武保荐杜甫为节度使幕府的参谋。做这么个参谋，每天天刚亮就得上班，直到夜晚才能下班。杜甫家住成都城外的浣花溪，下班后来不及回家，只好长期住在府内。这首诗，就写于这一年的秋天。所谓“宿府”，就是留宿幕府的意思。因为别人都回家了，所以他常常是“独宿”。

首联倒装。按顺序说，第二句应在前。其中的“独宿”二字，是一诗之眼。“独宿”幕府，眼睁睁地看着“蜡炬残”，其夜不能寐的苦衷，已见于言外。而第一句“清秋幕府井梧寒”，则通过环境的“清”“寒”，烘托心境的悲凉。未写“独宿”而先写“独宿”的氛围、感受和心情，意在笔先，起势峻耸。

颔联写“独宿”的所闻所见，诚如清方东树《昭昧詹言》所言：“景中有情，万古奇警。”而造句之新颖，也令人叹服。七言律句，一般是上四下三，而这一联却是四、一、二的句式，每句读起来有三个停顿。翻译一下，就是：“长夜的角声啊，多悲凉！但只是自言自语地倾诉乱世的悲凉，没有人听。中天的明月啊，多美好！但尽管美好，在漫漫长夜里，又有谁看她呢?”诗人就这样化百炼钢为绕指柔，以顿挫的句法，吞吐的语气，活托出一个看月听角、独宿不寐的人物形象，恰切地表现了无人共语、沉郁悲抑的复杂心情。

前两联写“独宿”之景，而情含景中。后两联则就“独宿”之景，直抒“独宿”之情。

“风尘”句紧承“永夜”句。“永夜角声”，意味着战乱未息。那悲凉的、自言自语的“永夜角声”，引起诗人许多感慨。“风尘荏苒音书绝”，就是那许多感慨的中心内容。“风尘荏苒”者，战乱侵寻也。诗人时常想回到故乡洛阳，却由于“风尘荏苒”，连故乡的音信都得不到啊！

“关塞”句紧承“中天”句。诗人早在《恨别》一诗里写道：“洛城一别四千里，胡骑长驱五六年。草木变衰行剑外，兵戈阻绝老江边。思家步月清宵立，忆弟看云白日眠……”好几年又过去了，却仍然流落剑外。一个人在这凄清的幕府里长夜不眠，仰望中天明月，怎能不心事重重！“关塞萧条行路难”，就是那重重心事之一。思家、忆弟之情有增无已，还是没法子回到洛阳啊！

这一联直抒“宿府”之情。但“宿府”时的心情很复杂，怎能用两句诗写完！于是用“伶俜十年事”加以概括，给读者留下了结合诗人的经历去驰骋想象的空间。

尾联照应首联。作为幕府的参谋而感到“幕府井梧寒”，这就会联想到《庄子·逍遥游》中所说的那个鹪鹩鸟来：“鹪鹩巢于深林，不过一枝。”自己从安史之乱以来，“支离东北风尘际，飘泊西南天地间”（《咏怀古迹五首》），那饱含辛酸的“伶俜十年事”都已经忍受过来了，如今为什么又要到这幕府里来忍受“井梧寒”呢？用“强移”二字，表明自己并不愿意来占这幕府中的“一枝”，而是严武拉来的。用一个“安”字，不过是自我解嘲。看看这一夜徘徊彷徨、辗转反侧的景况，能算是“安”吗？

杜甫的理想是“致君尧舜上，再使风俗淳”（《奉赠韦左丞丈二十韵》）。然而无数事实证明这理想难得实现，所以早在乾元二年（759），他就弃官不作，摆脱了“苦被微官缚，低头愧野人”（《独酌成诗》）的牢笼生活。这次作参谋，虽然并非出于自愿，但为了“酬知己”，还是写了《东西两川说》，为严武出谋划策。但到幕府不久，就受到幕僚们的嫉妒、诽谤和排挤，感到日子很不好过。因此，在《遣闷奉呈严公二十韵》里诉说了自己的苦况之后，就请求严武把他从“龟触网”“鸟窥笼”的困境中解放出来。读到那首的结句“时放倚梧桐”，再回头来读这首的“清秋幕府井梧寒”，就会有更多的体会。诗人宁愿回到草堂去“倚梧桐”，而不愿“栖”那“幕府井梧”的“一枝”；因为“倚”草堂的“梧桐”，比较“安”，也不那么“寒”。

（霍松林）

倦夜

原文

竹凉侵卧内，野月满庭隅。
重露成涓滴，稀星乍有无。
暗飞萤自照，水宿鸟相呼。
万事干戈里，空悲清夜徂！

鉴赏

吴齐贤《论杜》曰："唐人作诗，于题目不轻下一字，而杜诗尤严。"此诗题目，就颇令人感觉蹊跷。按说，疲倦只有在紧张的劳作之后才会产生，夜间人们休息安眠，怎么会"倦"？这是一个怎样的夜？诗人为什么会倦？让我们顺着这条线索，看一看诗中的描写吧。

起句云："竹凉侵卧内，野月满庭隅。"凉气阵阵袭入卧室，月光把庭院的角落都洒满了。好一个清秋月夜！"竹""野"二字，不仅暗示出诗人宅旁有竹林，门前是郊野，也分外渲染出一派秋气：夜风吹动，竹叶萧萧，入耳分外生凉，真是"绿竹助秋声"；郊野茫茫，一望无际，月光可以普照，更显得秋空明净，秋月皓洁。开头十个字，勾画出清秋月夜村居的特有景况。三、四两句紧紧相承，又有所变化："重露成涓滴，稀星乍有无。"上句扣竹，下句扣月。夜越来越凉，露水越来越重，在竹叶上凝聚成许多小水珠儿，不时地滴滴答答地滚落下来；此时月照中天，映衬得小星星黯然失色，像瞌睡人的眼，忽而睁，忽而闭。这已经是深夜了。五、六两句又转换了另外一番景色："暗飞萤自照，水宿鸟相呼。"这是秋夜破晓前的景色：月亮已经西沉，大地渐渐暗下来，只看到萤火虫提着小灯笼，闪着星星点点微弱的光；那竹林外小溪旁栖宿的鸟儿，已经睡醒，它们互相呼唤着，准备结伴起飞，迎接新的一天……

以上六句，把从月升到月落的秋夜景色，描写得历历如在目前。表面看，这六句全写自然景色，单纯写"夜"，没有一字写"倦"；但仔细一看，我们从这幅"秋夜图"中，不仅看到绿竹、庭院、朗月、稀星、暗飞的萤、水宿的鸟，还看到这些景物的目击者——诗人自己。我们仿佛看到他孤栖"卧内"，辗转反侧，不能成眠：一会儿拥被支肘，听窗外竹叶萧萧，露珠滴答；一会儿对着洒满庭院的溶溶月光，沉思默想；一会儿披衣而起，步出庭院，仰望遥空，环视旷野，心事浩茫……这一夜从月升到月落，诗人何曾合眼！彻夜不眠，他该有多么疲倦啊！如此清静、凉爽的秋夜，诗人为何不能酣眠？有什么重大的事苦缠住他的心？诗的最后两句诗人直吐胸臆："万事干戈里，空悲清夜徂！"原来他是为国事而忧心。这时，"安史之乱"刚刚平息，西北吐蕃兵又骚扰中原；并于广德元年(763)十月，直捣长安，逼得唐代宗李豫一度逃往陕州避难(《新唐书·吐蕃传》)。北方广大人民又一次蒙遭战祸，"田园寥落干戈后，骨肉流离道路中"(白居易《自河南经乱，关内阻饥，兄弟离散，各在一处。因望月有感，聊书所怀，寄上浮梁大兄、於潜七兄、乌江十五兄，兼示符离及下邽弟妹》）。这时杜甫寓居成都西郊浣花溪草堂（据前人考证，此诗作于广德二年），自身虽未直接受害，但他对国家和人民一向怀有深情，值此多难之秋，他怎能不忧心如焚！“万事干戈里”，这一夜他思考着千桩万桩事，哪一桩不与战事有关！诗人是多么深切地关注着国家和人民的命运，难怪他坐卧不安，彻夜难眠。但是，当时昏君庸臣当政，有志之士横遭贱视和摒弃，老杜自己也是报国无门。故诗的结语云：“空悲清夜徂！”枉自悲叹如此良夜白白逝去。“空悲”二字，抒发了诗人无限感慨与忧愤。

诗的最后两句，对全篇起了“点睛”的作用。读了这两句，我们回过头来再看前面所描写的那些自然景物，仿佛显现出一层新的光彩，无一不寄寓着诗人忧国忧时的感情，与诗人的心息息相通：由于诗人为国事而心寒，故分外感到“竹凉侵卧内”；由于诗人叹息广大人民的乱离之苦，故对那如泪珠滚动般的“重露成涓滴”之声特别敏感；那光华万里的“野月”，使人会联想到诗人思绪的广阔和遥远；那乍隐乍现、有气无力的“稀星”，似乎显示出诗人对当时政局动荡不定的担心；至于那暗飞自照的流萤，相呼结伴的水鸟，则更鲜明地衬托出诗人“消中只自惜，晚起索谁亲”（《赠王侍御四十韵》）的孤寂心情。

前人赞美杜诗“情融乎内而深且长，景耀乎外而远且大”（明谢榛《四溟诗话》）。这首诗中由于诗人以“情眼”观景、摄景，融情于景，故诗的字面虽不露声色，只写“夜”，不言“倦”，只写“耀乎外”的景，不写“融乎内”的情，但诗人的羁孤老倦之态，忧国忧时之情，已从这特定的“情中之景”里鲜明地流露出来。在这里，情与景，物与我，妙合无垠，情寓于景，景外含情，读之令人一咏三叹，味之无尽。

这首诗的构思布局精巧玲珑。全诗起承转合，井然有序。前六句写景，由近及远，由粗转细，用空间的变换暗示时间的推移，画面变幻多姿，情采步步诱人。诗的首联“竹凉侵卧内，野月满庭隅”，峭拔而起，统领下两联所写之景。设若此两句写作“夜凉侵卧内，明月满庭隅”，不仅出语平庸，画面简单，而且下面所写之景也无根无绊。因为无“竹”，“重露”就无处“成涓滴”；无“野”，飞萤之火、水鸟之声的出现，就不知从何而来。由“竹”“野”二字，可见诗人炼字之精，构思布局之细。此诗结尾由写景转入抒情，骤看殊觉突然，细看似断实联，外断内联，总结了全篇所写之景，点明了题意，使全诗在结处翼然振起，情景皆活，焕发出异样的光彩。

（何庆善）

有感五首（其三）

原文

洛下舟车入，天中贡赋均。
日闻红粟腐，寒待翠华春。
莫取金汤固，长令宇宙新。
不过行俭德，盗贼本王臣。

鉴赏

《有感五首》，作于代宗广德元年（763）秋。这是其中第三首，内容和当时朝廷中迁都洛阳之议有关。安史乱后，长安所在的关中地区残破，每年要从江淮转运大量粮食到长安；加上吐蕃进扰，长安处在直接威胁之下，因此朝中有迁都之议。这首诗即为此有感而发。

“洛下舟车入，天中贡赋均。”首联先从洛阳所处的优越地理位置写起。相传周成王使召公复营洛邑，说：“此天下之中，四方入贡，道里均焉。”次句本此。两句是说，洛阳居于全国中心，水陆交通便利，四方入贡赋税，到这里的路程也大致相等。这里所说的内容也就是主张迁都洛阳的人所持的主要理由。诗人用肯定的口吻加以转述，是因为单就地理位置而论，洛阳确有建都的优越条件。这里先让一步，正是为了使下面转出的议论更加有力。这是一种欲擒故纵的手法。

“日闻红粟腐，寒待翠华春。”颔联紧承“舟车”“贡赋”，翻出新意。“红粟腐”，用《汉书·食货志》“太仓之粟，陈陈相因，腐败而不可食”语意。“翠华”是天子之旗，这里指代皇帝。两句是说，我近日常听说，洛阳的国家粮仓里堆满了已经腐败的粮食，贫寒的老百姓正延首等待皇上能给他们带来春天般的温暖呢。话说得很委婉。实际上杜甫是反对迁都洛阳的，但他一则旁敲侧击，说“天中”只不过提供了苛敛之便；一则反话正说，明言百姓所待以见百姓所怨。当时持迁都之议的人们中，必有以百姓盼望皇帝东幸洛阳为辞的，所以诗人含而不露地反唇相讥说：百姓所望的是“翠华春”，可不是盼来一场更大的灾难！

主张迁都洛阳的人还将洛阳的地险作为迁都的理由，于是诗人又针对这种议论而发表见解道：“莫取金汤固，长令宇宙新。”“莫取”，就是“不要只着眼于”的意思。杜甫并不是否认“金汤固”的作用，而是认为，对于巩固封建国家政权来说，根本的凭借是不断革新政治，使人民安居乐业。两句一反一正，一谆谆告诫，一热情希望，显得特别语重心长。诗写到这里，已经从具体的迁都问题引申开去，提高、升华到根本的施政原则，因此下一联就进一步说到怎样才能“长令宇宙新”。

“不过行俭德，盗贼本王臣。”答案原极简单而平常：只不过是皇帝躬行俭德，减少靡费，减轻人民的负担罢了。要知道，所谓“盗贼”，本来都是皇帝的臣民呵。腹联“莫取”“长令”，反复叮咛，极其郑重，末联却轻描淡写地拈出“不过”二字。这高举轻放的戏剧性转折，使得轻描淡写的“不过”更加引人注目，更增含蕴。为了进一步强调“行俭德”的重要，诗人又语重心长地补上一句“盗贼本王臣”，一针见血地揭示了封建社会官逼民反的事实。思想的深刻，感情的深沉和语言的明快尖锐，在这里被和谐地统一起来了。

这首诗富于政论色彩，又具有强烈艺术感染力，是带有杜甫独特个性的。如果说将议论引入五律这种通常用来抒情写景的形式，是杜甫的一种有意义的尝试，那么议论而挟情韵以行，便是杜甫成功的艺术经验。

（刘学锴）

禹庙

原文

禹庙空山里，秋风落日斜。
荒庭垂橘柚，古屋画龙蛇。
云气嘘青壁，江声走白沙。
早知乘四载，疏凿控三巴。

鉴赏

杜甫写的禹庙，建在忠州（治所在今重庆忠县）临江的山崖上。杜甫在代宗永泰元年（765）出蜀东下，途经忠州时，参谒了这座古庙。

“禹庙空山里，秋风落日斜。”开门见山，起笔便令人森然、肃然。山是“空”的，可见荒凉；加以秋风瑟瑟，气氛更觉萧森。但山空，那古庙就更显得巍然独峙；加以晚霞的涂染，格外鲜明庄严，令人肃然而生敬意。诗人正是怀着这种心情登山入庙的。

“荒庭垂橘柚，古屋画龙蛇。”庙内，庭院荒芜，房屋古旧，一“荒”二“古”，不免使人感到凄凉、冷落。但诗人却观察到另一番景象：庭中橘柚硕果垂枝，壁上古画神龙舞爪。橘柚和龙蛇，给荒庭古屋带来一片生气和动感。

"垂橘柚""画龙蛇",既是眼前实景,又暗含着歌颂大禹的典故。据《尚书·禹贡》载,禹治洪水后,九州人民得以安居生产,远居东南的"岛夷"之民也"厥包橘柚"——把丰收的橘柚包裹好进贡给禹。又传说,禹"驱龙蛇而放菹(泽中有水草处)",使龙蛇也有所归宿,不再兴风作浪(见《孟子·滕文公》)。这两个典故正好配合着眼前景物,由景物显示出来;景与典,化为一体,使人不觉诗人是在用典。前人称赞这两句"用事入化",是"老杜千古绝技"(明胡应麟《诗薮·内篇》卷四)。这样用典的好处是,对于看出它是用典的,固然更觉意味深浓,为古代英雄的业绩所鼓舞;即使看不出它是用典,也同样可以欣赏这古色古香、富有生气的古庙景物,从中领会诗人豪迈的感情。

五、六两句写庙外之景:"云气嘘青壁,江声走白沙。"云雾团团,在长满青苔的古老的山崖峭壁间缓缓卷动;江涛澎湃,白浪淘沙,向三峡滚滚奔流。这里"嘘""走"二字特别传神。古谓:"云从龙。"从迷离的云雾,奔腾的江流,恍惚间,我们仿佛看到庙内壁画中的神龙,飞到峭壁间盘旋嬉游,口中嘘出团团云气;又仿佛看到有个巨人,牵着长江的鼻子,让它沿着沙道驯服地向东方迅奔……在这里,神话和现实,庙内和庙外之景,大自然的磅礴气势和大禹治理山河的伟大气魄,叠合到一起了。这壮观的画面,令人感到无限的力与美。

诗人伫立崖头,观此一番情景,怎能不对英雄大禹发出衷心的赞美,故结句云:"早知乘四载,疏凿控三巴。"传说禹治水到处奔波,水乘舟,陆乘车,泥乘輴,山乘樏,是为"四载"。三巴指巴郡、巴东、巴西(今重庆忠县、云阳,四川阆中等地)。传说这一带原为泽国,大禹凿通三峡后始为陆地。这两句诗很含蓄,意思是说：禹啊，禹啊，我早就耳闻你乘四载、凿三峡、疏长江、控三巴的英雄事迹；今天亲临现场，目睹遗迹，越发敬佩你的伟大了！

这首诗重点在于歌颂大禹不惧艰险、征服自然、为民造福的创业精神。唐王朝自安史之乱后，长期战乱，像洪水横流，给人民带来了无边的灾难；山“空”庭“荒”，正是当时整个社会面貌的真实写照。诗人用“春秋笔法”暗暗讽刺当时祸国殃民的昏庸统治者，而寄希望于新当政的代宗李豫，希望他能发扬大禹“乘四载”“控三巴”的艰苦创业精神，重振山河，把国家治理好。

在抒情诗中，情与景本应协调、统一。而这首诗，诗人歌颂英雄，感情基调昂扬、豪迈，但禹庙之景却十分荒凉：山空，风寒，庭荒，屋旧。这些景物与感情基调不协调。诗人为解决这个矛盾，巧妙地运用了抑扬相衬的手法：山虽空，但有禹庙之峥嵘；秋风虽萧瑟，但有落日之光彩；庭虽荒，但有橘柚垂枝；屋虽古旧，但有龙蛇在画壁间飞动……这样一抑一扬，既真实地再现了客观景物，又不使人产生冷落、低沉之感；加以后四句声弘气壮，调子愈来愈昂扬，令人愈读愈振奋。由此可见诗人的艺术匠心。

（何庆善）

旅夜书怀

原文

细草微风岸，危樯独夜舟。
星垂平野阔，月涌大江流。
名岂文章著，官应老病休。
飘飘何所似？天地一沙鸥。

鉴赏

公元 765 年，杜甫带着家人离开成都草堂，乘舟东下，在岷江、长江漂泊。这首五言律诗大概是他舟经渝州(治所在今重庆)、忠州(治所在今重庆忠县)一带时写的。

诗的前半描写“旅夜”的情景。第一、二两句写近景：微风吹拂着江岸上的细草，竖着高高桅杆的小船在月夜孤独地停泊着。当时杜甫离成都是迫于无奈。这一年的正月，他辞去节度使参谋职务，四月，在成都赖以存身的好友严武死去。处此凄孤无依之境，便决意离蜀东下。因此，这里不是空泛地写景，而是寓情于景，通过写景展示他的境况和情怀：像江岸细草一样渺小，像江中孤舟一般寂寞。第三、四两句写远景：明星低垂，平野广阔；月随波涌，大江东流。这两句写景雄浑阔大，历来为人所称道。在这两个写景句中寄寓着诗人的什么感情呢？有人认为是“开襟旷远”（清浦起龙《读杜心解》），有人认为是写出了“喜”的感情（见《唐诗论文集·杜甫五律例解》）。很明显，这首诗是写诗人暮年漂泊的凄苦景况的，而上面的两种解释只强调了诗的字面意思，这就很难令人信服。实际上，诗人写辽阔的平野、浩荡的大江、灿烂的星月，正是为了反衬出他孤苦伶仃的形象和颠连无告的凄怆心情。这种以乐景写哀情的手法，在古典作品中是经常使用的。如《诗经·小雅·采薇》“昔我往矣，杨柳依依”，用春日的美好景物反衬出征士兵的悲苦心情，写得多么动人！

诗的后半是“书怀”。第五、六两句说，有点名声，哪里是因为我的文章好呢？做官，倒应该因为年老多病而退休。这是反话，立意至为含蓄。诗人素有远大的政治抱负，但长期被压抑而不能施展，因此声名竟因文章而著，这实在不是他的心愿。杜甫此时确实是既老且病，但他的休官，却主要不是因为老和病，而是由于被排挤。这里表现出诗人心中的不平，同时揭示出政治上失意是他漂泊、孤寂的根本原因。关于这一联的含义，清黄生说是“无所归咎，抚躬自怪之语”（《杜诗说》），清仇兆鳌说是“五属自谦，六乃自解”（《杜少陵集详注》），恐怕不很妥当。最后两句说，飘然一身像个什么呢？不过像广阔的天地间的一只沙鸥罢了。诗人即景自况以抒悲怀。水天空阔，沙鸥漂零；人似沙鸥，转徙江湖。这一联借景抒情，深刻地表现了诗人内心漂泊无依的感伤，真是一字一泪，感人至深。

清王夫之《姜斋诗话》说：“情景虽有在心在物之分，而景生情，情生景……互藏其宅。”情景互藏其宅，即寓情于景和寓景于情。前者写宜于表达诗人所要抒发的情的景物，使情藏于景中；后者不是抽象地写情，而是在写情中藏有景物。杜甫的这首《旅夜书怀》诗，就是古典诗歌中情景相生、互藏其宅的一个范例。

（傅思均）

八阵图

原文

功盖三分国，名成八阵图。
江流石不转，遗恨失吞吴。

鉴赏

这是作者初到夔州（治今重庆奉节）时作的一首咏怀诸葛亮的诗，写于大历元年（766）。“八阵图”，指由天、地、风、云、龙、虎、鸟、蛇八种阵势所组成的军事操练和作战的阵图，是诸葛亮的一项创造，反映了他卓越的军事才能。

“功盖三分国，名成八阵图。”这两句赞颂诸葛亮的丰功伟绩。第一句是从总的方面写，说诸葛亮在确立魏蜀吴三分天下、鼎足而立局势的过程中，功绩最为卓绝。三国并存局面的形成，固然有许多因素，而诸葛亮辅助刘备从无到有地创建蜀国基业，应该说是重要原因之一。杜甫这一高度概括的赞语，客观地反映了三国时代的历史真实。第二句是从具体的方面来写，说诸葛亮创制八阵图使他声名更加卓著。对这一点古人曾屡加称颂，如成都武侯祠中的碑刻就写道："一统经纶志未酬，布阵有图诚妙略。""江上阵图犹布列，蜀中相业有辉光。"而杜甫的这句诗则是更集中、更凝练地赞颂了诸葛亮的军事业绩。

头两句诗在写法上用的是对仗句，"三分国"对"八阵图"，以全局性的业绩对军事上的贡献，显得精巧工整，自然妥帖。在结构上，前句劈头提起，开门见山；后句点出诗题，进一步赞颂功绩，同时又为下面凭吊遗迹作了铺垫。

"江流石不转，遗恨失吞吴。"这两句就"八阵图"的遗址抒发感慨。"八阵图"遗址在夔州西南永安宫前平沙上。据《荆州图副》和刘禹锡《嘉话录》记载，这里的八阵图聚细石成堆，高五尺，六十围，纵横棋布，排列为六十四堆，始终保持原来的样子不变；即使被夏天大水冲击淹没，等到冬季水落平川，万物都失故态，惟独八阵图的石堆却依然如旧，六百年来岿然不动。前一句极精练地写出了遗迹这一富有神奇色彩的特征。"石不转"，化用了《诗经·邶风·柏舟》中的诗句"我心匪石，不可转也"。在作者看来，这种神奇色彩和诸葛亮的精神心志有内在的联系：他对蜀汉政权和统一大业忠贞不贰，矢志不移，如磐石之不可动摇。同时，这散而复聚、长年不变的八阵图石堆的存在，似乎又是诸葛亮对自己赍志以殁表示惋惜、遗憾的象征，所以杜甫紧接着写的最后一句是"遗恨失吞吴"，说刘备吞吴失计，破坏了诸葛亮联吴抗曹的根本策略，以致统一大业中途夭折，而成了千古遗恨。

当然，这首诗与其说是在写诸葛亮的"遗恨"，毋宁说是杜甫在为诸葛亮惋惜，并在这种惋惜之中渗透了杜甫"伤己垂暮无成"（清黄生《杜诗说》）的抑郁情怀。

这首怀古绝句，具有融议论入诗的特点。但这种议论并不空洞抽象，而是语言生动形象，抒情色彩浓郁。诗人把怀古和述怀融为一体，浑然不分，给人一种此恨绵绵、余意不尽的感觉。

（吴小林）

白帝

原文

白帝城中云出门，
白帝城下雨翻盆。
高江急峡雷霆斗，
古木苍藤日月昏。
戎马不如归马逸，
千家今有百家存。
哀哀寡妇诛求尽，
恸哭秋原何处村？

鉴赏

这是一首拗体律诗，作于唐代宗大历元年(766)杜甫寓居夔州(治今重庆奉节)期间。它打破了固有的格律，以古调或民歌风格掺入律诗，形成奇崛奥峭的风格。

诗的首联即用民歌的复沓句法来写峡江云雨翻腾的奇险景象。登上白帝城楼，只觉云气翻滚，从城门中腾涌而出，此极言山城之高峻。往下看，“城下”大雨倾盆，使人觉得城还在云雨的上头，再次衬出城高。这两句用俗语入诗，再加上音节奇崛，不合一般律诗的平仄，读来颇为拗拙，但也因而有一种劲健的气骨。

下一联承“雨翻盆”而来，具体描写雨景；而且一反上一联的拗拙，写得非常工巧。首先是成功地运用当句对，使形象凝练而集中。“高江”对“急峡”，“古木”对“苍藤”，对偶工稳，铢两悉称；“雷霆”和“日月”各指一物（“日月”为偏义复词，即指“日”），上下相对。这样，两句中集中了六个形象，一个接一个奔凑到诗人笔下，真有急管繁弦之势，有声有色地传达了雨势的急骤。“高江”，指长江此段地势之高，藏“江水顺势而下”意；“急峡”，说两山夹水，致峡中水流至急，加以翻盆暴雨，江水猛涨，水势益急，竟使人如闻雷霆一般。从音节上言，这两句平仄完全合律，与上联一拙一工，而有跌宕错落之美。如此写法，后人极为赞赏，宋人范温说：“老杜诗，凡一篇皆工拙相半，古人文章类如此。皆拙固无取，使其皆工，则峭急无古气。”（《潜溪诗眼》）

这两联先以云雨寄兴，暗写时代的动乱，实际是为展现后面那个腥风血雨中的社会面貌造势、作铺垫。

后半首境界陡变，由紧张激烈化为阴惨凄冷。雷声渐远，雨帘已疏，诗人眼前出现了一片雨后萧条的原野。颈联即是写所见：荒原上闲蹓着的“归马”和横遭洗劫后的村庄。这里一个“逸”字值得注意。眼前之马逸则逸矣，看来是无主之马。虽然不必拉车耕地了，其命运难道不可悲吗？十室九空的荒村，那更是怵目惊心了。这一联又运用了当句对，但形式与上联不同，即是将包含相同词素的词语置于句子的前后部分，形成一种纡徐回复、一唱三叹的语调，传达出诗人无穷的感喟和叹息，这和上面急骤的调子形成鲜明对照。

景色惨淡，满目凋敝，那人民生活如何呢？这就逼出尾联碎人肝肠的哀诉。它以典型的悲剧形象，控诉了黑暗现实。孤苦无依的寡妇，终日哀伤，有着多少忧愁和痛苦啊！她的丈夫或许就是死于战乱，然而官府对她家也并不放过，搜刮尽净，那么其他人可想而知。最后写荒原中传来阵阵哭声，在收获的秋季尚且如此，其苦况可以想见。“何处村”是说辨不清哪个村庄有人在哭，造成一种苍茫的悲剧气氛，实际是说无处没有哭声。

本诗在意境上的参差变化很值得注意。首先是前后境界的转换，好像乐队在金鼓齐鸣之后奏出了如泣如诉的缕缕哀音；又好像电影在风狂雨暴的场景后，接着出现了一幅满目疮痍的秋原荒村图。这一转移，展现了经过安史之乱后唐代社会的缩影。其次是上下联，甚至一联之内都有变化。如颔联写雨景两句色彩即不同，出句如千军万马，而对句则阴惨凄冷，为转入下面的意境作了铺垫。这种多层次的变化使意境更为丰富，跌宕多姿而不流于平板。明王世贞在《艺苑卮言》中指出的“前疏者后必密，半阔者半必细，一实者一必虚”，或“一开则一阖，一扬则一抑，一象则一意，无偏用者”，就是这个道理。

（黄宝华）

夔州歌十绝句（其一）

原文

中巴之东巴东山，
江水开辟流其间。
白帝高为三峡镇，
瞿塘险过百牢关。

鉴赏

长江滔滔东流至重庆奉节，即古代的夔州，就进入了举世闻名的长江三峡之第一峡——瞿塘峡。此诗作于大历初，描绘歌颂了此处的山川形胜。

东汉末刘璋据蜀，分其地为三巴，有中巴、西巴、东巴。夔州为巴东郡，在“中巴之东”。“巴东山”即大巴山，在渝、陕、鄂三省市边境，诗中特指三峡两岸连山。“巴”“东”字在首句重复，前分后合，构成由舒缓转急促的节拍，使人从声音上感受到大山的气势。“中巴之东巴东山”，七字皆阴平声，更属创格，形成奇崛拗峭的音调，有助于气氛渲染，给人以石破天惊之感。次句写江水。“开辟”用如时间状语，意为“从开天辟地以来”“自古以来”。

不说“自古”而说“开辟”，极见推敲。因为“自古”只能表达一个抽象的时间概念，而“开辟”这个动词联合结构的词汇富于形象性，能引起一种动感，仿佛夔门的形成是浪打波穿的结果，既形容出自然的伟力，又见出其地势的古老和险要。

前两句从较大角度，交代出夔州的地理环境，下两句进而更具体地描绘其山川形胜。“白帝”即白帝城，城在夔州之东的北岸高峰顶上。这里是公孙述割据称雄之处，也是三国时蜀汉防东吴的要冲，因它守住瞿塘峡口，足资镇压，所以说是“三峡镇”。在湍急的瞿塘峡江心，旧时有滟滪堆，冬日出水，夏日没入水中成为暗礁，所以“其间道路古来难”，不可谓不险。“百牢关”在汉中，两岸绝壁相对而立，六十里不断，因为它和夔州的瞿塘相似，所以用来作比。下联十四字抓住“高”“险”特征，笔力千钧，把“高江急峡”写得极有气势。两句分承山水，句式对仗，音韵砍截，与散行作结风味全殊。

如果我们用盛唐绝句传统手法作对照，就会发现此诗在写作上有以下几个突出特点：一、传统绝句注重音调的平仄谐调，句格的稳顺；而此诗有意追求拗调，首句全用平声字，给人以奇离突兀之感。二、传统绝句注重风调，追求一唱三叹之音，尾联多取散行，一般“以第三句为主，第四句发之”（杨仲弘语），构成转合，即使用对结，也多采取流水对；此诗用“的对”作结，类半首律诗，诗意的转折在两联之间，结束的音调戛然而止。三、传统绝句注重情景交融的表现手法，纯写景的不多，而此诗两联皆分写山水，纯乎写景，却又并非无情。它通过奇突雄浑的自然景物的描写，取得激动人心的艺术效果，而抒情已存乎写景之中，读者能感到诗人对祖国奇异山川的热爱和由衷的赞美。

（周啸天）

宿江边阁

原文

暝色延山径，高斋次水门。
薄云岩际宿，孤月浪中翻。
鹳鹤追飞静，豺狼得食喧。
不眠忧战伐，无力正乾坤。

鉴赏

大历元年(766)春，杜甫由云安(今属重庆云阳)到夔州(治今重庆奉节)，同年秋寓居夔州的西阁。阁在长江边，有山川之胜。此诗是其未移寓前宿西阁之作。诗人通过不眠时的所见所闻，抒发了他关心时事，忧国忧民的思想感情。

首联对起。“暝色”句点明时间。一条登山小径，蜿蜒直抵阁前。“延”有接引义，连接“暝色”和“山径”，仿佛暝色是山径迎接来的一般，赋予无生命的自然景物以生趣。这句写出了苍然暮色自远而至之状。“高斋”指西阁，有居高临下之势。此句是说西阁位置邻近雄踞长江边的瞿塘关。

诗人寄宿西阁，夜长不寐，起坐眺望。颔联写当时所见。诗人欣赏绝境的物色，为初夜江上的山容水态所吸引，写下了“薄云岩际宿，孤月浪中翻”的名句。这两句清仇兆鳌解释说：“云过山头，停岩似宿。月浮水面，浪动若翻。”（《杜诗详注》）是概括得很好的。薄薄的云层飘浮在岩腹里，就像栖宿在那儿似的。江上波涛腾涌，一轮孤独的明月映照水中，好像月儿在不停翻滚。这两句是改南朝梁何逊“薄云岩际出，初月波中上”（《入西塞示南府同僚》）句而成。诗人从眼前生动景色出发，只换了四个字，就把前人现成诗句和自己真实感受结合起来，焕发出夺目的异彩。仇兆鳌把它比作张僧繇画龙，有“点睛欲飞”之妙。何诗写的是金陵附近西塞山前云起月出的向晚景色；杜诗写的是夔州附近瞿塘关上薄云依山、孤月没浪的初夜景致。夔州群山万壑，连绵不绝。飞云在峰壑中缓慢漂流，夜间光线暗淡，就像停留在那里一样。诗人用一个“宿”字，显得极为稳帖。夔州一带江流向以波腾浪涌著称。此诗用“浪中翻”三字表现江上月色，就飞动自然。诗人如果没有实感，是写不出来的。我们从这里可以悟出艺术表现上“青胜于蓝”的道理。

颈联写深夜无眠时所见所闻。这时传入耳中的，只有水禽山兽的声息。鹳，形似鹤的水鸟。鹳鹤等专喜捕食鱼介类生物的水鸟，白天在水面往来追逐，搜寻食物，此刻已停止了捕逐活动；生性贪狠的豺狼，这时又公然出来攫夺兽畜，争喧不止。这两句所表现的情景，切合夔州附近既有大江，又有丛山的自然环境，也在一定程度上唤起人们对当时黑暗社会现实的联想。被鹳鹤追飞捕捉的鱼介，被豺狼争喧噬食的兽畜，不正是在战乱中被掠夺、压榨的劳动人民的一种象征么？

尾联对结。中间两联都写诗人不眠时见闻，这一联才点出

“不眠”的原委。永泰元年(765)五月,杜甫离开成都草堂东下,次年春末来到夔州。这时严武刚死不久,继任的郭英乂因暴戾骄奢,为汉州刺史崔旰所攻,逃亡被杀。邛州牙将柏茂琳等又合兵讨崔,于是蜀中大乱。杜甫留滞夔州,忧念“战伐”,寄宿西阁时听到鹳鹤、豺狼的追逐喧嚣之声而引起感触。诗人早年就有“致君尧舜上”“常怀契与稷”的政治抱负,而今漂泊羁旅,无力实现整顿乾坤的夙愿,社会的动乱使他忧心如焚,彻夜无眠。这一联正是诗人忧心国事的情怀和潦倒艰难的处境的真实写照。

此诗全篇皆用对句,笔力雄健,毫不见雕饰痕迹。它既写景,又写情;先写景,后写情;可说是融景入情、情景并茂的一首杰作。

(陶道恕)

诸将五首（其二）

原文

韩公本意筑三城，
拟绝天骄拔汉旌。
岂谓尽烦回纥马，
翻然远救朔方兵。
胡来不觉潼关隘，
龙起犹闻晋水清。
独使至尊忧社稷，
诸君何以答升平？

鉴赏

《诸将五首》是一组政治抒情诗，唐代宗大历元年(766)作于夔州(治今重庆奉节)。这里选的是其中第二首。当时安史之乱虽已平定，但边患却未根除，诗人痛感朝廷将帅平庸无能，故作诗以讽。正是由于这样的命意，五首都以议论为诗。在律诗中发绝大议论，是杜甫之所长，而《诸将》表现尤为突出。施议论于律体，有两重困难，一是议论费词，容易破坏诗的凝练；二是议论主理，容易破坏诗的抒情性。而这两点都被作者解决得十分妥善。

题意在“诸将”，诗却并不从这里说起，而先引述前贤事迹。“韩公”，即历事则天、中宗朝以功封韩国公的名将张仁愿。最初，朔方军与突厥以黄河为界，神龙三年(707)，朔方军总管沙吒忠义为突厥所败，中宗诏张仁愿摄御史大夫代之。仁愿乘突厥之虚夺漠南之地，于河北筑三“受降城”，首尾相应，以绝突厥南侵之路。自此突厥不敢逾山牧马，朔方遂安。首联揭出“筑三城”这一壮举及意图，别有用意。将制止外族入侵写成“拟绝天骄(匈奴自称‘天之骄子’，见《汉书》)拔汉旌”，就把冷冰冰的叙述化作激奋人心的图画，赞美之情洋溢纸上。不说“已绝”而谓之“拟绝”，一个“拟”字颇有意味，这犹如说韩公此举非一时应急，乃百年大计，有待来者继承。因而首联实为“对面生情”，明说韩公而暗着意于“诸将”。

颔联即紧承此意，笔锋一转，落到“诸将”方面来。肃宗时朔方军收京，败吐蕃，皆借助回纥骑兵，所以说“尽烦回纥马”。而回纥出兵，本为另有企图，至永泰元年(765)，便毁盟联合吐蕃入寇。这里追述肃宗朝借兵事，意在指出祸患的原因在于诸将当年无远见，因循求助，为下句斥其而今庸懦无能，不能制外患张本。专提朔方兵，则照应韩公事，通过两联今昔对照，不著议论而褒贬自明。这里，一方面是化议论为叙事，具体形象；一方面以“岂谓”“翻然”等字勾勒，带着强烈不满的感情色彩，胜过许多议论，达到了含蓄、凝练的要求。

“尽烦回纥马”的失计，养痈遗患，五句即申此意。安禄山叛乱，潼关曾失守；后来回纥、吐蕃为仆固怀恩所诱连兵入寇。“胡来不觉潼关隘”实兼而言之。潼关非不险隘，而今不觉其险隘，正是讥诮诸将无人，亦是以叙代议，言少意多。

六句突然又从“诸将”宕开一笔，写到代宗。龙起晋水云云，是以唐高祖起兵晋阳譬喻，赞扬代宗复兴唐室。传说高祖师次龙门，代水清；而至德二载(757)七月，岚州合关河清，九月广平王(即后来的代宗)收西京。事有相类，所以引譬。初收京师时，广平王曾亲拜回纥马前，祈免剽掠。下句“忧社稷”三字，着落在此。六句引入代宗，七句又言“独使至尊忧社稷”，这是又一次从“对面生情”，运用对照手法，暴露“诸将”的无用。一个“独”字，意味尤长。盖收京之后，国家危机远未消除，诸将居然坐享“升平”，而“至尊”则独自食不甘味(至少诗人认为是这样)，言下之意实深，如发出来便是堂堂正正一篇忠愤填膺的文章。然而诗人不正面下一字，只冷冷反诘道：“诸君何以答升平?”戛然而止，却“含蓄可思”。这里“诸君”一喝，语意冷峭，简劲有力。

对于七律这种抒情诗体，“总贵不烦而至”(明陆时雍《诗镜总论》)。而作者能融议论于叙事，两次运用对照手法，耐人玩味，正做到“不烦而至”。又通过惊叹(“岂谓”二句)、反诘(“独使”二句)语气，为全篇增添感情色彩。议论叙事夹情韵以行，便绝无“伤体”(伤抒情诗之体)之嫌。在遣词造句上，“本意”“拟绝”“岂谓”“翻然”“不觉”“犹闻”“独使”“何以”等字前后呼应，使全篇意脉流贯，流畅中又具转折顿宕，所谓“纵横出没中，复含酝藉微远之致”(清沈德潜《说诗晬语》)，也加强了作品的艺术感染力。

(周啸天)

秋兴八首

原文

玉露凋伤枫树林，巫山巫峡气萧森。
江间波浪兼天涌，塞上风云接地阴。
丛菊两开他日泪，孤舟一系故园心。
寒衣处处催刀尺，白帝城高急暮砧。

夔府孤城落日斜，每依北斗望京华。
听猿实下三声泪，奉使虚随八月槎。
画省香炉违伏枕，山楼粉堞隐悲笳。
请看石上藤萝月，已映洲前芦荻花。

千家山郭静朝晖，日日江楼坐翠微。
信宿渔人还泛泛，清秋燕子故飞飞。
匡衡抗疏功名薄，刘向传经心事违。
同学少年多不贱，五陵衣马自轻肥。

闻道长安似弈棋，百年世事不胜悲。
王侯第宅皆新主，文武衣冠异昔时。
直北关山金鼓振，征西车马羽书驰。
鱼龙寂寞秋江冷，故国平居有所思。

蓬莱宫阙对南山，承露金茎霄汉间。
西望瑶池降王母，东来紫气满函关。
云移雉尾开宫扇，日绕龙鳞识圣颜。
一卧沧江惊岁晚，几回青琐点朝班。

瞿塘峡口曲江头，万里风烟接素秋。
花萼夹城通御气，芙蓉小苑入边愁。
珠帘绣柱围黄鹄，锦缆牙樯起白鸥。
回首可怜歌舞地，秦中自古帝王州。

昆明池水汉时功，武帝旌旗在眼中。
织女机丝虚夜月，石鲸鳞甲动秋风。
波漂菰米沉云黑，露冷莲房坠粉红。
关塞极天惟鸟道，江湖满地一渔翁。

昆吾御宿自逶迤，紫阁峰阴入渼陂。
香稻啄余鹦鹉粒，碧梧栖老凤凰枝。
佳人拾翠春相问，仙侣同舟晚更移。
彩笔昔曾干气象，白头吟望苦低垂。

鉴赏

《秋兴八首》是大历元年(766)杜甫五十五岁旅居夔州(治今重庆奉节)时的作品。它是八首蝉联、结构严密、抒情深挚的一组七言律诗，体现了诗人晚年的思想感情和艺术成就。

持续八年的安史之乱，至广德元年(763)始告结束，而吐蕃、回纥乘虚而入，藩镇拥兵割据，战乱时起，唐王朝难以复兴了。此时，严武去世，杜甫在成都生活失去凭依，遂沿江东下，滞留夔州。诗人晚年多病，知交零落，壮志难酬，心境是非常寂寞、抑郁的。《秋兴八首》这组诗，熔铸了夔州萧条的秋色，清凄的秋声，暮年多病的苦况，关心国家命运的深情，悲壮苍凉，意境深闳。

这组诗，前人评论较多，其中以明王嗣奭《杜臆》的意见最为妥切。他说："秋兴八首，以第一首起兴，而后七首俱发中怀；或承上，或起下，或互相发，或遥相应，总是一篇文字。"可见八首诗，章法缜密严整，脉络分明，不宜拆开，亦不可颠倒。从整体看，从诗人身在的夔州，联想到长安；由暮年飘零，羁旅江上，面对满目萧条景色而引起国家盛衰及个人身世的感叹；以对长安盛世胜事的追忆而归结到诗人现实的孤寂处境、今昔对比的哀愁。这种忧思不能看作是杜甫一时一地的偶然触发，而是自经丧乱以来，他忧国伤时感情的集中表现。目睹国家残破，而不能有所作为，其中曲折，诗人不忍明言，也不能尽言。这就是他所以望长安，写长安，婉转低回，反复慨叹的道理。

为理解这组诗的结构，须对其内容先略作说明。第一首是组诗的序曲，通过对巫山巫峡的秋色秋声的形象描绘，烘托出阴沉萧森、动荡不安的环境气氛，令人感到秋色秋声扑面惊心，抒发了诗人忧国之情和孤独抑郁之感。这一首开门见山，抒情写景，波澜壮阔，感情强烈。诗意落实在“丛菊两开他日泪，孤舟一系故园心”两句上，下启第二、三首。第二首写诗人身在孤城，从落日的黄昏坐到深宵，翘首北望，长夜不寐，上应第一首。最后两句，侧重写自己已近暮年，兵戈不息，卧病秋江的寂寞，以及身在剑南，心怀渭北，“每依北斗望京华”，表现出对长安的强烈怀念。第三首写晨曦中的夔府，是第二首的延伸。诗人日日独坐江楼，秋气清明，江色宁静，而这种宁静给作者带来的却是烦扰不安。面临种种矛盾，深深感叹自己一生的事与愿违。第四首是组诗的前后过渡。前三首诗的忧郁不安步步紧逼，至此才揭示它们的中心内容，接触到“每依北斗望京华”的核心：长安像“弈棋”一样彼争此夺，反复不定。人事的更变，纲纪的崩坏，以及回纥、吐蕃的连年进犯，这一切使诗人深感国运大非昔比。对杜甫说来，长安不是个抽象的地理概念，他在这唐代的政治中心住过整整十年，深深印在心上的有依恋，有爱慕，有欢笑，也有到处“潜悲辛”的苦闷。当此国家残破、秋江清冷、个人孤独之际，所熟悉的长安景象，一一浮现眼前。“故国平居有所思”一句挑出以下四首。第五首，描绘长安宫殿的巍峨壮丽，早朝场面的庄严肃穆，以及自己曾得“识圣颜”至今引为欣慰的回忆。值此沧江病卧，岁晚秋深，更加触动他的忧国之情。第六首怀想昔日帝王歌舞游宴之地曲江的繁华。帝王佚乐游宴引来了无穷的“边愁”，轻歌曼舞，断送了“自古帝王州”，在无限惋惜之中，隐含斥责之意。第七首忆及长安的昆明池，展示唐朝当年国力昌盛、景物壮丽和物产富饶的盛景。第八首表现了诗人当年在昆吾、御宿、渼陂春日郊游的诗意豪情。“彩笔昔曾干气象”，更是深刻难忘的印象。

八首诗是不可分割的整体，正如一个大型抒情乐曲有八个乐章一样。这个抒情曲以忧念国家兴衰的爱国思想为主题，以夔府的秋日萧瑟，诗人的暮年多病、身世飘零，特别是关切祖国安危的沉重心情作为基调。其间穿插有轻快欢乐的抒情，如“佳人拾翠春相问，仙侣同舟晚更移”；有壮丽飞动、充满豪情的描绘，如对长安宫阙、昆明池水的追述；有表现慷慨悲愤情绪的，如“同学少年多不贱，五陵衣马自轻肥”；有极为沉郁低回的咏叹，如“关塞极天惟鸟道，江湖满地一渔翁”“白头吟望苦低垂”等。就以表现诗人孤独和不安的情绪而言，其色调也不尽相同。“江间波浪兼天涌，塞上风云接地阴”，以豪迈、宏阔写哀愁；“信宿渔人还泛泛，清秋燕子故飞飞”，以清丽、宁静写“剪不断、理还乱”的不平静的心绪。总之，八首中的每一首都以自己独特的表现手法，从不同的角度表现基调的思想情绪。它们每一首在八首中又是互相支撑，构成了整体。这样不仅使整个抒情曲错综、丰富，而且抑扬顿挫，有开有阖，突出地表现了主题。清王夫之对此说：“八首如正变七音旋相为宫而自成一章，或为割裂，则神态尽失矣。”（《船山遗书·唐诗评选》卷四）

《秋兴八首》中，杜甫除采用强烈的对比手法外，反复运用了循环往复的抒情方式，把读者引入诗的境界中去。组诗的纲目是由夔府望长安——“每依北斗望京华”。组诗的枢纽是“瞿塘峡口曲江头，万里风烟接素秋”。从瞿塘峡口到曲江头，相去遥远，诗中以“接”字，把客蜀望京，抚今追昔，忧邦国安危……种种复杂感情交织成一个深厚壮阔的艺术境界。第一首从眼前丛菊的开放联系到“故园”。追忆“故园”的沉思又被白帝城黄昏的四处砧声所打断。这中间有从夔府到长安，又从长安回到夔府的往复。第二首，由夔府孤城按着北斗星的方位遥望长安，听峡中猿啼，想到“画省香炉”。这是两次往复。联翩的回忆，又被夔府古城的悲笳所唤醒。这是第三次往复。第三首虽然主要在抒发悒郁不平，但诗中有“五陵衣马自轻肥”，仍然有夔府到长安的往复。第四、五首，一写长安十数年来的动乱，一写长安宫阙之盛况，都是先从对长安的回忆开始，在最后两句回到夔府。第六首，从瞿塘峡口到曲江头，从目前的万里风烟，想到过去的歌舞繁华。第七首怀想昆明池水盛唐武功，回到目前“关塞极天惟鸟道”的冷落。第八首，从长安的“昆吾……”回到“白头吟望”的现实，都是往复。循环往复是《秋兴八首》的基本表现方式，也是它的特色。不论从夔府写到长安，还是从追忆长安而归结到夔府，从不同的角度，层层加深，不仅毫无重复之感，还起了加深感情，增强艺术感染力的作用，真可以说是“毫发无遗憾，波澜独老成”(《赠郑谏议十韵》)了。

情景的和谐统一，是抒情诗里一个异常重要的方面。《秋兴八首》可说是一个极好的范例。如“江间波浪兼天涌，塞上风云接地阴”，波浪汹涌，仿佛天也翻动；巫山风云，下及于地，似与地下阴气相接。前一句由下及上，后一句由上接下。波浪滔天，风云匝地，秋天萧森之气充塞于巫山巫峡之中。我们感到这两句形象有力，内容丰富，意境开阔。诗人不是简单地再现他的眼见耳闻，也不是简单地描摹江流湍急、塞上风云、三峡秋深的外貌特征，诗人捕捉到它们内在的精神，而赋予江水、风云某种性格。这就是天上地下、江间关塞，到处是惊风骇浪，动荡不安；萧条阴晦，不见天日。这就形象地表现了诗人的极度不安，翻腾起伏的忧思和胸中的郁勃不平，也象征了国家局势的变易无常和躭廰不安的前途。两句诗把峡谷的深秋，诗人个人身世以及国家丧乱都包括在里面。既掌握景物的特点，又把自己人生经验中最深刻的感情融会进去，用最生动、最有概括力的语言表现出来，这样景物就有了生命，而作者企图表现的感情也就有所附丽。情因景而显，景因情而深。语简而意繁，心情苦闷而意境开阔（意指不局促，不狭窄）。宋苏东坡曾说："赋诗必此诗，定知非诗人。"（《书鄢陵王主簿所画折枝二首》）确实是有见识、有经验之谈。

杜甫住在成都时，在《江村》里说"自去自来堂上燕"，从栖居草堂的燕子的自去自来，表现诗人所在的江村长夏环境的幽静，显示了诗人漂泊后，初获暂时安定生活时自在舒展的心情。在《秋兴八首》第三首里，同样是燕飞，诗人却说："清秋燕子故飞飞。"诗人日日江楼独坐，百无聊赖中看着燕子的上下翩翩，燕之辞归，好像故意奚落诗人的不能归，所以说它故意飞来绕去。一个"故"字，表现出诗人心烦意乱下的着恼之情。又如"瞿塘峡口曲江头，万里风烟接素秋"，瞿塘峡在夔府东，邻近诗人所在之地，曲江在长安东南，是所思之地。清黄生《杜诗说》："二句分明在此地思彼地耳，却只写景。杜诗至化处，景即情也。"不失为精到语。至如"花萼夹城通御气，芙蓉小苑入边愁"的意在言外；"鱼龙寂寞秋江冷"的写秋景兼自喻；"请看石上藤萝月，已映洲前芦荻花"的纯是写景，情也在其中。这种情景交融的例子，八首中处处皆是。

前面所说的情景交融，是指情景一致，有力地揭示诗人丰富复杂的内心世界所产生的艺术效果。此外，杜甫善于运用壮丽、华美的字和词表现深沉的忧伤。《秋兴八首》里，把长安昔日的繁荣昌盛描绘得那么气象万千，充满了豪情，诗人早年的欢愉说起来那么快慰、兴奋。对长安的一些描写，不仅与回忆中的心情相适应，也与诗人现实的苍凉感情成为统一不可分割、互相衬托的整体。这更有助读者体会到诗人在国家残破、个人暮年漂泊时极大的忧伤和抑郁。诗人愈是以满腔热情歌唱往昔，愈使人感受到诗人虽老衰而忧国之情弥深，其“无力正乾坤”的痛苦也越重。

《秋兴八首》中，交织着深秋的冷落荒凉、心情的寂寞凄楚和国家的衰败残破。按通常的写法，总要多用一些“清”“凄”“残”“苦”等字眼。然而杜甫在这组诗里，反而更多地使用了绚烂、华丽的字和词来写秋天的哀愁。乍看起来似和诗的意境截然不同，但它们在诗人巧妙的驱遣下，却更有力地烘托出深秋景物的萧条和心情的苍凉。如“蓬莱宫阙”“瑶池”“紫气”“云移雉尾”“日绕龙鳞”“珠帘绣柱”“锦缆牙樯”“武帝旌旗”“织女机丝”“佳人拾翠”“仙侣同舟”……都能引起美丽的联想，透过字句，泛出绚丽的光彩。可是在杜甫的笔下，这些词被用来衬托荒凉和寂寞，用字之勇，出于常情之外，而意境之深，又使人感到无处不在常情之中。这种不协调的协调，不统一的统一，不但丝毫无损于形象和意境的完整，而且往往比用协调的字句来写，能产生更强烈的艺术效果。正如用“笑”写悲远比用“泪”写悲要困难得多，可是如果写得好，就把思想感情表现得更为深刻有力。南朝梁刘勰在《文心雕龙》的《丽辞》篇中讲到对偶时，曾指出“反对”较“正对”为优。其优越正在于“理殊趣合”，取得相反相成、加深意趣、丰富内容的积极作用。运用豪华的字句、场面表现哀愁、苦闷，同样是“理殊趣合”，也可以说是情景在更高的基础上的交融。其间的和谐，也是在更深刻、更复杂的矛盾情绪下的统一。

有人以为杜甫入蜀后，诗歌不再有前期那样大气磅礴、浓烈炽人的感情。其实，诗人在这时期并没消沉，只是生活处境不同，思想感情更复杂、更深沉了；而在艺术表现方面，经长期生活的锻炼和创作经验的积累，比起前期有进一步的提高或丰富，《秋兴八首》就是明证。

（冯钟芸）

咏怀古迹五首（其二）

原文

摇落深知宋玉悲，
风流儒雅亦吾师。
怅望千秋一洒泪，
萧条异代不同时。
江山故宅空文藻，
云雨荒台岂梦思。
最是楚宫俱泯灭，
舟人指点到今疑。

鉴赏

《咏怀古迹五首》是杜甫大历元年(766)在夔州(治今重庆奉节)写成的一组诗。夔州和三峡一带本来就有宋玉、王昭君、刘备、诸葛亮、庾信等人留下的古迹，杜甫正是借这些古迹，怀念古人，同时也抒写自己的身世家国之感。这首《咏怀古迹》是杜甫凭吊楚国著名辞赋作家宋玉的。宋玉的《高唐赋》《神女赋》写楚襄王和巫山神女梦中欢会故事，因而传为巫山佳话；又相传在江陵有宋玉故宅。所以杜甫暮年出蜀，过巫峡，至江陵(今湖北荆州市)，不禁怀念楚国这位作家，勾起身世遭遇的同情和悲慨。在杜甫看来，宋玉既是词人，更是志士。而他生前身后却都只被视为词人，其政治上失志不遇，则遭误解，至于曲解。这是宋玉一生遭遇最可悲哀处，也是杜甫自己一生遭遇最为伤心处。这诗便是瞩目江山，怅望古迹，吊宋玉，抒己怀；以千古知音写不遇之悲，体验深切；于精警议论见山光天色，艺术独到。

杜甫到江陵，在秋天。宋玉名篇《九辩》正以悲秋发端："悲哉秋之为气也，萧瑟兮草木摇落而变衰。"其辞旨又在抒写"贫士失职而志不平"，与杜甫当时的情怀共鸣，因而便借以兴起本诗，简洁而深切地表示对宋玉的了解、同情和尊敬，同时又点出了时节天气。"风流儒雅"是北周庾信《枯树赋》中形容东晋名士兼志士殷仲文的成语，这里借以强调宋玉主要是一位政治上有抱负的志士。"亦吾师"用东汉王逸说："宋玉者，屈原弟子也。闵惜其师忠而被逐，故作《九辩》以述其志。"（《楚辞章句》）这里借以表示杜甫自己也可算作师承宋玉，同时表明本诗旨意也在闵惜宋玉，"以述其志"。所以次联接着就说明自己虽与宋玉相距久远，不同朝代，不同时代，但萧条不遇，惆怅失志，其实相同。因而望其遗迹，想其一生，不禁悲慨落泪。

诗的前半感慨宋玉生前，后半则为其身后不平。这片大好江山里，还保存着宋玉故宅，世人总算没有遗忘他。但人们只欣赏他的文采词藻，并不了解他的志向抱负和创作精神。这不符宋玉本心，也无补于后世，令人惘然，故曰"空"。就像眼前这巫山巫峡，使人想起宋玉的《高唐赋》《神女赋》。它的故事题材虽属荒诞梦想，但作家的用意却在讽谏君主淫惑。然而世人只把它看作荒诞梦想、欣赏风流艳事。这更从误解而曲解，使有益作品阉割成荒诞故事，把有志之士歪曲为无谓词人。这一切，使宋玉含屈，令杜甫伤心。而最为叫人痛心的是，随着历史变迁，岁月消逝，楚国早已荡然无存，人们不再关心它的兴亡，也更不了解宋玉的志向抱负和创作精神，以至将曲解当史实，以讹传讹，以讹为是。到如今，江船经过巫山巫峡，船夫们津津有味，指指点点，谈论着哪个山峰荒台是楚王神女欢会处，哪片云雨是神女来临时。词人宋玉不灭，志士宋玉不存，生前不获际遇，身后为人曲解。宋玉悲在此，杜甫悲为此。前人或说，此"言古人不可复作，而文采终能传也"，则恰与杜甫本意相违，似为非是。

显然，体验深切，议论精警，耐人寻味，是这诗的突出特点和成就。但这是一首咏怀古迹诗，诗人实到其地，亲吊古迹，因而山水风光自然显露。杜甫沿江出蜀，漂泊水上，旅居舟中，年老多病，生计窘迫，境况萧条，情绪悲怆，本来无心欣赏风景，只为宋玉遗迹触发了满怀悲慨，才洒泪赋诗。诗中的草木摇落，景物萧条，江山云雨，故宅荒台，以及舟人指点的情景，都从感慨议论中出来，蒙着历史的迷雾，充满诗人的哀伤，仿佛确是泪眼看风景，隐约可见，实而却虚。从诗歌艺术上看，这样的表现手法富有独创性。它紧密围绕主题，显出古迹特征，却不独立予以描写，而使之融于议论，化为情境，渲染着这诗的抒情气氛，增强了咏古的特色。

这是一首七律，要求谐声律，工对仗。但也由于诗人重在议论，深于思，精于义，伤心为宋玉写照，悲慨抒壮志不酬，因而通体用赋，铸词熔典，精警切实，不为律拘。它谐律从乎气，对仗顺乎势，写近体而有古体风味，却不失清丽。前人或讥其"首二句失粘"，只从形式批评，未为中肯。

（倪其心）

咏怀古迹五首（其三）

原文

群山万壑赴荆门，
生长明妃尚有村。
一去紫台连朔漠，
独留青冢向黄昏。
画图省识春风面，
环珮空归月夜魂。
千载琵琶作胡语，
分明怨恨曲中论。

鉴赏

这是《咏怀古迹五首》中的第三首，诗人借咏昭君村、怀念王昭君来抒写自己的怀抱。

“群山万壑赴荆门，生长明妃尚有村”。诗的发端两句，首先点出昭君村所在的地方。据《一统志》说：“昭君村，在荆州府归州东北四十里。”其地址，即在今湖北秭归县的香溪。杜甫写这首诗的时候，正住在夔州（治今重庆奉节）白帝城。这是三峡西头，地势较高。他站在白帝城高处，东望三峡东口外的荆门山及其附近的昭君村。远隔数百里，本来是望不到的，但他发挥想象力，由近及远，构想出群山万壑随着险急的江流，奔赴荆门山的雄奇壮丽的图景。他就以这个图景作为本诗的首句，起势很不平凡。杜甫写三峡江流有“众水会涪万，瞿塘争一门”（《长江二首》）的警句，用一个“争”字，突出了三峡水势之惊险。这里则用一个“赴”字突出了三峡山势的雄奇生动。这可说是一个有趣的对照。但是，诗的下一句，却落到一个小小的昭君村上，颇有点出人意外，因引起评论家一些不同的议论。明人胡震亨评注的《杜诗通》就说：“群山万壑赴荆门，当似生长英雄起句，此未为合作。”意思是这样气象雄伟的起句，只有用在生长英雄的地方才适当，用在昭君村上是不适合，不协调的。清人吴瞻泰的《杜诗提要》则又是另一种看法。他说：“发端突兀，是七律中第一等起句，谓山水逶迤，钟灵毓秀，始产一明妃。说得窈窕红颜，惊天动地。”意思是说，杜甫正是为了抬高昭君这个“窈窕红颜”，要把她写得“惊天动地”，所以才借高山大川的雄伟气象来烘托她。清杨伦《杜诗镜铨》说：“从地灵说入，多少郑重。”亦与此意相接近。究竟谁是谁非，如何体会诗人的构思，须要结合全诗的主题和中心才能说明白，所以留到后面再说。

“一去紫台连朔漠，独留青冢向黄昏。”前两句写昭君村，这两句才写到昭君本人。诗人只用这样简短而雄浑有力的两句诗，就写尽了昭君一生的悲剧。从这两句诗的构思和词语说，杜甫大概是借用了南朝梁江淹《恨赋》里的话：“明妃去时，仰天太息。紫台稍远，关山无极。望君王兮何期，终芜绝兮异域。”但是，仔细地对照一下之后，我们应该承认，杜甫这两句诗所概括的思想内容的丰富和深刻，大大超过了江淹。清人朱瀚《杜诗解意》说：“‘连’字写出塞之景，‘向’字写思汉之心，笔下有神。”说得很对。但是，有神的并不止这两个字。只看上句的紫台和朔漠，自然就会想到离别汉宫、远嫁匈奴的昭君在万里之外，在异国殊俗的环境中，一辈子所过的生活。而下句写昭君死葬塞外，用“青冢”“黄昏”这两个最简单而现成的词汇，尤其具有大巧若拙的艺术匠心。在日常的语言里，“黄昏”两字都是指时间，而在这里，它似乎更主要是指空间了。它指的是那和无边的大漠连在一起的，笼罩四野的黄昏的天幕，它是那样地大，仿佛能够吞食一切，消化一切，但是，独有一个墓草长青的青冢，它吞食不下，消化不了。想到这里，这句诗自然就给人一种天地无情、青冢有恨的无比广大而沉重之感。

“画图省识春风面，环珮空归月夜魂。”这是紧接着前两句，更进一步写昭君的身世家国之情。“画图”句承前第三句，“环珮”句承前第四句。“画图”句是说，由于汉元帝的昏庸，对后妃宫人们，只看图画不看人，把她们的命运完全交给画工们来摆布。省识，是“略识”之意。说元帝从图画里略识昭君，实际上就是根本不识昭君，所以就造成了昭君葬身塞外的悲剧。“环珮”句是写她怀念故国之心，永远不变，虽骨留青冢，魂灵还会在月夜回到生长她的父母之邦。南宋词人姜夔在他的咏梅名作《疏影》里曾经把杜甫这句诗从形象上进一步丰富提高：“昭君不惯胡沙远，但暗忆江南江北。想珮环月夜归来，化作此花幽独。”这里写昭君想念的是江南江北，不是长安的汉宫特别动人。月夜归来的昭君幽灵，经过提炼，化身成为芬芳缟素的梅花，想象更是幽美！

“千载琵琶作胡语，分明怨恨曲中论。”这是此诗的结尾，借千载作胡音的琵琶曲调，点明全诗写昭君“怨恨”的主题。据汉刘熙的《释名》说：“琵琶，本出于胡中马上所鼓也。推手前曰琵，引手却曰琶。”晋石崇《明君词序》说：“昔公主嫁乌孙，令琵琶马上作乐，以慰其道路之思。其送明君亦必尔也。”琵琶本是从胡人传入中国的乐器，经常弹奏的是胡音胡调的塞外之曲，后来许多人同情昭君，又写了《昭君怨》《王明君》等琵琶乐曲，于是琵琶和昭君在诗歌里就密切难分了。

前面已经反复说明，昭君的“怨恨”尽管也包含着“恨帝始不见遇”的“怨思”，但更主要的，还是一个远嫁异域的女子永远怀念乡土，怀念故土的怨恨忧思，它是千百年中世代积累和巩固起来的对自己的乡土和祖国的最深厚的共同的感情。

话又回到本诗开头两句上了。明胡震亨说“群山万壑赴荆门”的诗句只能用于“生长英雄”的地方，用在“生长明妃”的小村子就不适当，正是因为他只从哀叹红颜薄命之类的狭隘感情来理解昭君，没有体会昭君怨恨之情的分量。清吴瞻泰意识到杜甫要把昭君写得“惊天动地”，清杨伦体会到杜甫下笔“郑重”的态度，但也未把昭君何以能“惊天动地”，何以值得“郑重”的道理说透。昭君虽然是一个女子，但她身行万里，冢留千秋，心与祖国同在，名随诗乐长存，为什么不值得用“群山万壑赴荆门”这样壮丽的诗句来郑重地写呢？

杜甫的诗题叫《咏怀古迹》，显然他在写昭君的怨恨之情时，是寄托了自己的身世家国之情的。他当时正“漂泊西南天地间”，远离故乡，处境和昭君相似。虽然他在夔州，距故乡洛阳偃师一带不像昭君出塞那样远隔万里，但是“书信中原阔，干戈北斗深”，洛阳对他来说，仍然是可望不可即的地方。他寓居在昭君的故乡，正好借昭君当年想念故土、夜月魂归的形象，寄托自己想念故乡的心情。

清人李子德说：“只叙明妃，始终无一语涉议论，而意无不包。后来诸家，总不能及。”（清杨伦《杜诗镜铨》引）这个评语的确说出了这首诗最重要的艺术特色，它自始至终，全从形象落笔，不着半句抽象的议论，而“独留青冢向黄昏”“环珮空归月夜魂”的昭君的悲剧形象，却在读者的心上留下了难以磨灭的深刻印象。

（廖仲安）

咏怀古迹五首（其五）

原文

诸葛大名垂宇宙，
宗臣遗像肃清高。
三分割据纡筹策，
万古云霄一羽毛。
伯仲之间见伊吕，
指挥若定失萧曹。
运移汉祚终难复，
志决身歼军务劳。

鉴赏

这是《咏怀古迹五首》中的最末一篇。当时诗人瞻仰了武侯祠，衷心敬慕，发而为诗。作品以激情昂扬的笔触，对其雄才大略进行了热烈的颂扬，对其壮志未遂叹惋不已！

“诸葛大名垂宇宙”，上下四方为宇，古往今来曰宙，“垂宇宙”，将时间空间共说，给人以“名满寰宇，万世不朽”的具体形象之感。首句如异峰突起，笔力雄放。次句“宗臣遗像肃清高”，进入祠堂，瞻望诸葛遗像，不由肃然起敬；遥想一代宗臣，高风亮节，更添敬慕之情。“宗臣”二字，总领全诗。

接下去进一步具体写诸葛亮的才能、功绩。从艺术构思讲，它紧承首联的进庙、瞻像，到看了各种文物后，自然地对其丰功伟绩作出高度的评价："三分割据纡筹策，万古云霄一羽毛。"纡，屈也。纡策而成三国鼎立之势，此好比鸾凤高翔，独步青云，奇功伟业，历代敬仰。然而诗人用词精微，一"纡"字，突出诸葛亮屈处偏隅，经世怀抱百施其一而已，三分功业，亦只雄凤一羽罢了。"万古云霄"句形象有力，议论达情，情托于形，自是议论中高于人之处。

想及武侯超人的才智和胆略，使人如见其羽扇纶巾，一扫千军万马的潇洒风度。感情所至，诗人不由呼出"伯仲之间见伊吕，指挥若定失萧曹"的赞语。伊尹是商代开国君主汤的大臣，吕尚辅佐周文王、武王灭商有功，萧何和曹参，都是汉高祖刘邦的谋臣，汉初的名相。诗人盛赞诸葛亮的人品与伊尹、吕尚不相上下，而胸有成竹，从容镇定的指挥才能却使萧何、曹参为之黯然失色。这，一则表现了对武侯的极度崇尚之情，同时也表现了作者不以事业成败持评的高人之见。宋刘克庄曰："卧龙没已千载，而有志世道者，皆以三代之佐许之。此诗侪之伊吕伯仲间，而以萧曹为不足道，此论皆自子美发之。"(《后村诗话》)清黄生曰：此论出，"区区以成败持评者，皆可废矣"(《杜诗说》)。可见诗人这一论断的深远影响。

最后，"运移汉祚终难复，志决身歼军务劳"。诗人抱恨汉朝"气数"已终，长叹尽管有武侯这样稀世杰出的人物，下决心恢复汉朝大业，但竟未成功，反而因军务繁忙，积劳成疾而死于征途。这既是对诸葛亮"鞠躬尽瘁，死而后已"高尚品节的赞歌，也是对英雄未遂平生志的深切叹惋。

这首诗，由于诗人以自身肝胆情志吊古，故能涤肠荡心，浩气炽情动人肺腑，成为咏古名篇。诗中除了"遗像"是咏古迹外，其余均是议论，不仅议论高妙，而且写得极有情韵。三分霸业，在后人看来已是赫赫功绩了，而对诸葛亮来说，轻若一羽耳；“萧曹”尚不足道，那区区“三分”就更不值挂齿。如此曲折回宕，处处都是抬高了诸葛亮。全诗议而不空，句句含情，层层推进：如果把首联比作一雷乍起，倾盆而下的暴雨，那么，颔联、颈联则如江河奔注，波涛翻卷，愈涨愈高，至尾联蓄势已足，突遇万丈绝壁，瀑布而下，空谷传响——“志决身歼军务劳”。——全诗就结于这动人心弦的最强音上。

（傅经顺）

阁夜

原文

岁暮阴阳催短景，
天涯霜雪霁寒宵。
五更鼓角声悲壮，
三峡星河影动摇。
野哭千家闻战伐，
夷歌数处起渔樵。
卧龙跃马终黄土，
人事音书漫寂寥。

鉴赏

这是大历元年(766)冬杜甫寓居夔州(治今重庆奉节)西阁时所作。当时西川军阀混战，连年不息；吐蕃也不断侵袭蜀地。而杜甫的好友郑虔、苏源明、李白、严武、高适等，都先后死去。感时忆旧，他写了这首诗，表现出异常沉重的心情。

开首二句点明时间。首句“岁暮”，指冬季；“阴阳”，指日月；“短景”，指冬天日短。一“催”字，形象地说明夜长昼短，使人觉得光阴荏苒，岁序逼人。次句“天涯”，指夔州，又有沦落天涯意。当此霜雪方歇的寒冬夜晚，雪光明朗如昼，诗人对此凄凉寒怆的夜景，不由感慨万千。

“五更”二句，承次句“寒宵”，写出了夜中所闻所见。

上句“鼓角”，指古代军中用以报时和发号施令的鼓声、号角声。晴朗的夜空，鼓角声分外响亮，值五更欲曙之时，愁人不寐，那声音更显得悲壮感人。这就从侧面烘托出夔州一带也不太平，黎明前军队已在加紧活动。诗人用“鼓角”二字点示，再和“五更”“声悲壮”等词语结合，兵革未息、战争频仍的气氛就自然地传达出来了。下句说雨后玉宇无尘，天上银河显得格外澄澈，群星参差，映照峡江，星影在湍急的江流中摇曳不定。景色是够美的。前人赞扬此联写得“伟丽”。它的妙处在于：通过对句，诗人把他对时局的深切关怀和三峡夜深美景的欣赏，有声有色地表现出来。诗句气势苍凉恢廓，音调铿锵悦耳，辞采清丽夺目，“伟丽”中深蕴着诗人悲壮深沉的情怀。

“野哭”二句，写拂晓前所闻。一闻战伐之事，就立即引起千家的恸哭，哭声传彻四野，其景多么凄惨！“夷歌”，指四川境内少数民族的歌谣。夔州是民族杂居之地。杜甫客寓此间，渔夫樵子不时在夜深传来“夷歌”之声。“数处”言不只一起。这两句把偏远的夔州的典型环境刻画得很真实：“野哭”“夷歌”，一个富有时代感，一个具有地方性。对这位忧国忧民的伟大诗人来说，这两种声音都使他倍感悲伤。

“卧龙”二句，诗人极目远望夔州西郊的武侯庙和东南的白帝庙，而引出无限感慨。“卧龙”，指诸葛亮。“跃马”，化用晋左思《蜀都赋》“公孙跃马而称帝”句，意指公孙述在西汉末乘乱据蜀称帝。杜甫曾屡次咏到他：“公孙初据险，跃马意何长？”（《白帝城》）“勇略今何在？当年亦壮哉！”（《上白帝城二首》）一世之雄，而今安在？他们不都成了黄土中的枯骨吗！“人事音书”，词意平列。“漫”，任便。这句说，人事与音书，如今都只好任其寂寞了。结尾二句，流露出诗人极为忧愤感伤的情绪。清沈德潜说：“结言贤愚同尽，则目前人事，远地音书，亦付之寂寥而已。”（《唐诗别裁集》）像诸葛亮、公孙述这样的历史人物，不论他是贤是愚，都同归于尽了。现实生活中，征戍、诛掠更造成广大人民天天都在死亡，我眼前这点寂寥孤独，又算得了什么呢？这话看似自遣之词，实际上却充分反映出诗人感情上的矛盾与苦恼。“志士幽人莫怨嗟，古来材大难为用！”（《古柏行》）“英雄余事业，衰迈久风尘”（《上白帝城二首》）。这些诗句正好传达出诗中某些未尽之意。卢世㴶认为此诗“意中言外，怆然有无穷之思”，是颇有见地的。

此诗向来被誉为杜律中的典范性作品。诗人围绕题目，从几个重要侧面抒写夜宿西阁的所见所闻所感，从寒宵雪霁写到五更鼓角，从天空星河写到江上洪波，从山川形胜写到战乱人事，从当前现实写到千年往迹。气象雄阔，仿佛把宇宙笼入毫端，有上天下地、俯仰古今之概。明胡应麟《诗薮·内编》卷五云：“老杜七言律全篇可法者，《紫宸殿退朝》《九日》《登高》《送韩十四》《香积寺》《玉台观》《登楼》《阁夜》《崔氏庄》《秋兴》八篇，气象雄盖宇宙，法律细入毫芒，自是千秋鼻祖。”他称赞此诗“气象雄盖宇宙，法律细入毫芒”，并说它是七言律诗的“千秋鼻祖”，是很有道理的。

（陶道恕）

孤雁

原文

孤雁不饮啄，飞鸣声念群。
谁怜一片影，相失万重云？
望尽似犹见，哀多如更闻。
野鸦无意绪，鸣噪自纷纷。

鉴赏

这首咏物诗写于大历初杜甫居夔州（治今重庆奉节）时。它是一首孤雁念群之歌，体物曲尽其妙，同时又融注了作者的思想感情，堪称佳绝。

依常法，咏物诗以曲为佳，以隐为妙，所咏之物是不宜道破的。杜甫则不然，他开篇即唤出“孤雁”。而此孤雁不同一般，它不饮，不啄，只是一个劲地飞着，叫着，声音里透出：它是多么想念它的同伴！不独想念，而且还拼命追寻，这真是一只情感热烈而执著的“孤雁”。清人浦起龙评曰：“‘飞鸣声念群’，一诗之骨。”（《读杜心解》）是抓住了要领的。

次联境界倏忽开阔。高远浩茫的天空中，这小小的孤雁仅是“一片影”，它与雁群相失在“万重云”间，此时此际的心情该多么惶急、焦虑，又该多么迷茫啊！天高路遥，云海迷漫，将往何处去找失去的伴侣？此联以“谁怜”二字设问。这一问，仿佛打开了一道闸门，诗人胸中情感的泉流滚滚流出：“孤雁儿啊，我不正和你一样凄惶么？天壤茫茫，又有谁来怜惜我呢？”诗人与雁，物我交融，浑然一体了。清人朱鹤龄注此诗说：“此托孤雁以念兄弟也。”而诗人所思念者恐不独是兄弟，还包括他的亲密的朋友。经历了安史之乱，在那动荡不安的年月里，诗人流落他乡，亲朋离散，天各一方，可他无时不渴望骨肉团聚，无日不梦想知友重逢。这孤零零的雁儿，寄寓了诗人自己的影子。

三联紧承上联，从心理方面刻画孤雁的鲜明个性：它被思念缠绕着，被痛苦煎熬着，迫使它不停地飞鸣。它望尽天际，望啊，望啊，仿佛那失去的雁群老在它眼前晃；它哀唤声声，唤啊，唤啊，似乎那侣伴的鸣声老在它耳畔响。所以，它更要不停地追飞，不停地呼唤了。这两句血泪文字，情深意切，哀痛欲绝。清浦起龙评析说：“惟念故飞，望断矣而飞不止，似犹见其群而逐之者；惟念故鸣，哀多矣而鸣不绝，如更闻其群而呼之者。写生至此，天雨泣矣！”（《读杜心解》）

结尾用了陪衬的笔法，表达了诗人的爱憎感情。孤雁念群之情那么迫切，它那么痛苦、劳累；而野鸦们是全然不懂的，它们纷纷然鸣噪不停，自得其乐。“无意绪”是孤雁对着野鸦时的心情，也是杜甫既不能与知己亲朋相见，却面对着一些俗客庸夫时厌恶无聊的心绪。“知我者谓我心忧，不知我者谓我何求”（《诗经·王风·黍离》），与这般“不知我者”有什么可谈呢？

这是一篇念群之雁的赞歌，它表现的情感是浓挚的，悲中有壮的。它那样孤单、困苦，同时却还要不断地呼号、追求。它那念友之情在胸中炽烈地燃烧，它甚至连吃喝都可抛弃，更不顾处境的安危。它虽命薄却心高，宁愿飞翔在万重云里，未曾留意暮雨寒塘。诗情激切高昂，思想境界很高。

就艺术技巧而论，全篇咏物传神，是大匠运斤，自然浑成，全无斧凿之痕。中间两联有情有景，一气呵成，而且景中有声有色，甚至还有光和影，能给人以"立体感"，仿佛电影镜头似的表现那云间雁影，真神来之笔。

（徐永端）

又呈吴郎

原文

堂前扑枣任西邻，
无食无儿一妇人。
不为困穷宁有此？
只缘恐惧转须亲。
即防远客虽多事，
便插疏篱却甚真。
已诉征求贫到骨，
正思戎马泪盈巾。

鉴赏

大历二年(767)，即杜甫漂泊到夔州(治今重庆奉节)的第二年，他住在瀼西的一所草堂里。草堂前有几棵枣树，西邻的一个寡妇常来打枣，杜甫从不干涉。后来，杜甫把草堂让给一位姓吴的亲戚(即诗中“吴郎”)，自己搬到离草堂十几里路远的东屯去。不料这姓吴的一来就在草堂插上篱笆，禁止打枣。寡妇向杜甫诉苦，杜甫便写此诗去劝告吴郎。以前杜甫写过一首《简吴郎司法》，所以此诗题作《又呈吴郎》。吴郎的年辈要比杜甫小，杜甫不说“又简吴郎”，而有意地用了“呈”这个似乎和对方身份不大相称的敬词，这是让吴郎易于接受。

诗的第一句开门见山，从自己过去怎样对待邻妇扑枣说起。“扑枣”就是打枣。这里不用那个猛烈的上声字“打”，而用这个短促的、沉着的入声字“扑”，是为了取得声调和情调的一致。“任”就是放任。为什么要放任呢？第二句说，“无食无儿一妇人”。原来这位西邻竟是一个没有吃的、没有儿女的老寡妇。诗人仿佛是在对吴郎说：对于这样一个无依无靠的穷苦妇人，我们能不让她打点枣儿吗？

三、四两句紧接一、二句：“不为困穷宁有此？只缘恐惧转须亲。”“困穷”，承上第二句；“此”，指扑枣一事。如果不是因为穷得万般无奈，她又哪里会去打别人家的枣子呢？正由于她扑枣时总是怀着一种恐惧的心情，所以我们不但不应该干涉，反而还要表示些亲善，使她安心扑枣。这里说明杜甫十分同情体谅穷苦人的处境。陕西民歌云：“唐朝诗圣有杜甫，能知百姓苦中苦。”真是不假。以上四句，一气贯串，是杜甫自叙以前的事情，目的是为了启发吴郎。

五、六两句才落到吴郎身上。“即防远客虽多事，便插疏篱却甚真。”这两句上下一气，相互关联，相互依赖，相互补充，要联系起来看。“防”是提防，心存戒备，其主语是寡妇。“远客”，指吴郎。“多事”，就是多心，或者说过虑。下句“插”字的主语是吴郎。这两句诗是说，那寡妇一见你插篱笆就防你不让她打枣，虽未免多心，未免神经过敏；但是，你一搬进草堂就忙着插篱笆，却也很像真的要禁止她打枣呢！言外之意是：这不能怪她多心，倒是你自己有点太不体贴人。她本来就是提心吊胆的，你不特别表示亲善，也就算了，为啥还要插上篱笆呢！这两句诗，措词十分委婉含蓄。这是因为怕话说得太直、太生硬，教训意味太重，会引起对方的反感，反而不容易接受劝告。

最后两句“已诉征求贫到骨，正思戎马泪盈巾”，是全诗结穴，也是全诗的顶点。表面上是对偶句，其实并非平列的句子，因为上下句之间由近及远，由小到大是一个发展的过程。上句，杜甫借寡妇的诉苦，指出了寡妇的、同时也是当时广大人民穷困的社会根源。这就是官吏们的剥削，也就是诗中所谓“征求”，使她穷到了极点。这也就为寡妇扑枣行为作了进一步的解脱。下句说得更远、更大、更深刻，指出了使人民陷于水深火热之中的又一社会根源。这就是安史之乱以来持续了十多年的战乱，即所谓“戎马”。由一个穷苦的寡妇，由一件扑枣的小事，杜甫竟联想到整个国家大局，以至于流泪。这一方面固然是他那热爱祖国、热爱人民的思想感情的自然流露；另一方面，也是点醒、开导吴郎的应有的文章。让他知道：在这兵荒马乱的情况下，苦难的人还有的是，绝不止寡妇一个；战乱的局面不改变，就连我们自己的生活也不见得有保障，我们现在不正是因为战乱而同在远方作客，而你不是还住着我的草堂吗？最后一句诗，好像扯得太远，好像和劝阻吴郎插篱笆的主题无关，其实是大有关系，大有作用的。希望他由此能站得高一点，看得远一点，想得开一点，他自然就不会在几颗枣子上斤斤计较了。我们正是要从这种地方看出诗人的“苦用心”和他对待人民的态度。

这首诗的人民性是强烈而鲜明的，在通常用来歌功颂德以“高华典雅”为特征的七言律诗中，尤其值得重视。诗的艺术表现方面也很有特点。首先是现身说法，用自己的实际行动来启发对方，用颠扑不破的道理来点醒对方，最后还用自己的眼泪来感动对方，尽可能地避免抽象的说教，措词委婉，入情入理。其次是，运用散文中常用的虚字来作转接。像“不为”“只缘”“已诉""正思",以及"即""便""虽""却"等,因而能化呆板为活泼,既有律诗的形式美、音乐美,又有散文的灵活性,抑扬顿挫,耐人寻味。

(萧涤非)

九日

原文

重阳独酌杯中酒，
抱病起登江上台。
竹叶于人既无分，
菊花从此不须开。
殊方日落玄猿哭，
旧国霜前白雁来。
弟妹萧条各何在，
干戈衰谢两相催！

鉴赏

此诗是大历二年(767)重九日杜甫在夔州(治今重庆奉节)登高之作。诗人联系两年来客寓夔州的现实，抒写自己九月九日重阳登高的感慨，思想境界和艺术造诣，都远在一般登高篇什之上。

首联表现了诗人浓烈的生活情趣。诗人在客中，重阳到来，一时兴致勃发，抱病登台，独酌杯酒，欣赏九秋佳色。诗人酷好饮酒、热爱生活的情态，便在诗行中活现。

颔联诗笔顿转。重九饮酒赏菊，本是古代高士的传统；可是诗人因病戒酒，虽“抱病”登台，却“无分”饮酒，遂也无心赏菊。于是诗人向菊花发号施令起来：“菊花从此不须开”！这一带着较强烈主观情绪的诗句，妙趣神来，好像有些任性，恰好证明诗人既喜饮酒，又爱赏菊。而诗人的任性使气，显然是他艰难困苦的生活遭遇使然。这一联，杜甫巧妙地使用借对（亦即清人沈德潜所谓“真假对”），借“竹叶青”酒的“竹叶”二字与“菊花”相对，“萧散不为绳墨所窘”（南宋魏庆之《诗人玉屑》），被称为杜律的创格。菊花虽是实景，“竹叶”却非真物，然而由于字面工整贴切，特别显得新鲜别致，全联遂成为历来传诵的名句。

颈联进一步写诗人瞩目遐思，因景伤情，牵动了万千愁绪。诗人独自漂泊异地，日落时分听到一声声黑猿的啼哭，不免泪下沾裳。霜天秋晚，白雁南来，更容易触发诗人思亲怀乡的感情。诗中用他乡和故园的物候作对照，很自然地透露了诗人内心的隐秘：原来他对酒停杯，对花辍赏，并不只是由于病肺，更是因为乡愁撩人啊！

尾联以佳节思亲作结，遥怜弟妹，寄托飘零寥落之感。上句由雁来想起了弟妹音信茫然；下句哀叹自己身遭战乱，衰老多病。诗人一边诅咒“干戈”像逼命似地接连发生，一边惋惜岁月不停地催人走向死亡，对造成生活悲剧的根源——“干戈”，发泄出更多的不满情绪。这正是诗人伤时忧国的思想感情的直接流露。

此诗由因病戒酒，对花发慨，黑猿哀啼，白雁南来，引出思念故乡，忆想弟妹的情怀，进而表现遭逢战乱，衰老催人的感伤。结尾将诗的主题升华：诗人登高，不仅仅是思亲，更多的是伤时，正所谓“杜陵有句皆忧国”。此诗全篇皆对，语言自然流转，苍劲有力，既有气势，更见性情。句句讲诗律却不着痕迹，很像在写散文；直接发议论而结合形象，毫不感到枯燥。写景、叙事又能与诗人的忧思关合很紧。笔端蓄聚感情，主人公呼之欲出，颇能显示出杜甫夔州时期七律诗的悲壮风格。

（陶道恕）

登高

原文

风急天高猿啸哀，
渚清沙白鸟飞回。
无边落木萧萧下，
不尽长江滚滚来。
万里悲秋常作客，
百年多病独登台。
艰难苦恨繁霜鬓，
潦倒新停浊酒杯。

鉴赏

此诗是杜甫大历二年(767)秋在夔州(治今重庆奉节)时所写。夔州在长江之滨。全诗通过登高所见秋江景色，倾诉了诗人长年漂泊、老病孤愁的复杂感情，慷慨激越，动人心弦。清杨伦称赞此诗为"杜集七言律诗第一"(《杜诗镜铨》)，明胡应麟《诗薮》更推重此诗"精光万丈"，是"古今七言律第一"。

前四句写登高见闻。首联对起。诗人围绕夔州的特定环境，用"风急"二字带动全联，一开头就写成了千古流传的佳句。夔州向以猿多著称，峡口更以风大闻名。秋日天高气爽，这里却猎猎多风。诗人登上高处，峡中不断传来"高猿长啸"之声，大有"空谷传响，哀转久绝"(《水经注·江水》)的意味。诗人移动视线，由高处转向江水洲渚，在水清沙白的背景上，点缀着迎风飞翔、不住回旋的鸟群，真是一幅精美的画图。其中“天”“风”，“沙”“渚”，“猿啸”“鸟飞”，天造地设，自然成对。不仅上下两句对，而且还有句中自对，如上句“天”对“风”，“高”对“急”；下句“沙”对“渚”，“白”对“清”，读来富有节奏感。经过诗人的艺术提炼，十四个字，字字精当，无一虚设，用字遣辞，“尽谢斧凿”，达到了奇妙难名的境界。更值得注意的是：对起的首句，末字常用仄声，此诗却用平声入韵。清沈德潜因有“起二句对举之中仍复用韵，格奇而变”(《唐诗别裁集》)的赞语。

颔联集中表现了夔州秋天的典型特征。诗人仰望茫无边际、萧萧而下的木叶，俯视奔流不息、滚滚而来的江水，在写景的同时，便深沉地抒发了自己的情怀。“无边”“不尽”，使“萧萧”“滚滚”更加形象化，不仅使人联想到落木窸窣之声，长江汹涌之状，也无形中传达出韶光易逝，壮志难酬的感怆。透过沉郁悲凉的对句，显示出神入化之笔力，确有“建瓴走坂”“百川东注”的磅礴气势。前人把它誉为“古今独步”的“句中化境”，是有道理的。

前两联极力描写秋景，直到颈联，才点出一个“秋”字。“独登台”，则表明诗人是在高处远眺，这就把眼前景和心中情紧密地联系在一起了。“常作客”，指出了诗人飘泊无定的生涯。“百年”，本喻有限的人生，此处专指暮年。“悲秋”两字写得沉痛。秋天不一定可悲，只是诗人目睹苍凉恢廓的秋景，不由想到自己沦落他乡、年老多病的处境，故生出无限悲愁之绪。诗人把久客最易悲秋，多病独爱登台的感情，概括进一联“雄阔高浑，实大声弘”的对句之中，使人深深地感到了他那沉重地跳动着的感情脉搏。此联的“万里”“百年”和上一联的“无边”“不尽”，还有相互呼应的作用：

诗人的羁旅愁与孤独感，就像落叶和江水一样，推排不尽，驱赶不绝，情与景交融相洽。诗到此已给作客思乡的一般含意，添上久客孤独的内容，增入悲秋苦病的情思，加进离乡万里、人在暮年的感叹，诗意就更见深沉了。

尾联对结，并分承五、六两句。诗人备尝艰难潦倒之苦，国难家愁，使自己白发日多，再加上因病断酒，悲愁就更难排遣。本来兴会盎然地登高望远，现在却平白无故地惹恨添悲，诗人的矛盾心情是容易理解的。前六句"飞扬震动"，到此处"软冷收之，而无限悲凉之意，溢于言外"(《诗薮》)。

诗前半写景，后半抒情，在写法上各有错综之妙。首联着重刻画眼前具体景物，好比画家的工笔，形、声、色、态，一一得到表现。颔联着重渲染整个秋天气氛，好比画家的写意，只宜传神会意，让读者用想象补充。颈联表现感情，从纵(时间)、横(空间)两方面着笔，由异乡漂泊写到多病残生。尾联又从白发日多，护病断饮，归结到时世艰难是潦倒不堪的根源。这样，杜甫忧国伤时的情操，便跃然纸上。

此诗八句皆对。粗略一看，首尾好像"未尝有对"，胸腹好像"无意于对"。仔细玩味，"一篇之中，句句皆律，一句之中，字字皆律"。不只"全篇可法"，而且"用句用字"，"皆古今人必不敢道，决不能道者"。它能博得"旷代之作"(均见《诗薮》)的盛誉，就是理所当然的了。

(陶道恕)

观公孙大娘弟子舞剑器行 并序

原文

大历二年十月十九日，夔府别驾元持宅见临颍李十二娘舞剑器，壮其蔚跂。问其所师，曰："余公孙大娘弟子也。"开元五载，余尚童稚，记于郾城观公孙氏舞剑器浑脱，浏漓顿挫，独出冠时。自高头宜春、梨园二伎坊内人洎外供奉，晓是舞者，圣文神武皇帝初，公孙一人而已。玉貌锦衣，况余白首；今兹弟子，亦匪盛颜。既辨其由来，知波澜莫二。抚事慷慨，聊为《剑器行》。昔者吴人张旭，善草书书帖，数常于邺县见公孙大娘舞西河剑器，自此草书长进，豪荡感激，即公孙可知矣。

昔有佳人公孙氏，一舞剑器动四方。
观者如山色沮丧，天地为之久低昂。
㸌如羿射九日落，矫如群帝骖龙翔。
来如雷霆收震怒，罢如江海凝清光。
绛唇珠袖两寂寞，晚有弟子传芬芳。
临颍美人在白帝，妙舞此曲神扬扬。
与余问答既有以，感时抚事增惋伤。

先帝侍女八千人，公孙剑器初第一。
五十年间似反掌，风尘澒洞昏王室。
梨园弟子散如烟，女乐余姿映寒日。
金粟堆南木已拱，瞿唐石城草萧瑟。
玳筵急管曲复终，乐极哀来月东出。
老夫不知其所往，足茧荒山转愁疾。

鉴赏

有人说，杜甫是以诗为文，韩愈是以文为诗。杜甫这个序，正是以诗为文，不仅主语虚词大半省略，而且在感慨转折之处，还用跳跃跌宕的笔法。不过，序文的内容仍然是清楚的：他先叙大历二年(767)在夔州看了公孙大娘弟子所表演的剑器舞，然后回忆开元五载(717)自己童年时在郾城亲见公孙大娘的舞蹈，说明当唐玄宗初年，公孙大娘的剑器舞在内外教坊独享盛名的情况。抚今思昔，深有感慨，因而写成这首《剑器行》。这篇序写得很有诗意，结尾讲大书法家张旭见公孙剑舞而草书长进的故事，尤其见出诗人对公孙舞蹈艺术的敬佩。

“剑器舞”是什么样的舞蹈呢？唐代的舞蹈分为健舞和软舞两大类，剑器舞属于健舞之类。晚唐郑嵎《津阳门诗》说：“公孙剑伎皆神奇。”自注说：“有公孙大娘舞剑，当时号为雄妙。”唐司空图《剑器》诗说：“楼下公孙昔擅场，空教女子爱军装。”可见这是一种女子穿着军装的舞蹈，舞起来，有一种雄健刚劲的姿势和浏漓顿挫的节奏。

诗的开头八句是先写公孙大娘的舞蹈：很久以前有一个公孙大娘，她善舞剑器的名声传遍了四面八方。人山人海似的观众看她的舞蹈都惊讶失色，整个天地好像也在随着她的剑器舞而起伏低昂，无法恢复平静。“㸌如羿射九日落”四句，或称为“四如句”，前人解释不一。这大体是描绘公孙舞蹈给杜甫留下的美好印象。羿射九日，可能是形容公孙手持红旗、火炬或剑器作旋转或滚翻式舞蹈动作，好像一个接一个的火球从高而下，满堂旋转；骖龙翔舞，是写公孙翩翩轻举，腾空飞翔；雷霆收怒，是形容舞蹈将近尾声，声势收敛；江海凝光，则写舞蹈完全停止，舞场内外肃静空阔，好像江海风平浪静，水光清澈的情景。

“绛唇珠袖两寂寞”以下六句，突然转到公孙死后剑器舞的沉寂无闻，幸好晚年还有弟子继承了她的才艺。跟着写她的弟子临颍李十二娘在白帝城重舞剑器，还有公孙氏当年神采飞扬的气概。同李十二娘一席谈话，不仅知道她舞技的师传渊源，而且引起了自己抚今思昔的无限感慨。

“先帝侍女八千人”以下六句，笔势又一转折，思绪又回到五十年前。回忆开元初年，当时政治清明，国势强盛，唐玄宗在日理万机之暇，亲自建立了教坊和梨园，亲选乐工，亲教法曲，促成了唐代歌舞艺术的空前繁荣。当时宫廷内和内外教坊的歌舞女乐就有八千人，而公孙大娘的剑器舞又在八千人中“独出冠时”，号称第一。可是五十年历史变化多大啊！一场安史之乱把大唐帝国的整个天下闹得风尘四起、天昏地黑。唐玄宗当年亲自挑选、亲自培养的成千上万的梨园弟子、歌舞人才，也在这一场浩劫中烟消云散了，如今只有这个残存的教坊艺人李十二娘的舞姿，还在冬天残阳的余光里映出美丽而凄凉的影子。对曾经亲见开元盛世的文艺繁荣，曾经亲见公孙大娘《剑器舞》的老诗人杜甫说来，这是他晚年多么难得的精神安慰，可是又多么地令他黯然神伤啊！这一段是全诗的高潮。善于用最简短的几句话集中概括巨大的历史变化和广阔的社会内容，正是杜诗“沉郁顿挫”的表现。

“金粟堆南木已拱”以下六句，是全诗的尾声。诗人接着上段深沉的感慨，说玄宗已死了六年，在他那金粟山上的陵墓上，树已够双手拱抱了。而自己这个玄宗时代的小臣，却流落在这个草木萧条的白帝城里。末了写别驾府宅里的盛筵，在又一曲急管繁弦的歌舞之后告终了。这时下弦月已经东出了，一种乐极哀来的情绪支配着诗人，他不禁四顾茫茫，百端交集，行不知所往，止不知所居，长满老茧的双足，拖着一个衰老久病的身躯，寒月荒山，踽踽独行。身世的悲凉，就不言而可知了。“转愁疾”三字，是说自己以茧足走山道本来很慢，但在心情沉重之时，却反而怪自己走得太快了。

这首七言歌行自始至终并没有离开公孙大娘师徒和剑器舞，但是从全诗那雄浑的气势，从“五十年间似反掌，风尘澒洞昏王室”这样力透纸背的诗史之笔，又感到诗人的确是在通过歌舞的事，反映五十年来兴衰治乱的历史。明王嗣奭总评这首诗说：“此诗见剑器而伤往事，所谓抚事慷慨也。故咏李氏，却思公孙；咏公孙，却思先帝；全是为开元天宝五十年治乱兴衰而发。不然，一舞女耳，何足摇其笔端哉！”（《杜诗详注》引《杜臆》）这一段评语，分析全诗的层次、中心，说得相当中肯。但是，他说“一舞女耳，何足摇其笔端哉”，并不符合杜甫本来的思想，杜甫是十分重视和热爱艺术的。

这首诗的艺术风格，既有“浏漓顿挫”的气势节奏，又有“豪荡感激”的感人力量，是七言歌行中沉郁悲壮的杰作。开头八句，富丽而不浮艳，铺排而不呆板。“绛唇珠袖”以下，则随意境之开合，思潮之起伏，语言音节也随之顿挫变化。全诗既不失雄浑完整的美，用字造句又有浑括锤炼的功力。篇幅虽然不太长，包容却相当广大。从乐舞之今昔对比中见五十年的兴衰治乱，没有沉郁顿挫的笔力是写不出来的。

（廖仲安）

漫成一首

原文

江月去人只数尺，
风灯照夜欲三更。
沙头宿鹭联拳静，
船尾跳鱼拨剌鸣。

鉴赏

在绝句体中，有一种“一句一绝”的格调。即每句写一景，多用两联骈偶，句子之间似无关联。它最初起源于晋代《四时咏》：“春水满四泽，夏云多奇峰。秋月扬明辉，冬岭秀孤松。”唐代作者已不多，惟杜甫最喜运用这种体格。大约是因为他太精于诗律，运用这种绝体，可以因难见巧吧。他最脍炙人口的绝句如“两个黄鹂鸣翠柳”(《绝句四首》其一)、“糁径杨花铺白毡”(《漫兴》其七)、“迟日江山丽”(《绝句二首》其一)等，也都是用这种体格。这些诗的优点不只在于写景生动，律对精切，而尤其在于能形成一个统一完美的意境，句与句彼此照应，融为一幅完整图画。

这首诗是杜甫流寓巴蜀

时期写的，诗写夜泊之景。写一个月夜，诗人不从天上月写起，却写水中月影（“江月”），一开始就抓住江上夜景的特色。“去人只数尺”是说月影靠船很近，“江清月近人”（孟浩然《宿建德江》），它同时写出江水之清明。江中月影近人，画出了“江天一色无纤尘，皎皎空中孤月轮”（张若虚《春江花月夜》）的江间月夜美景，境界是宁静安谧的。第二句写舟中樯竿上挂着照夜的灯，在月下灯光显得冲淡而柔和。桅灯当有纸罩避风，故曰风灯。其时江间并没有风，否则江水不会那样宁静，月影也不会那样清晰可接了。一、二句似乎都是写景，但读者能够真切感到一个未眠人的存在（第一句已点出“人”字），这就是诗人自己。从“江月”写到“风灯”，从舟外写到舟内，由远及近。然后再写到江岸，又是由近移远。由于月照沙岸如雪，沙头景物隐略可辨。夜宿的白鹭屈曲着身子，三五成群团聚在沙滩上，它们睡得那样安恬，与环境极为和谐；同时又表现出宁静的景物中有生命的呼吸。这和平境界的可爱，惟有饱经丧乱的不眠人才能充分体会。诗句中洋溢着诗人对和平生活的向往和对于自然界小生命的热爱，这与诗人忧国忧民的精神是一脉相通的。诗人对着“沙头宿鹭”，不禁衷心赞美夜的“静”美。由于他与自然万类息息相通，这“静”与“深林人不知，明月来相照”（王维《竹里馆》）的寂静幽独该有多少不同。忽然船尾传来“拨剌”的声响，使凝神谛视着的诗人猛地惊醒，他转向船尾，那里波光粼粼，显然刚刚有一条大鱼从那儿跃出水面。诗的前三句着力刻画都在一个“静”字，末句却写动、写声，似乎破了静谧之境；然而给读者的实际感受恰好相反，以动破静，愈见其静，以声破静，愈见其静，这是陪衬的手法，适当把对立因素渗入统一的基调，可以强化总的基调。这是诗、画、音乐都常采用的手法。

诗的末两句分写鱼、鸟，一动一静，相反相成，抓住了江上月夜最有特点同时又最富于诗意的情景，写得逼真、亲切而又传神，可见诗人体物之工。

此诗乍看上去，四句分写月、灯、鸟、鱼，各成一景，不相联属，确是"一句一绝"。然而，诗人通过远近推移、动静相成的手法，使舟内舟外、江间陆上、物与物、情与景之间相互关联，浑融一体，读之如身历其境，由境会意。因而绝不是什么"断锦裂缯"（明胡应麟《诗薮》）。"老去诗篇浑漫与"（《江上值水如海势聊短述》），从诗题"漫成"可知是诗人一时得心应手之作，这种工致而天然的境界不是徒事雕章琢句者能达到的。

（周啸天）

短歌行赠王郎司直

原文

王郎酒酣拔剑斫地歌莫哀！
我能拔尔抑塞磊落之奇才。
豫章翻风白日动，
鲸鱼跋浪沧溟开。
且脱佩剑休徘徊。
西得诸侯棹锦水，
欲向何门趿珠履？
仲宣楼头春色深，
青眼高歌望吾子。
眼中之人吾老矣！

鉴赏

《短歌行》是乐府旧题，称“短歌”是指歌声短促，这里可能指音调的急促。王郎是年轻人，称“郎”，名不详。司直是纠劾的官。代宗大历三年(768)春天，杜甫一家从夔州（治今重庆奉节）出三峡，到达江陵（今湖北荆州）。这诗当是这年春末在江陵所作。

上半首表达劝慰王郎之意。王郎在江陵不得志，趁着酒兴正浓，拔剑起舞，斫地悲歌，所以杜甫劝他不要悲哀。当时王郎正要西行入蜀，去投奔地方长官，杜甫久居四川，表示可以替王郎推荐，所以说“我能拔尔”，把你这个俊伟不凡的奇才从压抑中推举出来。下面二句承上，用奇特的比喻赞誉王郎。豫、章，两种乔木名，都是优良的建筑材料。诗中说豫、章的枝叶在大风中摇动时，可以动摇太阳，极力形容树高。又说鲸鱼在海浪中纵游时可以使苍茫大海翻腾起来，极力形容鱼大。两句极写王郎的杰出才能，说他能够担当大事，有所作为，因此不必拔剑斫地，徘徊起舞，可以把剑放下来，休息一下。

下半首抒写送行之情。诗人说以王郎的奇才，此去西川，一定会得到蜀中大官的赏识，却不知要去投奔哪一位地方长官。“趿珠履”，穿上装饰着明珠的鞋。《史记·春申君传》：“春申君客三千余人，其上客皆蹑珠履。”仲宣楼，当是杜甫送别王郎的地方，在江陵城东南。仲宣是汉末诗人王粲的字，他到荆州去投靠刘表，作《登楼赋》，后梁时高季兴在江陵建了仲宣楼。送别时已是春末，杜甫用钦佩的眼光望着王郎，高歌寄予厚望，希望他入川能够施展才能。“眼中之人”，指王郎。最后一句由人及己，喟然长叹道：王郎啊王郎，你正当年富力强，大可一展宏图，我却已衰老无用了！含有劝勉王郎及时努力之意。

这首诗突兀横绝，跌宕悲凉。从“拔剑斫地”写出王郎的悲歌，是一悲；作者劝他“莫哀”，到“我能拔尔”，是一喜。“拔剑斫地”，情绪昂扬，是一扬；“我能拔尔”，使情绪稍缓，是一落。“抑塞磊落”呼应悲歌，“我能拔尔”照应“莫哀”。接着引出“奇才”，以“豫章翻风”“鲸鱼跋浪”，极尽夸饰之能事，激起轩然大波，是再起；承接“莫哀”，“且脱剑佩”趋向和缓，是再落。指出“得诸侯”，应该是由哀转喜，但又转到“何门”未定，“得诸侯”还是空的，又由喜转悲。既然“我能拔尔”，又是“青眼”相望，不是可喜吗？可是又一转“吾老矣”，不能有所作为了，于是所谓“我能拔尔”只成了美好愿望，又落空了，又由喜转悲。一悲一喜，一起一落，转变无穷，终不免回到“拔剑”悲歌。“莫哀”只成了劝慰的话，总不免归到抑塞磊落上。正由于“豫章”两句的奇峰拔起，更加强抑塞磊落的可悲，抒发了作者对人才不得施展的悲愤，它的意义就更深刻了。这首诗在音节上很有特色。开头两个十一字句字数多而音节急促，五、十两句单句押韵，上半首五句一组平韵，下半首五句一组仄韵，节奏短促，在古诗中较少见，亦独创之格。

（周振甫）

江汉

原文

江汉思归客，乾坤一腐儒。
片云天共远，永夜月同孤。
落日心犹壮，秋风病欲苏。
古来存老马，不必取长途。

鉴赏

大历三年（768）正月，杜甫自夔州（治今重庆奉节）出峡，流寓湖北江陵（今荆州市）、公安等地。这时他已五十六岁，北归无望，生计日蹙。此诗以首句头两字“江汉”为题，正是漂泊流徙的标志。尽管如此，诗人孤忠仍存，壮心犹在，此诗就集中地表现了一种到老不衰、顽强不息的精神，十分感人。

“江汉”句，表现出诗人客滞江汉的窘境。“思归客”三字饱含无限的辛酸，因为诗人思归而不能归，成为天涯沦落人。“乾坤”代指天地。“乾坤”句包含“自鄙而兼自负”这样两层意思，妙在“一腐儒”上冠以“乾坤”二字。“身在草野，心忧社稷，乾坤之内，此腐儒能有几人？”（《杜诗说》）清黄生对这句诗的理解，是深得诗人用心的。

“片云”二句紧扣首句，对仗十分工整。通过眼前自然景物的描写，诗人把他“思归”之情表现得很深沉。他由远浮天边的片云，孤悬明月的永夜，联想到了自己客中情事，仿佛自己就与云、月共远同孤一样。这样就把自己的感情和身外的景物融为一片。诗人表面上是在写片云孤月，实际是在写自己：虽然远在天外，他的一片忠心却像孤月一样地皎洁。昔人认为这两句“情景相融，不能区别”，是很能说明它的特点的。

“落日”二句直承次句，生动形象地表现出诗人积极用世的精神。《周易》云：“君子以自强不息。”这恰好说明：次句的“腐儒”，并非纯是诗人对自己的鄙薄。上联明明写了永夜、孤月，本联的落日，就绝不是写实景，而是用作比喻。清黄生指出“落日乃借喻暮齿”（《杜诗说》），是咏怀而非写景。否则一首律诗中，既见孤月，又见落日，是自相矛盾的。他的话很有道理。落日相当于“日薄西山”的意思。“落日”句的本意，就是“暮年心犹壮”。它和三国曹操“烈士暮年，壮心不已”（《步出夏门行·龟虽寿》）的诗意，是一致的。就律诗格式说，此联用的是借对法。“落日”与“秋风”相对，但“落日”实际上是比喻“暮年”。“秋风”句是写实。“苏”有康复意。诗人漂流江汉，面对飒飒秋风，不仅没有悲秋之感，反而觉得“病欲苏”。这与李白“我觉秋兴逸，谁云秋兴悲”（《秋日鲁郡尧祠亭赠别》）的思想境界，颇为相似，表现出诗人身处逆境而壮心不已的精神状态。明胡应麟《诗薮·内篇》卷四赞扬此诗的二、三联“含阔大于沉深”，是十分精当的。

这两联诗的意境，宋代苏轼曾深得其妙。他贬谪岭外、晚年归来时，曾有诗云：“浮云世事改，孤月此心明。”（《次韵江晦叔二首》)表明他不因政治上遭到打击迫害,而改变自己匡国利民的态度。"孤月此心明"实际上就是从杜诗"永夜月同孤"和"落日心犹壮"两句化用而成的。

"古来"二句,再一次表现了诗人老当益壮的情怀。"老马"用了《韩非子·说林上》"老马识途"的故事:齐桓公伐孤竹返,迷惑失道。他接受管仲"老马之智可用"的建议,放老马而随之,果然"得道"。"老马"是诗人自比,"长途"代指驱驰之力。诗人指出,古人存养老马,不是取它的力,而是用他的智。我虽是一个"腐儒",但心犹壮,病欲苏,同老马一样,并不是没有一点用处的。诗人在这里显然含有怨愤之意:莫非我真是一个毫无可取的腐儒,连一匹老马都不如么?这是诗人言外之意,是从诗句中自然流露出来的。

此诗用凝练的笔触,抒发了诗人怀才见弃的不平之气和报国思用的慷慨情思。诗的中间四句,情景相融,妙合无垠,有着强烈的艺术感染力,历来为人所称道。

(陶道恕)

登岳阳楼

原文

昔闻洞庭水，今上岳阳楼。
吴楚东南坼，乾坤日夜浮。
亲朋无一字，老病有孤舟。
戎马关山北，凭轩涕泗流。

鉴赏

这首诗的意境是十分宽阔宏伟的。

诗的颔联“吴楚东南坼，乾坤日夜浮”，是说广阔无边的洞庭湖水，划分开吴国和楚国的疆界，日月星辰都像是整个地飘浮在湖水之中一般。只用了十个字，就把洞庭湖水势浩瀚、无边无际的巨大形象特别逼真地描画出来了。

杜甫到了晚年，已经是“漂泊西南天地间”，没有一个安居之所，只好“以舟为家”了。所以下边接着写：“亲朋无一字，老病有孤舟。”亲戚朋友们这时连音信都没有了，只有年老多病的诗人泛着一叶扁舟到处漂流！从这里就可以领会到开头的两句“昔闻洞庭水，今上岳阳楼”，本来含有一个什么样的意境了。

这两句诗，从表面上看来，意境像是很简单：诗人说他在若干年前就听得人家说洞庭湖的名胜，今天居然能够登上岳阳楼，亲眼看到这一片山色湖光的美景。因此清人仇兆鳌就认为："'昔闻''今上'，喜初登也。"(《杜诗详注》)但仅这样理解，就把杜诗原来的意境领会得太浅了。这里并不是写登临的喜悦，而是在这平平的叙述中，寄寓着漂泊天涯，怀才不遇，桑田沧海，壮气蒿莱……许许多多的感触，才写出这么两句：过去只是耳朵里听到有这么一片洞庭水，哪想到迟暮之年真个就上了这岳阳楼？本来是沉郁之感，不该是喜悦之情；若是喜悦之情，就和结句的"凭轩涕泗流"连不到一起了。我们知道，杜甫在当时的政治生活是坎坷的，不得意的，然而他从来没有放弃"致君尧舜上，再使风俗淳"(《奉赠韦左丞丈二十韵》)的抱负。哪里想到一事无成，昔日的抱负，今朝都成了泡影！诗里的"今""昔"两个字有深深的含意。因此在这一首诗的结句才写出："戎马关山北，凭轩涕泗流。"眼望着万里关山，天下到处还动荡在兵荒马乱里，诗人倚定了阑干，北望长安，不禁涕泗滂沱，声泪俱下了。

这首诗，以其意境的开阔宏丽为人称道，而这意境是从诗人的抱负中来，是从诗人的生活思想中来，也有时代背景的作用。清初黄生《杜诗说》对这一首诗有一段议论，大意说：这首诗的前四句写景，写得那么宽阔广大，五、六两句叙述自己的身世，又是写得这么凄凉落寞，诗的意境由广阔到狭窄，忽然来了一个极大的转变；这样，七、八两句就很难安排了。哪想到诗人忽然把笔力一转，写出"戎马关山北"五个字，这样的胸襟，和上面"吴楚东南坼，乾坤日夜浮"一联写自然界宏奇伟丽的气象，就能够很好地上下衬托起来，斤两相称。这样创造的天才，当然就压倒了后人，谁也不敢再写岳阳楼的诗了。

黄生这一段话是从作诗的方法去论杜诗的，把杜诗的意境说成是诗笔一纵一收的产物，说意境的结构是从创作手法的变换中来。这不是探本求源的说法。我们说，诗的意境是诗人的生活思想从各方面凝结而成的，至于创作方法和艺术加工，炼字炼句等等，只能更准确地把意境表达出来，并不能以这些形式上的条件为基础从而酝酿成诗词的意境。昔人探讨创作问题，偏偏不从生活实践这方面去考虑，当然就不免倒果为因了。

（傅庚生）

南征

原文

春岸桃花水，云帆枫树林。
偷生长避地，适远更沾襟。
老病南征日，君恩北望心。
百年歌自苦，未见有知音。

鉴赏

此诗是大历四年（769）春，杜甫由岳阳往长沙（今俱属湖南）途中所作。这时距他去世只有一年。诗篇反映了诗人死前不久极度矛盾的思想感情。

“春岸”二句写南行途中的春江景色。春水方生，桃花夹岸，锦浪浮天；云帆一片，征途千里，极目四望，枫树成林。这是一幅多么美妙迷人的大自然图景。

“偷生”二句表现了诗人长年颠沛流离，远适南国的羁旅悲愁。如果是一次愉快的旅行，面对眼前的美景，诗人应该分外高兴。可是诗人光景无多，前途渺茫，旅程中的忧郁情怀与春江上的盎然生意，就很不协调。触景伤情，怎能不泣下沾襟呢？

“老病”二句，道出了自

己思想上的矛盾。诗人此时已是年老多病之身，按理应当北归长安，然而命运却迫使他南往衡湘。这不是很可悲么？但即使这样，诗人仍然一片忠心，想望着报效朝廷。“君恩”当指经严武表荐，蒙授检校工部员外郎一事。这里，诗人运用流水对，短短十个字，凝聚着丰富的内容。“南征日”“北望心”六字，通过工对，把诗人矛盾心情加以鲜明对照，给人很深的印象。

诗人“老病”还不得不“南征”，“百年”二句对此作了回答。杜甫是有政治抱负的，可是仕途坎坷，壮志未酬，他有绝代才华，然而“百年歌自苦”，一生苦吟，又能有几人理解？他在诗坛的光辉成就生前并未得到重视，这怎能不使诗人发出“未见有知音”的感慨呢？这确是杜甫一生的悲剧。三、四两联，正是杜甫晚年生活与思想的自我写照。

此诗以明媚的江上春光开头，接着又让“偷生”“适远”的沾襟泪水，把明朗欢快的气息，抹洗得干干净净。诗人正于此不协调处展现自己内心深处的苦恼。整首诗悲凉凄楚，反映了诗人衰病时愁苦悲哀、无以自遣的心境，读之令人怆然而涕下。

（陶道恕）

发潭州

原文

夜醉长沙酒，晓行湘水春。
岸花飞送客，樯燕语留人。
贾傅才未有，褚公书绝伦。
名高前后事，回首一伤神。

鉴赏

唐代宗大历三年(768)正月，杜甫由夔州(治今重庆奉节)出峡，准备北归洛阳，终因时局动乱，亲友尽疏，北归无望，只得以舟为家，漂泊于江陵、公安、岳州、潭州一带。《发潭州》一诗，是诗人在大历四年春离开潭州(治今湖南长沙)赴衡州(治今湖南衡阳)时所作。

首联紧扣题面，点明题意，但又含蕴着奔波无定、生计日窘的悲辛。杜甫本来是“性豪业嗜酒”的，何况现在是天涯沦落，前途渺茫，所以夜来痛饮沉醉而眠，其中饱含着借酒浇愁的无限辛酸。天明之后，湘江两岸一派春色，诗人却要孤舟远行，黯然伤情的心绪可以想见。

颔联紧承首联，描写启程时的情景。诗人扬帆启航，环顾四周，只有岸上春风中飞舞的落花在为他送行；船桅上的春燕呢喃作语，似乎在亲切地挽留他，一种浓重的寂寥凄楚之情溢于言表。岸上风吹落花，樯桅春燕作语，这本是极普通的自然现象；但诗人以我观物，而使“物色带情”，赋予落花、飞燕以人的感情来“送客”“留人”，这就有力地渲染了一种十分悲凉冷落的气氛。这种气氛生动地表现了世情的淡薄，人不若岸花樯燕；同时也反映了诗人辗转流徙、飘荡无依的深沉感喟。这一联情景妙合无垠，有着强烈感人的艺术力量。南朝梁代诗人何逊《赠诸旧游》一诗中，有“岸花临水发，江燕绕樯飞”之句，写得很工致。杜甫这一联似从此脱化而来。但诗人在艺术上进行了新的创造，他用拟人化手法，把花、鸟写得如此楚楚动人，以寄寓孤寂寥落之情，这就不是何逊诗所能比拟的。

颈联是用典抒情。诗人登舟而行，百感交集，情不能已，浮想联翩。身处湘地，他很自然地想到西汉时的贾谊，因才高而为大臣所忌，被贬为长沙王太傅；他又想到初唐时的褚遂良，书法冠绝一时，因谏阻立武则天为皇后，被贬为潭州都督。历史上的才人志士命运是何等相似，诗人不也是因疏救房琯，离开朝廷而沉沦不偶吗？正因为如此，这两位古人的遭遇才引起诗人感情上强烈的共鸣。显然，诗人是在借古人以抒写情怀。前人论及诗中用典时强调以“不隔”为佳，就是说不要因为用典而使诗句晦涩难懂。杜甫这里用典，因是触景而联想，十分妥帖，“借人形己”，手法高妙。

诗的最后一联进一步借古人以抒怀，直接抒发自己沦落他乡、抱负不能施展的情怀。贾谊、褚遂良在不同的时代都名高一时，但俱被贬抑而死；而今诗人流落荆、湘，漂泊无依，真是世事不堪回首，沉郁悲愤之情在这里达到了高潮。诗人感叹身世、忧国伤时的愁绪，如湘水一样悠长。

这首五言律诗在艺术表现手法上，或托物寓意，或用典言情，或直接抒怀，句句含情，百转千回，创造了深切感人、沉郁深婉的艺术意境，成为杜甫晚年诗作中的名篇。

（王启兴）

燕子来舟中作

原文

湖南为客动经春，
燕子衔泥两度新。
旧入故园尝识主，
如今社日远看人。
可怜处处巢居室，
何异飘飘托此身。
暂语船樯还起去，
穿花贴水益沾巾。

鉴赏

杜甫于大历三年(768)出峡，先是漂泊湖北，后转徙湖南，大历四年正月由岳州(治今湖南岳阳)到潭州(治今湖南长沙)。写此诗时，已是第二年的春天了，诗人仍留滞潭州，以舟为家。所以诗一开始就点明“湖南为客动经春”，接着又以燕子衔泥筑巢来形象地描绘春天的景象，引出所咏的对象——燕子。

“旧入故园尝识主，如今社日远看人。”旧时你入我故园之中曾经认识了我这主人，如今又逢春社之日，小燕儿，你竟远远地看着我，莫非你也在疑惑吗？为什么主人变成这么孤独，这么衰老？他的故园又怎样了？他为什么在孤舟中漂流？

“可怜处处巢居室，何异

飘飘托此身。”我老病一身，有谁来怜我，只有你小燕子倒来关心我了。而我也正在哀怜你，天地如此广阔，小小的燕子却只能到处为家，没有定居之所，这又何异于飘飘荡荡托身于茫茫江湖之中的我呢？

“暂语船樯还起去，穿花贴水益沾巾。”为了安慰我的寂寞，小燕子啊，你竟翩然来我舟中，暂歇船樯上，可刚和我说了几句话马上又起身飞去，因为你也忙于生计，要不断地去衔泥捉虫呀。而你又不忍径去，穿花贴水，徘徊顾恋，真令我禁不住老泪纵横了。

此诗写燕来舟中，似乎是来陪伴寂寞的诗人；而诗人的感情像泉水般汩汩地流入读者的心田。我们的眼前仿佛出现那衰颜白发的诗人，病滞孤舟中，而在船樯上却站着一只轻盈的小燕子，这活泼的小生命给诗人带来春天的信息。我们的诗人呢，只见他抬头对着燕子充满爱怜地说话，一边又悲叹着喃喃自语……还有比这样的情景更令人感动的么？

全诗极写漂泊动荡之忧思，“为客经春”是一篇的主骨。中间四句看似句句咏燕，实是句句关联着自己的茫茫身世。最后一联，前十一字，也是字字贴燕，后三字“益沾巾”突然转为写己。体物缘情，浑然一体，使人分不清究竟是人怜燕，还是燕怜人，凄楚悲怆，感人肺腑。清人卢世漼评曰：“此子美晚岁客湖南时作。七言律诗以此收卷，五十六字内，比物连类，似复似繁，茫茫有身世无穷之感，却又一字不说出，读之但觉满纸是泪，世之相后也，一千岁矣，而其诗能动人如此。”（清仇兆鳌《杜诗详注》引）

（徐永端）

小寒食舟中作

原文

佳辰强饮食犹寒，
隐几萧条戴鹖冠。
春水船如天上坐，
老年花似雾中看。
娟娟戏蝶过闲幔，
片片轻鸥下急湍。
云白山青万余里，
愁看直北是长安。

鉴赏

这首诗写在诗人去世前半年多，即大历五年(770)春淹留潭州(治今湖南长沙)的时候，表现他暮年落泊江湖而依然深切关怀唐王朝安危的思想感情。

小寒食是指寒食的次日，清明的前一天。从寒食到清明三日禁火，所以首句说“佳辰强饮食犹寒”，逢到节日佳辰，诗人虽在老病之中还是打起精神来饮酒。“强饮”不仅说多病之身不耐酒力，也透露着漂泊中勉强过节的心情。这个起句为诗中写景抒情，安排了一个有内在联系的开端。第二句刻画舟中诗人的孤寂形象。“鹖冠”传为楚隐者鹖冠子所戴的鹖羽所制之冠，点出作者失去官职，不为朝廷所用的身份。穷愁潦倒，身不在官而依然忧心时势，思念朝廷，这是无能为力的杜甫最为伤情之处。首联中“强饮”与“鹖冠”正概括了作者此时的身世遭遇，也包蕴着一生的无穷辛酸。

第二联紧接首联，十分传神地写出了诗人凭几舟中的所见所感，是历来为人传诵的名句。春来水涨，江流浩漫，所以在舟中漂荡起伏，犹如坐在天上云间；诗人身体衰迈，老眼昏蒙，看岸边的花草犹如隔着一层薄雾。“天上坐”“雾中看”非常切合年迈多病舟居观景的实际，读来倍觉真切；而在真切中又渗出一层空灵漫渺，把作者起伏的心潮也带了出来。这种心潮起伏不只是诗人暗自伤老，也包含着更深的意绪：时局的动荡不定，变乱无常，不也如同隔雾看花，真相难明么！笔触细腻含蓄，使读者不能不惊叹诗人忧思之深以及观察力与表现力的精湛了。

第三联两句写舟中江上的景物。第一句“娟娟戏蝶”是舟中近景，故曰“过闲幔”。第二句“片片轻鸥”是舟外远景，故曰“下急湍”。这里表面看似乎与上下各联均无联系，实则不然。这两句承上，写由舟中外望空中水面之景。“闲幔”的“闲”字回应首联第二句的“萧条”，布幔闲卷，舟中寂寥，所以蝴蝶翩跹，穿空而过。“急湍”指江水中的急流，片片白鸥轻快地逐流飞翔，远远离去。正是这样蝶鸥往来自如的景色，才易于对比引发出困居舟中的作者“直北”望长安的忧思，向尾联作了十分自然的过渡。清浦起龙在《读杜心解》中引朱翰语云：“蝶鸥自在，而云山空望，所以对景生愁。”也是看出了第三联与尾联在景与情上的联系。

尾联两句总收全诗。云而曰“白”，山而说“青”，正是寒食佳辰春来江上的自然景色，“万余里”将作者的思绪随着层叠不断的青山白云引开去，为结句作一铺垫。“愁看”句收括全诗的思想感情，将深长的愁思凝聚在“直北是长安”上。浦起龙说：“‘云白山青’应‘佳辰’，‘愁看直北’应‘隐几’。”（《读杜心解》）这只是从字面上去分析首尾的暗相照应。其实这一句将舟中舟外，近处远处的观感，以至漂泊时期诗人对时局多难的忧伤感怀全部凝缩在内，而以一个“愁”字总绾，既凝重地结束了全诗，又有无限的深情俱在言外。所以清杨伦《杜诗镜铨》说“结有远神”。这首七律于自然流转中显深沉凝练，很能表现杜甫晚年诗风苍茫而沉郁的特色。

（左成文）

江南逢李龟年

原文

岐王宅里寻常见，
崔九堂前几度闻。
正是江南好风景，
落花时节又逢君。

鉴赏

这是杜甫绝句中最有情韵、最富含蕴的一篇，只二十八字，却包含着丰富的时代生活内容。如果诗人当年围绕安史之乱的前前后后写一部回忆录，是不妨用它来题卷的。

李龟年是开元时期"特承顾遇"的著名歌唱家。杜甫初逢李龟年，是在"开口咏凤凰"的少年时期，正值所谓"开元全盛日"。当时王公贵族普遍爱好文艺，杜甫即因才华早著而受到岐王李范和秘书监崔涤的延接，得以在他们的府邸欣赏李龟年的歌唱。而一位杰出的艺术家，既是特定时代的产物，也往往是特定时代的标志和象征。在杜甫心目中，李龟年正是和鼎盛的开元时代，也和自己充满浪漫情调的青少年时期的生活，紧紧联结在一起的。几十年之后，他们又在江南重逢。这时，遭受了八年动乱的唐王朝业已从繁荣昌盛的顶峰跌落下来，陷入重重矛盾之中；杜甫辗转漂泊到潭州（治今湖南长沙），“疏布缠枯骨，奔走苦不暖”，晚境极为凄凉；李龟年也流落江南，“每逢良辰胜景，为人歌数阕，座中闻之，莫不掩泣罢酒”（《明皇杂录》）。这种会见，自然很容易触发杜甫胸中本就郁积着的无限沧桑之感。“岐王宅里寻常见，崔九堂前几度闻。”诗人虽然是在追忆往昔与李龟年的接触，流露的却是对“开元全盛日”的深情怀念。这两句下语似乎很轻，含蕴的感情却深沉而凝重。“岐王宅里”“崔九堂前”，仿佛信口道出，但在当事者心目中，这两个文艺名流经常雅集之处，无疑是鼎盛的开元时期丰富多彩的精神文化的渊薮，它们的名字就足以勾起对“全盛日”的美好回忆。当年出入其间，接触李龟年这样的艺术明星，是“寻常”而不难“几度”的，现在回想起来，简直是不可企及的梦境了。这里所蕴含的天上人间之隔的感慨，是要结合下两句才能品味出来的。两句诗在迭唱和咏叹中，流露了对开元全盛日的无限眷恋，好像是要拉长回味的时间似的。

梦一样的回忆，毕竟改变不了眼前的现实。“正是江南好风景，落花时节又逢君。”风景秀丽的江南，在承平时代，原是诗人们所向往的作快意之游的所在。如今自己真正置身其间，所面对的竟是满眼凋零的“落花时节”和皤然白首的流落艺人。“落花时节”，像是即景书事，又像是别有寓托，寄兴在有意无意之间。熟悉时代和杜甫身世的读者会从这四个字上头联想起世运的衰颓、社会的动乱和诗人的衰病漂泊，却又丝毫不觉得诗人在刻意设喻，这种写法显得特别浑成无迹。加上两句当中“正是”和“又”这两个虚词一转一跌，更在字里行间寓藏着无限感慨。江南好风景，恰恰成了乱离时世和沉沦身世的有力反衬。一位老歌唱家与一位老诗人在漂流颠沛中重逢了，落花流水的风光，点缀着两位形容憔悴的老人，成了时代沧桑的一幅典型画图。它无情地证实"开元全盛日"已经成为历史陈迹，一场翻天覆地的大动乱，使杜甫和李龟年这些经历过盛世的人，沦落到了不幸的地步。感慨无疑是很深的，但诗人写到"落花时节又逢君"，却黯然而收，在无言中包孕着深沉的慨叹，痛定思痛的悲哀。这样"刚开头却又煞了尾"，连一句也不愿多说，真是显得蕴藉之极。清沈德潜评此诗："含意未申，有案未断"（《唐诗别裁集》）。这"未申"之意对于有着类似经历的当事者李龟年，自不难领会；对于后世善于知人论世的读者，也不难把握。像《长生殿·弹词》中李龟年所唱的"当时天上清歌，今日沿街鼓板"，"唱不尽兴亡梦幻，弹不尽悲伤感叹，凄凉满眼对江山"等等，尽管反复唱叹，意思并不比杜诗更多，倒很像是剧作家从杜诗中抽绎出来似的。

四句诗，从岐王宅里、崔九堂前的"闻"歌，到落花江南的重"逢"，"闻""逢"之间，联结着四十年的时代沧桑、人生巨变。尽管诗中没有一笔正面涉及时世身世，但透过诗人的追忆感喟，读者却不难感受到给唐代社会物质财富和文化繁荣带来浩劫的那场大动乱的阴影，以及它给人们造成的巨大灾难和心灵创伤。确实可以说"世运之治乱，华年之盛衰，彼此之凄凉流落，俱在其中"（清孙洙《唐诗三百首》评）。正像旧戏舞台上不用布景，观众通过演员的歌唱表演，可以想象出极广阔的空间背景和事件过程；又像小说里往往通过一个人的命运，反映一个时代一样。这首诗的成功创作似乎可以告诉我们：在具有高度艺术概括力和丰富生活体验的大诗人那里，绝句这样短小的体裁究竟可以具有多大的容量，而在表现如此丰富的内容时，又能达到怎样一种举重若轻、浑然无迹的艺术境界。

（刘学锴　余恕诚）

文

wen

观公孙大娘弟子舞剑器行序

原文

大历二年十月十九日，夔府别驾元持宅，见临颍李十二娘舞剑器，壮其蔚跂，问其所师，曰："余公孙大娘弟子也。"开元五载，余尚童稚，记于郾城观公孙氏舞剑器浑脱，浏漓顿挫，独出冠时。自高头宜春、梨园二伎坊内人洎外供奉舞女，晓是舞者，圣文神武皇帝[①]初，公孙一人而已。玉貌锦衣，况余白首，今兹弟子，亦非盛颜。既辨其由来，知波澜莫二。抚事慷慨，聊为《剑器行》。昔者吴人张旭，善草书书帖，数尝于邺县见公孙大娘舞西河剑器，自此草书长进，豪荡感激，即公孙可知矣。

〔注〕

① 圣文神武皇帝：指唐玄宗。

鉴赏

杜诗之有序的共三篇，一为《同元使君舂陵行》，一为《苏大侍御访江浦赋八韵记异》，一即此篇，而以此篇写得最有情致，与诗相称，故可作小品读。

安史之乱前，长安的梨园，就像清代北京的升平署（南府），颇受王室的赏识。在梨园子弟中，张野狐的觱篥，雷海青的琵琶，李龟年的歌唱，公孙大娘的舞蹈，尤为擅扬，名动公卿。

安史乱起，玄宗出亡，万户伤心，雷海青因不愿在叛军前奏乐，竟被支解示众（郑处晦《明皇杂录》）。其他艺人，避乱流离，纷散如烟。杜甫晚年，曾有几次听过这些流离中的梨园子弟的演唱，如在夔州柏都督筵上，听过李仙奴的歌唱，"哀筝伤老大"，使满座为之流泪（《秋日夔府咏怀奉寄郑监李宾客一百韵》）。

代宗大历二年（767），杜甫又在夔州别驾元持家中观看了李十二娘舞《剑器》。这时公孙大娘已逝世，李十二娘也已非青年，问答之余，感慨万千。诗是由徒忆师，着重写公孙大娘当年的风姿技艺，后则转入对玄宗的悼念。这时玄宗逝世已经五年，金粟山边的泰陵（在今陕西蒲城）墓木也已合抱了。

南宋刘子翚《汴京纪事》咏李师师云："辇毂繁华事可伤，师师垂老过湖湘。缕衣檀板无颜色，一曲当时动帝王。"可与杜甫此诗并观。丧乱之后，老大飘零，江湖相逢，对曾受帝王赏识的旧日歌人名妓，也别有"抚事慷慨"的沧桑之感，而且诗人自己也已五十余岁。

文末提到的张旭，以草书著名，有"草圣"之称，和李白诗歌、裴旻剑舞并称为"三绝"。相传他从担夫争道上，省得书法的变化之窍，此处又说他从公孙大娘的豪荡舞姿上受到启悟，提高了草书的艺术。豪荡指舞蹈姿势的奔放灵活，感激意为感悟、激动，张旭既从她的舞姿得到了艺术意境上的感悟，则她本人的技艺自可概见。

草书是一种紧张的创作活动，不同于端端正正的楷书，张旭又是“草圣”，所以能从担夫争道、公孙舞蹈上得到了灵机，也就是说，凡是日常生活中顷刻之间表现出紧张的变化力量的事物，都可以过渡到他自己要想创造的更高更奇特的艺术成果中去。这不是严密的逻辑理论能够说得清楚，但在古今中外艺术家的创作生活中却是存在的。

（金性尧）

苏涣访江浦诗序

原文

苏大侍御涣，静者也，旅于江侧，不交州府之客，人事都绝久矣。肩舆江浦，忽访老夫舟楫。已而茶酒内，余请诵近诗，肯吟数首，才力素壮，辞句动人。接对明日，忆其涌思雷出，书箧几杖之外，殷殷留金石声。赋八韵记异，亦见老夫倾倒于苏至矣。

鉴赏

这篇短文是杜甫《苏大侍御访江浦赋八韵记异》一诗之序，也是一篇短小精练的小品文。

诗题中说“记异”，也就是记述苏涣特出奇异的地方，序就紧扣这两个字来作文，突出“异”字。那么，究竟异在何处呢？第一，苏涣本来是个“静者”，也就是超然恬静，自甘寂寞，不乐交往的人，他已经屏绝人事很久，连州府的官员也不来往了。但是现在忽然坐着轿子到江边的船上来访问我这个四处飘荡、无家可归的人，你说奇也不奇，异也不异？可以想见杜甫当时是多么的惊喜。第二，惊喜之余，趁吃茶、喝酒的时候，杜甫请他朗诵自己最近所作的诗歌，他居然肯于朗诵几首，这说明他平时是不肯朗诵的，现在肯朗诵给杜甫听，也就有惺惺相惜之意了。杜甫觉得他的诗

“才力素壮，辞句动人”，一个“壮”字，写出了苏涣诗的特色，同时说辞句也很生动感人。杜甫曾在《戏为六绝句》中说：“才力应难跨数公（指庾信、初唐四杰等人），凡今谁是出群雄？或看翡翠兰苕上，未掣鲸鱼碧海中。”就杜甫植根于“盛唐气象”的审美思想来看，他推崇雄浑阔大的艺术风格，喜欢“碧海掣鲸”式的作品。现存的苏涣诗歌只有四首，七言诗《怀素上人草书歌》一首，五言诗《变律诗》三首，都收在《全唐诗》中，就总体风格来说，符合杜甫所说的审美观点。这，也使杜甫感到惊异。第三，到第二天杜甫想到苏涣朗诵诗歌时的情景，还感到那流畅铿锵的声音就像轰雷一样，冲口而出，似乎那“书箧几杖之外”都还回荡着他的朗诵之声，这也令杜甫感到惊奇。这一切，使杜甫觉得奇异，所以，要特意写一首诗给苏涣，来表达自己的倾倒之情。全文只有九十三个字，内容却包含得如此丰富，一波三折，描写也很精练生动，确乎是一篇难得的小品文。

杜甫写给这位“静者”的诗是：“庞公不浪出，苏氏今有之。再闻诵新作，突过黄初诗。乾坤几反复，扬马宜同时。今晨清镜中，白间生黑丝。余发喜却变，胜食斋房芝。昨夜舟火灭，湘娥帘外悲。百灵未敢散，风波寒江迟。”（按，现存杜诗只有七韵，可能脱了一韵）对苏涣称赏备至。杜甫不久还写了一首诗《暮秋枉裴道州手札，率尔遣兴寄递苏涣侍御》，最后四句说：“附书与裴因示苏，此生已愧须人扶。致君尧舜付公等，早据要路思捐躯。”对苏涣寄予了很高的期许，希望早日取得要职，为朝廷效力，就像当初自己希望的那样，做“致君尧舜上”，对国家社会有贡献的人。

然而，“静者”不静。苏涣是个什么样的人呢？郭沫若在《李白与杜甫》一书中专门写了一章“杜甫与苏涣”，他引《中兴间气集》中的小传介绍说："涣本不平者，善放白弩（一种能连发的弓箭），巴中号曰白跖。賨人（四川、湖南交界处的少数民族）患之，以比盗跖。后自知非，变节从学。乡赋擢第，累迁侍御史，佐湖南幕。崔中丞（瓘）遇害，涣遂逾岭，扇（煽）动哥舒（晃）跋扈交广。"也就是，他后来到了广东，成为大将哥舒晃的谋主，杀了岭南节度使吕崇贲，举兵造反，东起潮阳，西至肇庆，北起韶关，南至广州，轰轰烈烈地造了两年半反，仗打得非常激烈，但是最终还是被唐军打败，苏涣也被杀掉。这些，当然不是杜甫此时能够料到的，因为在苏涣拜访后的次年，杜甫就在贫病交加中死去了。杜甫一生服膺儒家思想，以忠君爱国为己任，他当然是不主张造反的，要是早知道苏涣会这样，怕是避之唯恐不及，绝不会"倾倒"了吧？

（管遗瑞）

杜 甫 诗 歌

鉴 赏 辞 典

附录

FULU

杜甫生平与文学创作年表

纪　年	年岁	生平经历	主要作品	相关大事
唐睿宗太极元年/延和元年/玄宗先天元年(712)壬子	1	正月一日生于河南巩县瑶湾村。		十三世祖为魏晋间名臣杜预；曾祖依艺，巩县令；祖父审言，武后时著名诗人，膳部员外郎；父闲，兖州司马、奉天县令。玄宗即位，尊睿宗为太上皇。李白11岁。
玄宗开元二年(714)甲寅	3	寄养于洛阳二姑母家，得重病。		次年，岑参生。
开元五年(717)丁巳	6	尝至郾城，得观公孙大娘舞《剑器浑脱》，多年后犹记。		前一年，沈佺期卒。
开元六年(718)戊午	7	始学作诗，“七龄思即壮，开口咏凤凰”。		次年，元结生。
开元八年(720)庚申	9	始学大字，“九龄书大字，有作成一囊”。		次年，王维被贬，刘知幾卒。

续表

纪 年	年岁	生平经历	主要作品	相关大事
开元十三年(725)乙丑	14	居洛阳，与郑州刺史崔尚、豫州刺史魏启心等交游。尝于岐王李范、殿中监（一作秘书监）崔涤宅听李龟年歌。		李白离蜀东游。次年，李范、崔涤卒。
开元十八年(730)庚午	19	游晋，至郇瑕（今山西临猗），结识韦之晋、寇锡。未几，返洛。		前一年，孟浩然入长安应进士试，不中。李白入长安求仕，未成。
开元十九年(731)辛未	20	始漫游吴越，历时四载。在江宁（今江苏南京）结识许登、旻上人。		
开元二十三年(735)乙亥	24	自吴越返洛。应贡举，不第。		岑参至长安求仕。
开元二十四年(736)丙子	25	在洛阳。应进士试，不第。游齐赵。往兖州省父（其父闲时任兖州司马）。与苏源明（即苏预）结交。	诗《望岳》	韦应物生。
开元二十七年(739)己卯	28	于汶上结识高适。		

续表

纪　年	年岁	生平经历	主要作品	相关大事
开元二十八年(740)庚辰	29	于齐赵间结识张玠。	诗《题张氏隐居二首》《房兵曹胡马》	张九龄卒；孟浩然卒。
开元二十九年(741)辛巳	30	自齐赵返洛，筑室首阳山下，作文祭十三世祖杜预。娶司农少卿杨怡之女。	诗《画鹰》	李白与孔巢父同隐徂徕山。
天宝元年(742)壬午	31	居洛阳。		父卒；二姑母卒。李白应诏入京，供奉翰林。王之涣卒。
天宝三载(744)甲申	33	于洛阳遇李白，一见如故。又于开封遇高适，三人同游梁宋。		继祖母范氏卒。正月，改"年"为"载"。
天宝四载(745)乙酉	34	再游齐赵，秋，与李白逢于鲁郡(山东兖州)。返洛。		
天宝五载(746)丙戌	35	至长安，与岑参、郑虔游。	诗《春日忆李白》《饮中八仙歌》	
天宝六载(747)丁亥	36	应试，因李林甫作梗而不第。		
天宝七载(748)戊子	37	归偃师故庐，河南尹韦济频访之。		

续表

纪 年	年岁	生平经历	主要作品	相关大事
天宝九载(750)庚寅	39	居长安,生计渐困顿。献《三大礼赋》。		长子宗文生。韦济迁尚书左丞。
天宝十载(751)辛卯	40	居长安,因《三大礼赋》为玄宗所奇,命待制集贤院。秋,得疟疾。	诗《兵车行》《前出塞九首》	剑南节度使鲜于仲通讨南诏(今云南一带),全军覆没,遂大募兵,无肯应征者,杨国忠遂命强征。
天宝十一载(752)壬辰	41	春,返洛。赠郑虔侄谏议大夫郑审诗,望其汲引。秋,与高适、薛据、岑参、储光羲等同登长安慈恩寺塔。	诗《奉赠韦左丞丈二十二韵》《同诸公登慈恩寺塔》	
天宝十二载(753)癸巳	42	在长安。向京兆尹鲜于仲通献诗,望其汲引。作《丽人行》,刺杨氏兄妹。陪郑虔游。赠高适诗。	诗《丽人行》	
天宝十三载(754)甲午	43	与郑虔、苏源明游。与岑参兄弟游渼陂。移家长安,秋,生计艰难,往奉先县依姻亲。献太常卿张垍、陇西节度使哥舒翰幕判官田梁丘、田澄诗,望其汲引。献《封西岳赋》《雕赋》,望能为朝廷所用。	诗《醉时歌》	次子宗武生。苏源明入长安为国子司业。崔颢卒。

续表

纪　年	年岁	生平经历	主要作品	相关大事
天宝十四载(755)乙未	44	献诗韦见素，望其汲引。陪驸马郑潜曜、大将军李嗣业游饮，授河西尉，不就，改任右卫率府兵曹参军。赴奉先县探亲，幼子因贫夭折。	诗《自京赴奉先县咏怀五百字》《后出塞五首》	安史之乱开始，洛阳陷落。
天宝十五载/肃宗至德元载(756)丙申	45	与崔戢、李封游。五月起，携家避乱，自奉先县到白水县、三川县，后安家鄜州羌村。八月闻肃宗即位于灵武（今属宁夏），欲只身北上投主，途中为安禄山军虏至长安。	诗《月夜》《悲陈陶》	长安陷落。玄宗奔蜀，至马嵬驿，军士哗变，杨国忠、杨贵妃死。宰相房琯率官军大败叛军于陈陶斜、青坂。死伤极多。王维、储光羲为安禄山所执，被迫受职。王昌龄避乱江淮，被害。
至德二载(757)丁酉	46	困陷长安。四月，逃往凤翔拜谒肃宗。五月，授左拾遗，旋因疏救房琯触怒肃宗，诏三司推问，为张镐所救。与裴荐等举荐岑参。往鄜州省亲。返凤翔，扈从还京。	诗《春望》《哀江头》《北征》《羌村三首》《送郑十八虔贬台州司户伤其临老陷贼之故阙为面别情见于诗》《喜达行在所三首》	肃宗将行在迁往凤翔。郑虔被贬台州。李白因入永王璘幕事而下狱。王维等下狱论罪。

续表

纪 年	年岁	生平经历	主要作品	相关大事
至德三载/乾元元年(758)戊戌	47	春夏在长安,任左拾遗,与贾至、王维交游、唱和。六月,贬华州司功参军。秋,往蓝田访王维及其内兄崔季重。冬,归洛阳。作诗忆弟。	诗《春宿左省》《曲江二首》《曲江对酒》《九日蓝田崔氏庄》	复"载"为"年"。房琯被贬。高适授太子詹事,兼御史中丞。
乾元二年(759)己亥	48	春,返华州。七月,弃官携家流寓秦州。与隐士阮防交游。作诗怀念友人郑虔、贾至等。与因房琯事谪秦州的赞上人交往。十月,赴同谷。十二月,赴成都。	诗《洗兵马》《新安吏》《石壕吏》《潼关吏》《新婚别》《垂老别》《无家别》《赠卫八处士》《秦州杂诗》《佳人》《梦李白二首》《天末怀李白》《月夜忆舍弟》《乾元中寓居同谷县作歌七首》《成都府》	郭子仪等九节度使重兵围安史叛军。后因大风忽起,双方均溃退。东都洛阳形势紧张,朝廷强制征兵,新安一带至老幼不免。王维为尚书右丞。李白遇赦东归。
乾元三年/上元元年(760)庚子	49	春,得亲友相助,于成都浣花溪畔建草堂。访诸葛亮祠。与画家王宰、韦偃交往。秋,往新津见裴迪,彭州会高适,后返成都。	诗《堂成》《蜀相》《野老》《恨别》《戏题王宰画山水图歌》《江村》《和裴迪登蜀州东亭送客逢早梅相忆见寄》	高适任蜀州刺史。

续表

纪　年	年岁	生平经历	主要作品	相关大事
上元二年(761)辛丑	50	春，复往新津，旋归成都。作诗怀念崔漪、李白。与严武交往。	诗《后游》《春夜喜雨》《江亭》《江畔独步寻花七绝句》《绝句漫兴九首》《水槛遣心二首》《送韩十四江东觐省》《不见》《茅屋为秋风所破歌》	严武任成都尹。王维卒。
上元三年/唐代宗宝应元年(762)壬寅	51	与严武多有唱和。七月，送严武至绵州奉济驿。秋，作诗忆子，旋迎家至梓州。访陈子昂故宅。	诗《奉济驿重送严公四韵》《戏为六绝句》	玄宗卒。代宗即位，严武被召还朝。高适代为成都尹。李白卒。洛阳收复。
宝应二年/广德元年(763)癸卯	52	春，在梓州。作诗送总角之交路六。送友辛升之至绵州始别，又至阆州、汉州。夏，返梓州，与梓州刺史章彝交游。赴阆州。后迁家阆州。	诗《闻官军收河南河北》《送路六侍御入朝》《将赴荆南寄别李剑州》	河南河北诸州郡收复。安史之乱结束。梓州从事兼监察御史路六被召入朝。房琯卒于阆州。
广德二年(764)甲辰	53	不赴京兆功曹参军之召。应严武邀，携家返蜀。与老友贺兰铦、酒友穷儒斛斯融交往。由严武荐为节度参谋、工部员外郎。弟颖来探。	诗《将赴成都草堂途中有作先寄严郑公五首》《别房太尉墓》《丹青引赠曹将军霸》《宿府》	严武复镇蜀，拜成都尹充剑南节度使。从弟杜位在严武幕。高适召为刑部侍郎，转散骑常侍。老友贾至为礼部侍郎。老友郑虔、苏源明卒。

续表

纪年	年岁	生平经历	主要作品	相关大事
永泰元年(765)乙巳	54	辞严武幕,归居草堂,但仍不时寄诗。严武逝后携家离开成都南下。经嘉州,从兄来探望;经戎州,受到刺史接待;经忠州,受到刺史(亦其从侄)的接待,遇严武母护灵归葬,登舟慰问,写诗致哀。至云安县,因病留居县令严明府水阁。	诗《禹庙》《旅夜书怀》	严武病逝。高适卒。
永泰二年/大历元年(766)丙午	55	移居夔州。初寓山中客堂,后移居西阁。作《八哀诗》怀贤悼友。受夔州刺史、都督柏贞节资助。病。	诗《宿江边阁》《诸将五首》《秋兴八首》《咏怀古迹五首》《八阵图》《白帝》《阁夜》	岑参为嘉州刺史。汉中王李瑀归京。
大历二年(767)丁未	56	移居赤甲。作诗思念亲友。迁居瀼西。移居东屯。耳聋。与孟氏兄弟交游。时常往来瀼西、东屯间。于夔州别驾元持宅观公孙大娘子弟李十二娘剑器舞。	诗《又呈吴郎》《九日》《日暮》《登高》《观公孙大娘弟子舞剑器行并序》	

续表

纪　年	年岁	生平经历	主要作品	相关大事
大历三年(768)戊申	57	东下。暮春至江陵。秋移居公安。冬至岳州。	诗《江汉》《短歌行赠王郎司职》《登岳阳楼》	韩愈生。
大历四年(769)己酉	58	春至潭州,又至衡州。夏返潭州。苏涣访其于舟中,才思颇得其赏识。	诗《南征》《发潭州》	
大历五年(770)庚戌	59	春,泊舟潭州。后避乱又往衡州,欲往郴州依舅,于耒阳为水所阻,得县令聂某致书、馈赠。复返潭州。冬,又赴岳州。病逝于潭、岳间舟中。	诗《燕子来舟中作》《小寒食舟中作》《江南逢李龟年》	湖南兵马使臧玠据潭州为乱。岑参卒。

（忆　慈）

图书在版编目(CIP)数据

杜甫诗歌鉴赏辞典 / 上海辞书出版社文学鉴赏辞典编纂中心编. —上海：上海辞书出版社，2024
ISBN 978-7-5326-6117-6

Ⅰ. ①杜… Ⅱ. ①上… Ⅲ. ①杜诗-鉴赏-词典
Ⅳ. ①I207.227.423-61

中国国家版本馆 CIP 数据核字(2023)第 170795 号

杜甫诗歌鉴赏辞典

上海辞书出版社文学鉴赏辞典编纂中心　编

责任编辑　张秋文
装帧设计　姜　明
责任印制　楼微雯

出版发行　上海世纪出版集团
上海辞书出版社®（www.cishu.com.cn）
地　　址　上海市闵行区号景路 159 弄 B 座(邮政编码：201101)
印　　刷　山东韵杰文化科技有限公司
开　　本　635 毫米×965 毫米　1/16
印　　张　25.25
字　　数　284 000
版　　次　2024 年 1 月第 1 版　2024 年 1 月第 1 次印刷
书　　号　ISBN 978-7-5326-6117-6/I・555
定　　价　49.00 元